L'INCONNUE DE LA SEINE

© Calmann-Lévy, 2021
ISBN: 978-2-7021-8367-0

Guillaume Musso

L'Inconnue de la Seine

roman

CALMANN
LEVY
ÉDITEUR DEPUIS 1836

À Ingrid
À Nathan et Flora

J'ai gagné beaucoup de batailles dans ma vie, mais j'ai mis beaucoup de temps à me faire à l'idée qu'on a beau gagner des batailles on ne peut pas gagner la guerre.

Romain GARY,
La Promesse de l'aube

I.

L'INCONNUE DE LA SEINE

Lundi 21 décembre

1

La tour de l'horloge

Un moment vient où chacun se trouve devant la nécessité de fixer sa destinée, de faire le geste qui comptera et sur lequel il ne pourra plus revenir.

Georges SIMENON

1.

Paris.

— Cette fois, vous nous avez tous mis en danger, Roxane : la brigade, vos collègues, moi...

La voiture banalisée venait de quitter l'avenue de la Grande-Armée pour s'engager sur la place de l'Étoile. Le commandant Sorbier desserrait les dents pour la première fois depuis qu'ils avaient quitté Nanterre. Les doigts crispés autour du volant, le flic continua ses reproches d'une voix lugubre.

— Dans le contexte actuel, si la presse apprend ce que vous avez fait, même le commissaire Charbonnel risque de sauter.

Assise à côté de lui, Roxane Montchrestien gardait le silence, le regard tourné vers la vitre striée de gouttelettes. Sous un ciel bas et gris, Paris était sinistre, enchaînant les jours sans lumière depuis le début du mois. L'humidité avait contaminé tout l'habitacle. La flic se pencha pour pousser à fond le désembuage et plissa les yeux. La masse lourde et fantomatique de l'Arc de Triomphe peinait à se détacher derrière le rideau de pluie. Par capillarité, la tristesse du décor lui fit penser à ce samedi de manifestation où la frange la plus violente des Gilets jaunes avait saccagé l'édifice parisien. La scène d'insurrection avait fait le tour du monde, cristallisant l'atmosphère délétère qui empoisonnait le pays. Depuis, les choses ne s'étaient vraiment pas améliorées.

— Bref, vous nous mettez tous dans la merde, termina Sorbier en rétrogradant pour emprunter l'avenue Marceau.

Plaquée au fond de son siège, Roxane encaissait les reproches sans même songer à se défendre. Elle respectait son patron, le commandant Sorbier, qui dirigeait la BNRF, la Brigade nationale de recherche des fugitifs. Le problème venait d'elle. Depuis plusieurs mois, elle traversait un tunnel sans fin. Elle se massa les paupières et descendit sa vitre. Au contact de l'air frais, elle voulut croire que l'énergie lui revenait et provoquait un déclic salutaire : son destin s'écrirait désormais loin de la police nationale.

— Je vais démissionner, patron, lança-t-elle en se redressant. C'est mieux pour tout le monde.

Roxane ressentit une certaine libération en prononçant ces paroles. Elle qui avait toujours vécu pour son métier se retrouvait aujourd'hui dans l'incapacité de l'exercer correctement. Comme beaucoup de ses collègues, son malaise s'était au fil du temps mué en véritable désarroi. En France, et plus spécifiquement en région parisienne, la haine antiflic était palpable. Partout.

« SUICIDEZ-VOUS ! SUICIDEZ-VOUS ! » Elle pensait aux slogans ignobles lancés aux policiers dans les manifs. *C'est maintenant*, songea-t-elle en respirant plusieurs goulées d'air pollué. *Maintenant que je dois partir.*

Un engrenage mortifère s'était mis en branle qui avait conduit les gens à détester ceux qui étaient censés les protéger. On tendait des traquenards aux flics dans les cités, on assiégeait leurs commissariats, on les lynchait dans les manifestations, on leur tirait dessus au mortier en plein Paris. Leurs enfants allaient à l'école la peur au ventre, leurs familles se délitaient et, samedi après samedi, manif après manif, les chaînes infos les faisaient passer pour des nazis avec une gourmandise obscène.

« SUICIDEZ-VOUS ! SUICIDEZ-VOUS ! » *C'est maintenant que je dois partir.* Elle avait la chance de ne pas avoir d'entraves. Pas de prêt à rembourser, de gamin à élever, de pension à payer. Elle allait quitter non seulement la police, mais aussi ce pays malade. Se trouver un rocher à l'écart, mais pas trop loin, d'où elle pourrait, avec douleur, finir de le regarder s'embraser.

— Vous aurez ma lettre de démission dès ce soir, promit-elle.

Sorbier secoua la tête.

— Ne rêvez pas, Roxane. Vous n'allez pas vous en tirer à si bon compte !

Ils roulaient à présent le long de la Seine en direction de la place de la Concorde. Pour la première fois, la flic montra sa mauvaise humeur.

— Je peux au moins savoir où vous m'emmenez ?

— Vous mettre au vert.

L'expression l'aurait presque fait sourire. Elle évoquait la campagne verdoyante, la douce brise, les champs à perte de vue, le blé mûr sous le soleil, le tintement des cloches des vaches. Bien loin de la réalité parisienne : une ville métastasée, sale et apathique, enduite d'une couche de pollution et de tristesse sans fin.

Sorbier attendit d'être au milieu du pont de la Concorde pour expliquer ce qu'il avait derrière la tête.

— Voici le plan, Roxane : Charbonnel vous a trouvé un service tranquille pour vous faire oublier quelques mois.

— Donc, je suis mutée, c'est ça ?

— Temporairement, oui.

François Charbonnel était le commissaire divisionnaire qui dirigeait l'Office central de lutte contre
le crime organisé, la structure qui chapeautait la
BNRF.

— Et mon groupe d'enquête ?

— Le lieutenant Botsaris assurera l'intérim. On vous
donne une chance de reprendre pied. Ensuite, si vous
y tenez toujours, vous pourrez nous laisser tomber.

Roxane porta la main au niveau de son sternum
qu'un reflux acide venait d'enflammer.

— Concrètement, c'est quoi cette nouvelle affectation ?

2.

— Vous avez déjà entendu parler du BANC ?

— Non.

— Pour être franc, jusqu'à ce matin, moi non plus.

Sorbier avait au moins l'honnêteté de ne pas chercher à enjoliver sa proposition.

Les essuie-glaces peinaient à chasser la pluie qui
noyait le pare-brise. Rive gauche, la bagnole s'était
engluée dans les embouteillages qui paralysaient le
boulevard Saint-Germain.

— Le Bureau des affaires non conventionnelles a été
créé sous Pompidou en 1971, expliqua le flic. Il dépend
directement de la préfecture de police. Au départ,

le service avait pour but d'enquêter sur des affaires un peu insolites auxquelles la PJ ne parvenait pas à apporter de réponses rationnelles.

— Qu'est-ce que vous entendez par « insolite » ?

— Tout ce qui touche au paranormal.

— Vous déconnez ?

— Non, mais il faut se remettre dans le contexte de l'époque, justifia Sorbier. La société découvrait ce qu'on appelait le « réalisme magique ». On cherchait à étudier certains domaines exclus de la science officielle, les gens se passionnaient pour les ovnis, *Le Matin des magiciens* triomphait en librairie, le GEIPAN allait ouvrir ses portes à Toulouse…

— Pourquoi personne ne connaît ce truc ?

Le gradé haussa les épaules.

— On trouve quelques articles dans la presse de l'époque. La structure comptait une dizaine de personnes à la fin des années soixante-dix et quatre-vingt. Mais le pouvoir socialiste et l'évolution de la société ont changé la nature du Bureau, qui a été progressivement utilisé comme point de chute pour y caser des flics un peu cabossés ou en délicatesse après une bavure.

Roxane avait entendu parler du centre du Courbat, créé pour les CRS en Touraine, qui accueillait les flics déprimés, alcoolos ou en *burn out*, mais jamais de ce placard-là.

— Avec le temps, le BANC a déménagé et ses effectifs actifs ont fondu comme neige au soleil. Aujourd'hui, ce n'est plus qu'une ligne budgétaire, qui va d'ailleurs disparaître dès juin prochain. Vous serez donc vraisemblablement le dernier flic à occuper ce poste.

— C'est le seul mouroir que vous m'ayez dégoté ?

Sorbier ne laissa pas passer la remarque.

— Je crois que vous n'êtes pas vraiment en position de force sur ce coup-là, Roxane. Et pour quelqu'un qui voulait démissionner il y a cinq minutes, je vous trouve bien tatillonne.

Le commandant venait de prendre à droite pour rejoindre la rue du Bac. Roxane baissa sa vitre au maximum. Grenelle, Verneuil, Varenne... Le quartier Saint-Thomas-d'Aquin était celui de son enfance. Elle avait été à l'école tout près, à Sainte-Clotilde ; son père, militaire, avait travaillé à l'hôtel de Brienne, au ministère des Armées ; la famille avait vécu rue Casimir-Perier. Saint-Thomas-d'Aquin, c'était Saint-Germain-des-Prés sans les touristes et les poseurs. Revenir ici aujourd'hui était inattendu. Des souvenirs flous mais apaisants firent irruption : un parquet Versailles hachuré de soleil, des moulures blanches en feuilles d'acanthe, les touches tintinnabulantes d'un vieux Steinway, la sculpture en bronze d'un chat maître d'hôtel qui semblait vous narguer du haut de la tablette de la cheminée.

Le coup de klaxon rageur d'un chauffeur de taxi la ramena à la réalité.

— Je disposerai de combien de gars dans mon équipe ?

— Aucun. Je vous l'ai déjà dit, le service tourne à vide depuis des années. Ces derniers mois, une seule personne était affectée à ce poste : le commissaire Marc Batailley.

Roxane fronça les sourcils. Le nom lui disait vaguement quelque chose, mais elle était incapable de le situer.

Sorbier lui rafraîchit la mémoire.

— Batailley est un ancien de la Crim. Il a eu son heure de gloire au début des années quatre-vingt-dix, lorsque le groupe qu'il dirigeait à Marseille a identifié et arrêté l'« Horticulteur », l'un des premiers tueurs en série français.

— L'Horticulteur ?

— Le type coupait au sécateur tout ce qui dépassait chez ses victimes : les doigts, les orteils, les oreilles, le pénis...

— Original.

— Après ce coup d'éclat, Batailley a obtenu sa mutation au 36, mais il n'a jamais confirmé les espoirs placés en lui. La faute, je crois, à une vie familiale tumultueuse. Il a perdu un enfant et son couple s'est déchiré. Sa fin de carrière a été chaotique à cause d'une santé défaillante, d'où son affectation au BANC.

— Il a pris sa retraite ?

— Pas encore, mais il a eu un grave accident cardiaque la nuit dernière. C'est cette info qui a permis à Charbonnel d'avancer ses pions pour vous caser à ce poste.

Sorbier enclencha les warnings avant de se garer en face des grilles du square des Missions-Étrangères. Il ne pleuvait plus. Roxane se dépêcha de sortir de la voiture. L'humidité imprégnait ses vêtements, ses cheveux, son cerveau. Sorbier l'imita et s'adossa au capot en allumant une cigarette.

Le vent s'était levé. On respirait enfin. Une trouée de ciel bleu, timide, s'ouvrit au-dessus du parc. Déjà, les enfants réapparaissaient, poussant des cris joyeux en prenant d'assaut les balançoires et le toboggan. Roxane avait des souvenirs ici : les cornets vanille-fraise du Bac à Glaces, les visites avec sa mère au Bon Marché et au Conran Shop, l'appartement de Romain Gary, un peu plus bas, devant lequel elle passait à l'époque de son bac de français avec une grande curiosité, laissant toujours traîner un œil si la porte de l'immeuble était ouverte, espérant croiser les fantômes de Romain, Jean et Diego.

— Voici votre bureau, lança Sorbier en pointant le doigt vers le ciel.

Roxane leva la tête. D'abord, elle ne comprit pas à quoi son supérieur faisait allusion, puis elle distingua une sorte de beffroi coiffé d'une horloge. Une tour, bien en retrait de la rue, qu'elle n'avait jamais remarquée auparavant et dont la hauteur dépassait les toits des autres bâtiments.

— L'édifice date des années vingt, commença Sorbier d'un ton professoral. C'était une annexe du Bon Marché, construite par l'architecte Louis-Hippolyte Boileau à l'époque où le magasin s'est étendu avec la création de la Grande Épicerie. La préfecture de police a mis la main dessus au début des années quatre-vingt-dix, mais l'État vient de le mettre en vente.

Roxane s'avança vers la haute porte cochère repeinte en bleu.

— Je vous laisse, lui annonça Sorbier en lui tendant un trousseau de clés. Et surtout, pas de conneries, Roxane.

— Vous avez le code pour entrer ?

— 301207 : la date de la création des Brigades du Tigre. Suivie d'un B comme Brigade.

— Ou comme Bureau des affaires non conventionnelles, remarqua-t-elle.

— J'espère que l'on s'est bien compris, Roxane : faites-vous oublier. On ne sera pas toujours là pour rattraper vos conneries.

3.

Si depuis la rue la tour était discrète, elle s'imposait avec majesté dès qu'on franchissait le passage cocher.

Au fond d'une petite cour arborée, elle s'élevait avec grâce, coincée entre deux immeubles sans charme. Au sommet, les cadrans imposants de l'horloge prolongeaient sa silhouette tout en l'ancrant solidement dans le ciel parisien. Un véritable donjon en plein milieu du 7e arrondissement.

Roxane traversa les pavés jusqu'à l'entrée du « phare » où était garé un scooter rouge vif. Avec une des clés remises par Sorbier, elle déverrouilla les battants d'une porte massive en bois verni. Le beffroi s'ouvrit sur un puits de lumière. Comme dans une église, la clarté perçait les vitraux, inondant les trois étages d'un lustre chaud. Le rez-de-chaussée annonçait la couleur : des briques rouges, un parquet en chêne, une structure métallique, des poutres rivetées à la Gustave Eiffel.

Tout en verticalité, un escalier hélicoïdal en fer forgé reliait les quatre niveaux. Roxane grimpa les marches, les yeux braqués vers le sommet. Il faisait bon. Un chauffage ronronnait. Des notes de piano s'échappaient du sommet de la tour. *Schubert, les Impromptus.* L'une des musiques de son enfance.

Elle arriva au premier palier. L'étage était séparé en deux. D'un côté des casiers métalliques à foison, des rayonnages qui grimpaient jusqu'au plafond, des cartons d'archives, un fax et même un minitel. De l'autre, un coin cuisine avec un comptoir en bois brut auquel succédait une salle d'eau.

Près d'une photocopieuse, un sapin de Noël décoré à l'ancienne était gardé par un gros chat sibérien qui se prélassait sur un lit de feuilles de papier. Le matou miaula en apercevant Roxane et s'enfuit vers le niveau supérieur.

— Viens ici, toi.

La flic le rattrapa dans l'escalier et se baissa pour caresser le ventre de l'animal. Trapu et musclé, le chat avait un pelage argenté flamboyant et une bouille de dessin animé.

— Il s'appelle Poutine, annonça une voix derrière elle.

Surprise, Roxane fit volte-face et porta la main à son Glock à l'abri dans son holster. Une jeune femme se tenait près de la fenêtre du deuxième palier. Vingt-cinq ans, coupe afro, peau mate, regard d'émeraude derrière des lunettes d'écaille, sourire radieux et dents du bonheur.

— Qui êtes-vous, bordel ? s'énerva Roxane.

— Valentine Diakité, se présenta l'autre d'une voix tranquille. Je suis étudiante à la Sorbonne.

— Qu'est-ce que vous foutez là ?

— Je fais ma thèse sur le Bureau des affaires non conventionnelles.

Roxane soupira.

— Et en quoi ça vous donne le droit d'être ici ?

— J'ai l'autorisation du commissaire Batailley. Ça fait six mois que je trie et que je classe tous les dossiers. Vous auriez dû voir l'état dans lequel se trouvaient les archives. Un vrai capharnaüm !

Roxane regardait la thésarde évoluer au milieu des cartons telle une princesse en son palais. Avec ses collants noirs, sa jupe en velours, son col roulé et ses bottes en cuir fauve, elle lui faisait penser à une variation moderne d'Emma Peel.

— Et vous, qui êtes-vous ?

— La police : capitaine Roxane Montchrestien.

— C'est vous qui remplacez Marc Batailley ?

— On peut dire ça.

— Vous avez des nouvelles de sa santé ?

— Non.

— Le pauvre. C'est affreux ce qui est arrivé. Je ne pense qu'à ça depuis ce matin. C'est moi qui l'ai trouvé en arrivant.

— C'est ici qu'il a fait son attaque ?

— Je ne pense pas que ce soit une attaque, je pense qu'il a chuté dans l'escalier, fit-elle en désignant la structure métallique en colimaçon. C'est super casse-gueule.

Roxane abandonna l'étudiante pour grimper jusqu'au dernier étage. Là où se trouvait le bureau de Batailley. L'endroit était étonnant : une hauteur sous plafond d'au moins six mètres traversée de poutres rivetées, un large canapé Chesterfield, un imposant bureau en chêne à la Jean Prouvé. La déco et les briques rouges créaient une atmosphère hybride entre le club anglais et le loft new-yorkais. Mais c'était surtout la vue qui emportait tout, en offrant un panorama étourdissant sur Paris. À l'ouest la tour Eiffel et le dôme des Invalides, au nord la butte Montmartre et le Sacré-Cœur, au sud le jardin du Luxembourg et la hideuse tour Montparnasse, à l'est la cathédrale Notre-Dame encore meurtrie. L'impression grisante de survoler le monde, de le garder à distance et d'échapper à sa fureur.

4.

Roxane rejoignit Valentine Diakité qui avait installé son propre bureau à l'étage inférieur. Derrière son look de bibliothécaire sage, la thésarde dégageait une aura solaire qui la troublait.

— Expliquez-moi comment Marc Batailley occupait son temps.

— Le commissaire travaillait parfois au ralenti, admit Valentine. Lorsque je suis arrivée, il y a six mois, son cancer du poumon était en rémission. Marc était fatigué, mais agréable et toujours de bon conseil.

— Depuis quand le Bureau n'est plus actif ?

Ravie d'être mise à contribution, l'étudiante se lança dans un petit exposé.

— À ses débuts, dans les années soixante-dix et quatre-vingt, le BANC a mené des enquêtes parfois terrifiantes sur les phénomènes de hantise, de télé-kinésie, de contrôle mental ou de ce qu'on n'appelait pas encore les expériences de mort imminente. Le service recevait alors des centaines de témoignages de toute la France.

Valentine désigna les cartons autour d'elle.

— Tout y passait : les fantômes, les dames blanches, la télépathie... C'était aussi la grande époque de l'ufologie. Si vous avez la curiosité d'ouvrir les archives de cette époque, vous verrez qu'on n'est pas loin de *X-Files*.

— Et aujourd'hui ?

L'étudiante eut une moue de dégoût.

— Aujourd'hui on reçoit encore parfois quelques lettres : des abrutis qui pensent que le monde est dirigé par des reptiliens, que Bill Gates crée des virus pour régler la question de la surpopulation et que le gouvernement français les propagerait grâce aux antennes 5G et aux compteurs Linky.

Roxane se massa les paupières. Elle avait envie d'être seule, de dormir, de couper le courant qui électrifiait son esprit.

— Vous n'allez pas pouvoir rester ici, Valentine.

— Pourquoi ? J'avais l'accord du commissaire et...

— Oui, mais c'est moi le patron à présent. Et un service de police n'est pas une bibliothèque universitaire.

— Je pourrais vous rendre des services.

— Je ne vois pas lesquels. Vous avez la journée pour plier bagage. Et n'oubliez pas votre chat en partant.

Valentine haussa les épaules.

— Ce n'est pas mon chat. Ni celui de Marc Batailley d'ailleurs. Il était déjà là lorsque nous sommes arrivés. J'ai trouvé sa trace dans les archives. Poutine a fait son apparition au Bureau en 2002, ce qui lui confère un âge canonique.

Contrariée, Roxane tourna les talons et remonta au dernier étage. Derrière les parois de verre, les cadrans en fonte de l'ancienne horloge rendaient l'endroit singulier, presque irréel. Elle avait l'impression de se trouver dans une sorte de cabinet de curiosités. Côté équipement de bureau par contre, on était trente ans en arrière. Le parc informatique était inexistant, quant au téléphone, il lui rappelait celui de ses parents lorsqu'elle était adolescente.

Une petite diode rouge clignotait près du combiné. Curieuse, Roxane appuya sur le haut-parleur pour écouter le message qui d'après l'horodatage remontait à 13 h 10 le jour même.

Marc, Catherine Aumonier de nouveau. J'aurais vraiment besoin de te joindre par rapport à mon message de ce matin. Merci de me rappeler.

Comme il n'y avait pas d'autres messages, Roxane écouta le précédent laissé sur l'appareil à 7 h 46.

Bonjour Marc, c'est Catherine Aumonier, directrice adjointe de l'infirmerie de la préfecture de police. Je t'appelle pour avoir ton avis sur un cas assez étrange. Nous avons pris en charge hier matin une jeune femme, totalement amnésique, que la Brigade fluviale a repêchée nue dans la Seine. Comme je n'ai pas ton mail, je t'envoie son dossier par fax. Rappelle-moi pour me dire si tu la connais. À plus tard.

Intriguée, Roxane repassa le message dans la foulée. Si Batailley l'avait écouté – et la diode lumineuse laissait à penser que oui – il avait dû le faire quelques minutes seulement avant sa chute.

La flic ressentit des picotements au creux du ventre. Tout ce qui, de près ou de loin, touchait à l'infirmerie de la préfecture de police – la fameuse I3P au fonctionnement un peu mystérieux – avait toujours suscité son intérêt. Catherine Aumonier affirmait qu'elle avait envoyé un fax à Batailley. Roxane parcourut la paperasse, les livres, les magazines empilés sur le bureau, mais ne trouva aucune trace de la télécopie. Elle avait noté que l'appareil se situait près de la photocopieuse. Elle descendit l'escalier jusqu'au premier étage. Assise en tailleur sur le parquet, Valentine Diakité boudait dans un coin en triant des papiers.

— Vous avez réceptionné un fax aujourd'hui ? demanda Roxane.

L'étudiante se contenta d'un « non » muet de la tête.

Il n'y avait rien dans le bac du télécopieur. Roxane reconstitua mentalement ce qui avait dû se passer.

Marc était arrivé tôt. Il avait écouté le message de Catherine Aumonier, était allé chercher le fax avant de prendre l'escalier pour remonter à son bureau. C'est là qu'il avait chuté. Mais où se trouvait la télécopie à présent ? Roxane regarda sous l'escalier puis sous les meubles et les armoires métalliques. Rien. Une intuition : elle retourna près du sapin de Noël où le chat était revenu buller sur son paillasson qui n'était autre que... le fax de Catherine Aumonier.

Elle lissa les deux feuilles agrafées pour les défroisser. Poutine les avait en partie déchirées, mais on parvenait sans mal à lire le document. Comme l'avait expliqué la responsable de l'I3P, il s'agissait d'une attestation de prise en charge d'une patiente présentant des troubles de la mémoire. Le rapport était laconique, mais la photo de la jeune femme intriguait : un visage fragile et apeuré encadré de longs cheveux qui descendaient jusqu'aux épaules.

Un instant elle hésita à appeler Catherine Aumonier puis décida de se rendre en personne à l'infirmerie de la préfecture de police. Elle avait déjà enfilé son blouson lorsqu'elle prit conscience qu'elle n'avait plus de voiture de fonction. Sa Peugeot 5008 était restée à Nanterre et elle n'était pas près de remettre la main dessus.

Sur le bureau de Valentine, elle aperçut un casque Jet sans visière, aux teintes brun et jaune, parcouru d'une bande en damier.

— C'est à toi le scooter garé près de l'entrée ? demanda Roxane en se coiffant avec la protection rigide. Tu peux me passer tes clés ?

GES DERNIÈRE ÉDITION

Monde

5 rue des Italiens, Paris-IX⁰

Directeur : Jacques Fauvet

MERCREDI 14 AVRIL 1971

0,70 F

Algérie, 0,70 DA; Maroc, 0,70 dir; Tunisie 70 m.;
Allemagne, 0,80 DM; Autriche, 5 sch.; Belgique,
7 fr.; Canada, 0,90 cts; Danemark, 1,50 c.;
Espagne, 8 pes.; Grande-Bretagne, 8 p.; Grèce,
10 cr.; Iran, 25 rls; Italie, 1,20 l.; Liban, 80 stns
Luxembourg, 7 fr.; Norvège, 2 kr.; Pays-Bas, 2,75 fl.
Portugal, 2,5 esc.; Suède, 1,25 kr.; Suisse,
0,70 fr.; U.S.A., 50 cts; Yougoslavie, 5,25 din

(tarif des abonnements page 3)

C.C.P. PARIS N°4207-23
TELEX PARIS   N°45572
Ad. télégr. : JOURMONDE-PARIS

Tél. : PRO. (770) 91-29

Police

Le Bureau des Affaires Non Conventionnelles

Le ministère de l'Intérieur et la préfecture de police de Paris (P.P.P.) viennent d'annoncer la création d'un Bureau des affaires non conventionnelles (B.A.N.C.) pour étudier scientifiquement certains phénomènes inexpliqués dont de nombreux citoyens apportent aujourd'hui le témoignage.

« Le B.A.N.C. aura pour mission d'examiner les manifestations d'événements en apparence irrationnels et de leur apporter, grâce aux moyens modernes d'investigation, des éclaircissements basés sur la science et la raison », a précisé le préfet de Paris, M. Jacques Lenoir. « La science nous apprend aujourd'hui qu'il y a derrière du visible simple, de l'invisible compliqué », a poursuivi le préfet.

C'est au commissaire Emmanuel Castera qu'a été confiée la direction du Bureau. « Le B.A.N.C. permettra de centraliser les nombreuses observations de phénomènes non conventionnels déclarées auprès des services de gendarmerie ou des commissariats locaux », a déclaré M. Castera en acceptant sa mission. Le commissaire étudie déjà depuis des années, souvent sur son temps libre, ce type de témoignages. La création du B.A.N.C. légitime son intérêt et lui donne une caution officielle malgré quelques grincements de dents et moqueries de la part de ses collègues.

Après un prélèvement d'office

Au second tour

des élections municipales

LES MAIRES DE QUELQUES GRANDES VILLES SONT MENACÉS

Tandis que les électeurs sont appelés à voter dimanche dans la moitié des communes de France où des ballottages se sont produits au premier tour, les conseils municipaux élus dès le 14 mars commencent à élire leurs maires.

C'est ainsi que MM. Jacques Chaban-Delmas, premier ministre, Raymond Marcellin, ministre de l'intérieur, et Achille Peretti, président de l'Assemblée nationale, ont été réélus à Bordeaux, Vannes, et à Neuilly. MM. Robert Poujade, ministre délégué auprès du premier ministre chargé de la protection de la nature et de l'environnement, Pierre Billecocq, secrétaire d'État auprès du ministre de l'éducation nationale et Jacques Limoury, secrétaire d'État auprès du ministre délégué chargé des relations avec le Parlement, ont été élus respectivement à Dijon, La Madeleine (Nord) et Castres (Tarn). M. Yvon Bourges, secrétaire d'État auprès

2

L'infirmerie

Pourquoi me suis-je jetée à l'eau ?
pensait la nouvelle venue. [...]
Ma pauvre tête n'est plus peuplée
que d'algues et de coquillages. Et
j'ai fort envie de dire que cela est
très triste, bien que je ne sache plus
au juste ce que ce mot signifie.

Jules SUPERVIELLE

1.

— Vous arrivez après la bataille, prévint d'entrée
Catherine Aumonier.

Silhouette massive, blouse blanche, air sévère et
lunettes demi-lune sur le nez, la directrice adjointe de
l'infirmerie paraissait ennuyée. Assise derrière un petit
bureau métallique, elle toisait Roxane avec méfiance.

— C'est-à-dire ? demanda la flic qui était restée
debout devant elle.

— L'inconnue de la Seine n'est plus chez nous,
répondit Aumonier.

Derrière les reproches, Roxane perçut une gêne,
comme si le médecin venait de se faire prendre le
doigt dans le pot de confiture.

— Rembobinez le film depuis le début, demanda-t-elle.

C'était la première fois de sa carrière qu'elle mettait les pieds à l'infirmerie de la préfecture de police de Paris. Surnommée l'I3P, la structure médicale était unique en France et avait une réputation sulfureuse. L'endroit faisait office d'urgences psychiatriques pour les individus ramassés par la police dans la capitale s'ils présentaient des « troubles mentaux manifestes ». Créée il y a un siècle et demi, l'I3P se voyait régulièrement reprocher son fonctionnement opaque dû à la tutelle de la préfecture.

— Notre inconnue a été repêchée dans la Seine dimanche matin vers 5 heures par une unité de la Brigade fluviale, non loin du Pont-Neuf, commença Aumonier, les yeux fixés sur ses notes. Elle était nue comme un ver à l'exception d'une montre à son poignet.

Malgré son intérêt pour l'affaire, Roxane se sentait oppressée. Le bureau était minuscule, proche de la cellule de prison. Son éclairage verdâtre et l'odeur de chou qui imprégnait l'atmosphère lui donnaient la nausée. Chaque respiration lui coûtait.

— On nous l'a amenée le jour même vers 10 heures après une rapide prise en charge par le service d'unité médico-judiciaire de l'Hôtel-Dieu.

Aumonier tendit à Roxane le certificat médical rempli par le médecin de l'UMJ. Elle le parcourut des yeux. Le type n'avait pas fait de zèle, se contentant de cocher quelques cases et de griffonner en guise de bilan : « *Le sujet présente des troubles mentaux susceptibles de constituer un danger pour la sûreté des personnes et pour elle-même.* » L'inconnue avait refusé qu'on prenne ses empreintes et les types de l'UMJ ne s'étaient pas battus pour le faire, car ils n'avaient pas d'infraction pénale à lui reprocher hormis peut-être de s'être baignée nue dans la Seine.

— Lorsqu'on l'a repêchée, la fille était désorientée, complètement à l'ouest. Incapable de répondre à la moindre question. Si elle s'est tenue plus ou moins tranquille à l'Hôtel-Dieu, en arrivant chez nous elle a vraiment pété les plombs.

Catherine Aumonier ouvrit un fichier sur son ordinateur portable avant de tourner l'écran vers Roxane.

— Tout a été filmé par les caméras de surveillance. On l'a sédatée à son arrivée, mais les effets ont été limités. Elle était très agitée, elle se griffait, s'arrachait les cheveux par touffes entières.

Roxane avait les yeux fixés sur les images. Une jeune femme en peignoir, complètement perdue. Un visage long et fantomatique de sylphide prisonnière de sa tristesse et de sa folie.

— Impossible d'établir le moindre dialogue avec elle ?

— Je pense qu'elle ne comprenait même pas la plupart des questions qu'on lui posait, répondit Aumonier.

— Vous avez établi un diagnostic ?

— Avec si peu de recul, c'est difficile. Un mélange de bouffées délirantes et d'amnésie dissociative.

— C'est possible qu'elle ait simulé ?

— C'est toujours possible, mais je ne parierais pas là-dessus. Elle avait l'air d'avoir subi un traumatisme profond. Bref, au bout de presque vingt-quatre heures, la situation ne s'était pas améliorée, mais elle a tout de même fini par prononcer une phrase qui m'a intriguée. Elle a demandé qu'on appelle Marc Batailley.

— C'est ce qu'elle a dit ?

— Elle l'a même prononcé plusieurs fois, un peu comme une supplique : « *Sie müssen Marc Batailley anrufen !* »

— En allemand ?

— Oui.

— Et vous saviez de qui elle parlait ?

— Oui, j'ai souvent croisé Marc lorsque je travaillais quai de la Rapée.

— À l'Institut médico-légal ?

Elle hocha la tête.

— J'ai laissé deux messages à Batailley, mais il ne m'a jamais rappelée.

Lorsqu'elle s'était présentée à l'I3P, Roxane s'était bien gardée de lui dire qu'elle les avait écoutés. Aumonier avait cru qu'elle était envoyée par la préfecture et elle ne l'avait pas détrompée.

— Et ensuite ?

La directrice adjointe enfonça son petit doigt dans son oreille et se gratta sans vergogne. Elle avait le visage de certaines paysannes hollandaises qu'avait peintes Van Gogh en préparant ses *Mangeurs de pommes de terre* : la face rougeaude, les traits rudes, le front bas, le nez qui trognonne.

— On a gardé la fille encore quelques heures, mais on avait une pression énorme pour libérer des chambres.

— Justement, je pourrais voir l'endroit où elle a séjourné ?

Au prix d'un réel effort, la directrice adjointe se leva de sa chaise.

— En temps normal, on a six ou sept personnes par jour, mais ce lundi, on a eu onze arrivées.

Elle boutonna en soupirant sa blouse ornée de l'insigne tricolore de la préfecture.

— On ne sait pas ce qui se passe en ce moment. Entre les toxicos, les illuminés, les paranoïaques, les SDF, les migrants, on n'arrive plus à suivre. Trop, c'est trop.

2.

Les deux battants s'ouvrirent sur un long couloir jaunâtre de chaque côté duquel se répartissaient des pièces aux portes couleur grenade. À gauche les bureaux du personnel, la cuisine, la salle de repos, la pharmacie ; à droite les chambres ainsi que la salle de douche. Il n'y avait de fenêtres nulle part. Toute la clarté du monde paraissait s'être retirée pour ne laisser qu'une lumière crasseuse et dévitalisée, comme si l'endroit était passé au tamis d'un vilain filtre Instagram.

Un bourdonnement sourd et inquiétant faisait vibrer les murs. C'était l'heure des repas. Deux infirmières distribuaient des plateaux aux patients. Au menu, poisson bouilli, choux de Bruxelles et fromage blanc.

— Légalement, nos patients ne peuvent rester ici que quarante-huit heures au maximum, expliqua Catherine Aumonier. Passé ce délai, une partie est hospitalisée d'office ailleurs et une autre remise en liberté ou récupérée par un commissariat dans le cadre d'une enquête pour crime ou délit.

Derrière une ouverture en plexiglas, un homme édenté en pyjama bleu hurlait : « J'ai froid ! J'ai chaud ! J'ai froid ! J'ai chaud ! Je veux ma lichette de mazout ! Pour filer jusqu'à Knokke-le-Zoute ! »

— Au milieu de l'après-midi, on n'avait plus le choix, continua-t-elle. Il fallait qu'on oriente la fille ailleurs. Avec les nouveaux arrivants, on avait vingt patients sur les bras alors qu'on a uniquement seize lits à notre disposition, répartis en dix chambres.

— Vous lui avez trouvé un point de chute ?

— Bien sûr! On s'est démenés pour lui dégoter une place au pôle psychiatrique Jules-Cotard. C'est une petite structure pas très loin, près du cimetière du Montparnasse. Et c'est pendant le transfert que tout a merdé. On l'a perdue.

— Perdue? Vous voulez dire que la patiente s'est échappée?

Sentant le reproche dans la voix de Roxane, Aumonier s'énerva.

— On fonctionne normalement avec quatre adjoints de sécurité. Un est en RTT, l'autre est soi-disant malade et un troisième ne vient plus depuis qu'il a demandé sa mutation. Dans les règles, il faut obligatoirement deux mecs par transfert, mais cet après-midi il n'y en avait qu'un.

L'I3P souffrait du syndrome français : le pays était à la fois surtaxé et suradministré, mais rien ne fonctionnait. Plus loin, dans sa chambre, l'édenté continuait à gueuler : «Je veux une goutte de mazout pour aller jusqu'au restoroute! J'préfère bouffer un mammouth que ce poisson qui m'dégoûte!»

— Que s'est-il passé exactement?

— Elle a faussé compagnie à l'agent de sécurité dans la cour de la clinique Cotard.

Aumonier s'essuya le nez avec sa manche alors qu'elles arrivaient devant la chambre 6.

— C'est là.

Un surveillant gaulé comme une armoire à glace vint leur ouvrir la porte. C'était une petite cellule de dix mètres carrés sans douche ni volet occultant. Nue à l'exception d'un lit métallique fixé au sol et d'un siège de toilettes chimiques comme on en utilise parfois sur les chantiers ou les campings. Aux murs, des vieux graffitis racontaient une partie de l'histoire des précédents locataires.

— Toi, t'es qu'un trou du cul avec rien autour ! lança à la directrice adjointe le patient qui occupait le lit.

Assis en tailleur, il était perclus de tics et crachait des insultes à la volée. Mal à l'aise, Roxane le regardait du coin de l'œil. Avec sa mâchoire de traviole, son œil borgne et son ancre tatouée sur l'avant-bras, il lui rappelait Popeye le marin.

— Envoie-moi ta mère que je te refasse ! hurla-t-il de nouveau.

Aumonier ignora le SDF et anticipa la question que Roxane allait lui poser.

— Comme on a désinfecté la chambre immédiatement après son départ, les techniciens de l'Identité judiciaire ne pourront pas trouver grand-chose.

Roxane réfléchit. Elle n'était pas certaine que l'IJ se déplacerait sur cette affaire. Un avis de recherche allait être diffusé par les flics du 14e. Les mecs de l'avenue du Maine enverraient une bagnole patrouiller autour de la clinique Cotard en attendant que la fille refasse parler d'elle. Aumonier avait conscience d'avoir merdé, mais elle avait néanmoins un atout dans sa manche.

— Farouk, un de nos surveillants, a eu la présence d'esprit de recueillir des cheveux arrachés par la fille.

Elle sortit de sa blouse une pochette en plastique scellée contenant une poignée de mèches blondes. Sceptique, Roxane examina le sachet. C'était mieux que rien, même si elle n'était pas certaine qu'il y ait assez de racines pour en extraire de l'ADN. Sans parler des risques que le prélèvement soit contaminé. De nouveau, elle scanna la pièce et son regard s'arrêta sur le siège des toilettes chimiques.

— Vous les avez nettoyées ?

— Évidemment, on change le bac pour chaque patient. Ça fonctionne un peu comme une litière.

— Oui, je connais. Essayez de retrouver le réservoir à déchets de l'inconnue et faites-moi tous les prélèvements que vous pourrez.

— Concrètement qu'est-ce qu'on cherche ?

La flic haussa les épaules.

— Sa pisse, sa merde, tout ce que vous trouverez.

3.

Dix-neuf heures. Roxane filait au volant du scooter de Valentine Diakité. Le froid figeait son visage, saisissait ses membres, brûlait ses doigts. Son blouson en cuir et son tee-shirt à manches longues constituaient une armure trop tendre face aux morsures de la nuit.

Place Denfert-Rochereau, elle attrapa le boulevard Raspail pour rentrer à son nouveau bureau. C'était l'heure où les gens quittent leur travail. Sur le boulevard, la circulation était saturée, déviée en partie à cause des travaux sans fin qui défiguraient la capitale. Parisienne de naissance, Roxane n'avait jamais vu sa ville dans cet état. Depuis des mois, les travaux s'étaient multipliés. Pas une rue, pas un croisement, pas un pâté de maisons sans son trottoir éventré. Le pire était que la plupart de ces chantiers étaient fantômes. Des ouvriers avaient ouvert des tranchées et pour une raison inconnue avaient été envoyés sur un autre lieu. Sans que les autorités s'en émeuvent, les trous restaient ouverts des semaines, protégés par d'horribles barrières en tôle gris verdâtre – les mêmes qui le week-end servaient de projectiles aux manifestants pour casser du flic.

L'affaire de l'«inconnue de la Seine» lui trottait dans la tête. Ce fait divers avait une coloration poétique qui lui plaisait. Elle lui rappelait un épisode littéraire qu'elle avait étudié lorsqu'elle était en hypokhâgne. Celle de cette jeune suicidée de la fin du XIXe siècle qu'on avait repêchée près d'un pont de la Seine. Subjugué par sa beauté, un employé de la morgue avait fait prendre clandestinement un moulage de son visage. Son masque mortuaire en plâtre avait plus tard été dupliqué jusqu'à devenir au fil des années une icône artistique qui décorait les appartements du Paris bohème du début du siècle suivant. Aragon en parlait dans *Aurélien* et l'appelait « la Joconde du suicide », Supervielle lui avait consacré une belle nouvelle et Camus en possédait une réplique dans son bureau. La sérénité de son visage fascinait. Sa beauté était singulière : des pommettes hautes et pleines, une peau lisse, des yeux clos aux cils fins et un demi-sourire mystérieux figé dans la félicité comme si son passage de l'autre côté de la vie l'avait plongée dans une béatitude absolue.

Rue de Sèvres, une trottinette électrique qui venait en contresens tira Roxane de ses divagations littéraires. Elle évita l'engin de peu et parvint à s'extraire de la circulation pour rejoindre la rue du Bac. Frigorifiée, elle passa la porte cochère avec le scooter puis se faufila dans la cour du 111 bis où elle le gara. Lorsqu'elle poussa la porte de la tour de l'horloge, elle retrouva avec un vrai réconfort l'atmosphère du bureau : la chaleur d'abord, les notes rassurantes du piano, les décos de Noël qui la replongeaient en enfance, sans oublier Poutine, le chat sibérien qui était déjà dans ses pattes.

There's no place like home...

Au deuxième étage, derrière son bureau, Valentine Diakité était toujours fidèle au poste et Roxane comprit qu'elle allait avoir du mal à s'en débarrasser.

— Alors ? demanda la jeune femme, le visage illuminé, avide d'en apprendre davantage.

Touchée par sa spontanéité et non sans une idée derrière la tête, Roxane lui fit un rapide *briefing* de sa visite à l'I3P.

— Si tu veux vraiment m'aider, c'est le moment ! lança-t-elle à la fin de son récit.

Elle sortit les sachets en plastique des poches intérieures de son blouson : l'un contenant les mèches de cheveux, l'autre un tube d'urine de l'inconnue.

— Il y a un TGV qui part de Paris-Nord dans une demi-heure. Tu peux être à Lille à 21 heures.

— À Lille ?

— C'est là que se trouve l'Institut européen des empreintes génétiques, l'un des plus importants labos privés du nord de la France.

Valentine commençait déjà à prendre des notes sur son portable.

— Mon service, la BNRF, travaille très souvent avec eux en appoint de l'Institut national de police scientifique, continua Roxane. Leur point fort, c'est la réactivité, surtout dans les affaires où tu as besoin des analyses avant la fin de la garde à vue d'un suspect.

— Mais personne ne vous a saisie de cette affaire !

— Qui le saura ? répliqua Roxane. Tu te pointes là-bas et tu remets les traces génétiques à un type qui s'appelle Johan Moers.

— À 9 heures du soir ?

— Ce n'est pas un problème, le type est *strange*, il dort là-bas. Pour te faciliter la tâche, je vais lui envoyer un SMS et le prévenir de ton arrivée.

Roxane avait pensé que le volontarisme de Valentine s'effacerait devant la première difficulté, mais pas du tout.

— Je marche, dit-elle en coiffant son casque.

Elle rangea les prélèvements dans son Lady Dior et tendit à Roxane une carte de visite couleur ivoire.

— Vous m'envoyez les billets et l'adresse du labo sur mon mail ?

— Compte sur moi. Tu seras de retour à Paris avant minuit.

4.

Heureuse de rester seule, Roxane s'installa dans le grand canapé Chesterfield, envoya un message à Johan Moers, acheta et transféra les billets de train et demeura un moment, les yeux dans le vague, à se repasser mentalement le film des caméras de surveillance. L'inconnue repêchée dans la Seine avait un physique à la fois banal et fascinant. Elle lui évoquait les Sylvidres, les ennemies jurées d'Albator. Des femmes végétales, faites de sève et de fibres, aussi belles que dangereuses.

Toujours par SMS, Roxane rappela à Catherine Aumonier sa promesse de lui envoyer le nom, l'adresse et le rapport de l'adjoint de sécurité qui avait laissé s'échapper l'inconnue. Elle téléphona ensuite à l'hôpital Pompidou pour s'enquérir de l'état de santé de Batailley. Elle dut palabrer un temps infini pour avoir un médecin au bout du fil. Les nouvelles n'étaient pas bonnes : le flic présentait de multiples fractures et un sévère traumatisme crânien. On l'avait placé en coma artificiel pour pouvoir opérer et réduire ses hématomes. Son état s'était stabilisé, mais son pronostic vital restait engagé.

Elle termina sa ronde en échangeant des SMS avec Louise Veyron, la coordinatrice de la Direction de l'ordre public et de la circulation qui chapeautait la Brigade fluviale. Les deux femmes se connaissaient un peu et convinrent d'une rencontre informelle le lendemain avec le plongeur qui avait repêché l'inconnue dans la nuit du samedi au dimanche.

Roxane eut un flash de son appartement – le gris, le froid, la solitude, le béton, l'appel du néant – et ne se sentit pas le courage de rentrer chez elle. Même si elle n'avait pas de vêtements de rechange, elle décida de profiter du cocon que lui offrait la tour de l'horloge.

Dans la cuisine du premier étage, elle repéra une petite cave à vins à côté du frigo. Elle en fit un rapide inventaire avant de se décider pour une bouteille de blanc : pessac-léognan, domaine de Chevalier 2011. Elle se servit un premier verre, qu'elle avala sans l'apprécier. Juste pour la sensation d'avoir une dose

d'alcool dans le sang. Le deuxième fut plus volup-
tueux: le vin était excellent, fruité et boisé, avec des
saveurs de pêche blanche et de noisette. Batailley
avait du goût.

Elle emporta la bouteille au dernier étage, traficota
le vieux radiateur en fonte pour augmenter la température. Alors qu'elle n'avait jamais craint le froid, ces
derniers temps elle y était de plus en plus sensible.
Sans crier gare, une vague paralysante pouvait
s'abattre sur elle et la pénétrer jusqu'aux os. Elle
s'entortilla dans un grand plaid écossais en laine plié
sur le canapé et fureta un moment dans la discothèque
de Batailley. Là aussi, le choix était bon. Le flic était
un féru de musique classique. Les CD s'empilaient,
certains encore sous blister. Avec un prisme affirmé
pour Schubert, Beethoven et Satie interprétés par
des stars du piano: Krystian Zimerman, Daniel
Barenboim, Martha Argerich, Milena Bergman, Aldo
Ciccolini.

Les rafales firent vibrer les parois de verre, renfor-
çant son impression de se trouver dans un phare.
La nuit était claire. Depuis sa position dominante,
Roxane voyait la ville sous un angle inconnu. Dans un
coin de la pièce, elle découvrit quelques marches en
bois escamotées. Une fois dépliées, elles lui permirent
d'accéder à un panneau coulissant, et de déboucher sur une minuscule terrasse coincée à côté d'un
réservoir d'eau à la new-yorkaise.

Le vent soufflait fort, mais la revigorait. Elle avait aimé cette tour sur-le-champ. Immédiatement, elle s'y était sentie chez elle. À cet instant, assise sur le zinc du toit, elle avait l'impression d'être une vigie de la capitale, installée dans le nid-de-pie d'un vaisseau qui voguait sur la nuit parisienne. Le mouvement et les lumières étaient hypnotiques. Il y avait toujours un détail qui retenait l'attention. Roxane resserra le plaid autour de ses épaules et une nouvelle image s'imposa dans son esprit. Celle des mâchicoulis d'un château fort. Ici, elle se sentait temporairement à l'abri. Ici, personne ne viendrait la chercher.

Et si ça arrivait, elle aurait le temps de se défendre.

URGENCES MÉDICO-JUDICIAIRES

Groupe hospitalier

HÔTEL-DIEU

Je soussigné(e)

NOM *Jacques*

Prénom *BARTOLETTI*

Adresse complète *UMJ*

agissant en qualité de médecin psychiatre

Certifie avoir examiné ce jour :

Mme ou M *inconnue*

né(e) le

à

domicilié(e) à

et avoir constaté les symptomes suivants :

Le sujet présente des troubles mentaux susceptibles de constituer un danger pour la sûreté des personnes et pour elle-même

Cet état nécessite l'admission en soins psychiatriques d'urgence selon l'article L.3213-2 du code de santé publique.

Certificat établi à *Paris* , le *20 décembre 2020 à 6.00*

Signature

Bartoletti

Mardi 22 décembre

3

Milena Bergman

*On ne sait rien d'elle... une
inconnue... qui s'est jetée dans
la Seine, une jeune femme, elle
a fermé les yeux sur son secret...
pourquoi a-t-elle fait ça? La faim,
l'amour... On peut rêver ce qu'on
veut...*

Louis ARAGON

1.

Réveillée par la luminosité, Roxane ouvrit les yeux
sans comprendre tout de suite où elle se trouvait:
par-dessus les toits, au milieu du ciel, flottant dans
les reflets de zinc, de cuivre et d'ardoise. Emmitouflée dans un plaid écossais. Avec un gros chat sibérien
recroquevillé contre ses jambes.

Elle se mit debout, se frotta les paupières et reprit
ses esprits. Il faisait une chaleur d'étuve. Son tee-shirt
était trempé, la couverture collait à ses jambes. Elle
baissa le radiateur qui avait été long à se mettre en
branle, mais qui avait fonctionné à pleine puissance
toute la nuit. Point positif: c'était jour de fête côté

météo. Pour la première fois depuis des semaines, le Roi-Soleil accordait à la capitale la grâce de son lever.

Princesse au petit pois, Roxane se massa la nuque, les épaules et jusqu'aux vertèbres. Le canapé Chesterfield avait de la gueule, mais il n'était pas fait pour servir de lit, *a fortiori* si vous approchiez de la quarantaine.

Poutine sur ses talons, elle descendit au premier étage où elle avait repéré une cafetière. Elle remplit une assiette de croquettes pour mettre fin aux miaulements du chat, lui versa un bol d'eau puis dénicha une prise sur le comptoir de la cuisine où elle put brancher le chargeur de son téléphone. Elle avait un peu la gueule de bois, mais elle avait déjà connu pire. Tout en préparant son café, elle consulta ses messages. Aumonier lui avait envoyé le rapport et l'adresse de l'adjoint de sécurité qui avait laissé filer l'inconnue : un certain Anthony Moraes qui vivait dans le quartier de Saint-Philippe-du-Roule. Mais surtout, elle avait un appel en absence de Johan Moers, le biologiste lillois à qui Valentine avait apporté l'échantillon de cheveux. Elle le rappela dans la foulée.

— J'ai tes résultats, Roxane.

— Déjà ? Je craignais que les prélèvements soient contaminés ou qu'il n'y ait pas assez de follicules.

— On a pas mal progressé ces derniers temps sur l'analyse capillaire, répondit le technicien. Ce n'est pas moi qui ai fait la manip, mais mon assistant a pu choper deux ou trois bulbes pour en extraire suffisamment de matière génétique. J'ai les résultats devant mon écran.

— Nickel. Je voudrais que tu les envoies sur le mail de mon adjoint, le lieutenant Botsaris.

— Je crois que je l'ai dans mes contacts. Laisse-moi vérifier... Oui, c'est bon. Tu savais que chaque humain perd en moyenne cinquante à cent cheveux chaque jour ?

— Non, mais grâce à toi, je commence la journée avec une bonne nouvelle.

— En parlant de bonne nouvelle, je serai à Paris la première semaine de janvier. On déjeune ensemble ?

— Bien sûr.

— Tu dis ça chaque fois et tu finis toujours par annuler.

— Tu surestimes beaucoup ma conversation, Johan.

— Pour être honnête, ce n'est pas tant ta conversation qui m'intéresse...

— Salut Johan.

Elle raccrocha, satisfaite. Dans sa course de haies matinale, le premier obstacle avait été facilement franchi. Deuxième étape : appeler Botsaris.

Elle allait composer le numéro lorsqu'elle entendit le grincement de la porte d'entrée. Quelques secondes plus tard, Valentine Diakité apparut dans la cuisine, élégante, pomponnée, pleine d'énergie.

— Je passe en coup de vent avant d'aller à l'hôpital. Je ne savais pas que vous comptiez dormir ici !

— Moi non plus, balbutia Roxane, gênée d'être surprise au saut du lit.

— J'ai acheté des croissants, vous en voulez ?

Roxane la remercia d'être allée à Lille la veille et lui résuma les renseignements qu'elle avait glanés de son côté.

La thésarde s'éclipsa aussi rapidement qu'elle était apparue. Roxane demeura plusieurs minutes immobile, assise au comptoir de la cuisine. Incertaine, piégée, en se demandant si la scène qu'elle venait de vivre était bien réelle. Elle se fit violence pour s'extirper du parfum persistant de Valentine – des effluves doux et miellés, de bois blond et de tilleul – et reprit le contrôle en composant le numéro de son adjoint.

— Salut Botsa.

— Roxane ? Comment vas-tu ? Ça fait plaisir de t'entendre.

— Tu as deux minutes ?

— Je suis sur la route de Nantes avec Gibernet et un officier de l'OCRVP. Il faut qu'on checke un truc dans l'affaire Claret-Tournier.

Roxane ferma les yeux. En bruit de fond, elle percevait le bourdonnement de la circulation et quelques bribes d'une conversation animée. La bande-son rugueuse du terrain. Celle de l'urgence et de l'adrénaline dont elle était aujourd'hui privée.

— Sorbier m'a raconté, reprit le lieutenant. Je voulais te laisser un message, mais…

Elle l'interrompit pour aller droit au but :

— T'inquiète pas pour moi. Tu veux bien me rendre un service ?

— Annonce d'abord. Avec toi, je me méfie.

— Johan Moers va t'envoyer un profil ADN sur ton mail. Je voudrais que tu le passes au Fnaeg.

— Roxane ! Ça craint de faire ça !

— Tu le passes en scred sur une autre procédure. On a déjà fait ça un nombre incalculable de fois.

Mais Botsaris était trop prudent pour avouer au téléphone qu'il avait détourné la consultation du Fichier national des empreintes génétiques.

— S'il te plaît, ne me mêle pas à tes…

— Je veux juste vérifier un truc.

— Pas aujourd'hui.

— C'est important pour moi.

— Tu ne changeras jamais. C'est déprimant.

— Merci Botsa.

2.

Après s'être douchée, elle remit ses fringues de la veille et, comme il faisait beau, décida d'aller à pied jusqu'au quai Saint-Bernard où elle devait rencontrer l'un des plongeurs qui avaient repêché l'inconnue dans la nuit de samedi à dimanche. Sous le soleil, le trajet était agréable : Saint-Germain, Odéon, la Sorbonne puis les quais. L'humidité détestable des semaines précédentes avait laissé la place à un air froid et sec, et le beau temps changeait tout.

En chemin, elle entama sa pêche aux infos en se frottant à la léthargie administrative du commissariat du 14ᵉ. L'affaire n'avait pas avancé d'un iota. Un avis de recherche avait bien été diffusé la veille et une voiture avait patrouillé autour du pôle psychiatrique Jules-Cotard, sans rien remarquer de particulier. Même son de cloche du côté de la BAC : aucune équipe n'avait signalé la présence de l'inconnue dans les interventions de la nuit. Le dernier appel fut pour la coordinatrice de la Direction de l'ordre public et de la circulation qui l'attendait sur place.

Derrière le Jardin des Plantes, Roxane faillit se faire réduire en bouillie en traversant la voie express, puis erra plusieurs minutes avant de trouver le passage qui menait aux quais. Le QG de la Fluviale était constitué de quatre bâtiments géométriques assez laids amarrés quai Saint-Bernard autour desquels gravitaient des pneumatiques, des Zodiac et une vedette de patrouille. Dressé sur un ponton cimenté, l'ensemble faisait penser à une construction modulaire de chantier, type Algeco. Mais platanes, saules pleureurs et prunus bordaient la zone, des reflets argentés couraient sur la Seine, et le panorama emportait l'adhésion.

Devant l'entrée du bâtiment principal, Louise Veyron fumait une cigarette en compagnie d'un grand type brun qui buvait un café directement au goulot de sa thermos. La coordinatrice fit les présentations.

— Brigadier Bruno Jean-Baptiste, capitaine Roxane Montchrestien. C'est Bruno qui a dirigé l'opération qui vous intéresse.

La conversation s'engagea, un peu tendue. Depuis quelque temps, la Brigade fluviale était en crise. Deux ans auparavant, la mort d'une plongeuse lors d'un entraînement avait créé un choc et entaché sa réputation. Pour tourner la page, le service d'élite avait même changé de tutelle, mais la blessure restait vive. Les pompiers plongeurs de Paris, leur principal « concurrent », les avaient remplacés dans le cœur de certains médias et étaient devenus les nouveaux « anges gardiens de la Seine ».

Roxane s'efforça de détendre l'atmosphère en jouant cartes sur table : elle ne cherchait qu'à identifier l'inconnue repêchée par la « Fluve » deux jours plus tôt.

— Vous vous souvenez de l'intervention ?

— Évidemment. Samedi dernier, Météo-France avait placé Paris en vigilance jaune, se souvint le brigadier. Pendant plus de vingt-quatre heures, on n'a eu que de la flotte en continu et de fortes rafales de vent. La mairie avait d'ailleurs décidé de fermer les parcs et jardins dès 17 heures.

Jean-Baptiste devait mesurer près de deux mètres. La peau cuivrée, les cheveux noirs plaqués en arrière, il était fait d'un bloc et sa voix plutôt fluette contrastait avec sa carrure.

— On a pris l'appel à 4 h 28, continua-t-il en gardant les yeux baissés sur un double feuillet qui devait être le compte rendu de l'intervention. Un type affirmait qu'il voyait de sa fenêtre quelqu'un en train de se noyer au niveau du Pont-Neuf.

— D'où venait l'appel ?

— Généralement, la plupart passent par le 18 des pompiers ou le 17 de police-secours, mais ce ne fut pas le cas pour cette fois.

D'un signe du menton, le plongeur désigna le bâtiment.

— Le gars nous a appelés directement. Il a dû trouver notre numéro sur Internet. Ça arrive, mais ce n'est pas le plus fréquent.

— Il a laissé ses coordonnées ?

Jean-Baptiste tendit sa feuille à Roxane qui photographia l'information : Jean-Louis Candela, 12, quai du Louvre.

— On est partis directement avec le Cronos : un semi-rigide bimoteur de deux fois 150 chevaux.

— Vous étiez combien ?

— Trois, comme c'est l'usage : un chef d'intervention, un pilote et une plongeuse.

— C'était une intervention difficile ?

— Quand il tombe des cordes, ça complique toujours les choses. Sans parler des rafales à 90 kilomètres/heure, mais même avec ces difficultés, on était sur place deux minutes plus tard. En hiver, avec les suicidaires ou les alcoolos, il faut se manier le derche. Entre les courants et le froid, tu peux sombrer en moins de cinq minutes.

— Vous avez repéré la fille tout de suite ?

— Oui, elle était en effet en train de se noyer, mais Myrielle, la plongeuse, l'a sortie de l'eau sans difficulté.

— L'eau était à combien ce soir-là ?

— Cinq ou six degrés.

— La fille était dans quel état ?

— Ben… comme quelqu'un qui vient de passer un bon moment à poil dans une eau à cinq ou six degrés. Elle était complètement frigorifiée, en légère détresse respiratoire et en état de choc.

Le plongeur fit une pause et avala une longue gorgée de café. Roxane mit sa main en visière pour se protéger du soleil qui éclaboussait la Seine. Le ciel était clair comme rarement. Les deux arches métalliques du pont de Sully se détachaient à l'horizon et, plus loin, on apercevait la pointe ouest de l'île Saint-Louis et la silhouette convalescente des tours de Notre-Dame.

— C'est vous qui l'avez conduite à l'hôpital ?

— D'abord, on a fait un point au niveau du quai de Conti, précisa Jean-Baptiste. Quand on est arrivés, il y avait des flics de Sainte-Geneviève, le commissariat du 5e. On les avait appelés parce qu'un drone survolait le Sénat. C'est la plaie ces engins en ce moment. Il y a au moins une alerte par jour. Ils n'avaient pas chopé les mecs, mais ils nous ont proposé leur aide. L'Hôtel-Dieu est juste à côté. On a débarqué la fille sur le quai aux Fleurs et ils l'ont conduite au Service d'accueil d'urgence.

— Elle a transité par le SAU ? Je croyais qu'elle avait été conduite directement à l'UMJ.

Le plongeur grimaça.

— À cause des risques d'infection, il valait mieux passer par les urgences.

— Je pensais que l'eau était moins dégueu qu'avant. Hidalgo n'a pas promis qu'on pourrait y nager pour les JO ?

— L'eau a déjà été plus sale, convint le brigadier, mais son degré de pollution bactériologique reste élevé. Vous pouvez choper quantité de saloperies, notamment *Escherichia coli* qui vous donnera la chiasse et des infections urinaires. Quant à l'urine et aux cadavres des rats qui flottent dans l'eau, ils peuvent déclencher des cas graves de leptospirose.

— Même si vous ne passez que quelques minutes dans l'eau ?

— Le problème de la fille, c'était ses tatouages qui avaient l'air récents. Ça augmente considérablement le risque d'infection cutanée.

Roxane crut avoir mal entendu à cause du bruit que faisaient les mécanos affairés autour d'un remorqueur, qui couvrait la voix du plongeur.

— La fille avait des tatouages ?

— Autour de ses chevilles, oui.

Cette histoire de tatouages constituait une piste sérieuse. Jamais Catherine Aumonier n'avait évoqué cet élément. Les mecs de l'I3P avaient vraiment bossé comme des salopards.

— Comme la fille était nue, c'était difficile de ne pas les voir. Mais ce qui m'a frappé, c'est qu'on avait l'impression qu'ils avaient été faits à l'arrache.

— Ils représentaient quoi ?

Jean-Baptiste plissa les yeux pour convoquer ses souvenirs.

— Le premier c'est facile : c'était des feuilles de lierre qui s'enroulaient autour de la cheville. L'autre, c'est plus flou. Ça m'a fait penser à un pelage tacheté, mais plutôt d'un faon que d'un léopard, vous voyez ? Je peux essayer de vous les dessiner si vous voulez.

— Ça serait bien !

Louise Veyron, qui était restée muette pendant tout l'entretien, sortit de son sac un carnet et un stylo. Pendant que le plongeur s'appliquait, Roxane lui posa ses dernières questions.

— La fille portait une montre, n'est-ce pas ?

— Une montre et un bracelet.

Encore un oubli des gars de l'I3P.

— Comment pensez-vous qu'elle se soit retrouvée là ? On l'a poussée ou elle s'est jetée ?

— Comment voulez-vous que je le sache ! En tout cas, son corps ne portait pas de traces manifestes d'agression.

Il prit le temps de terminer ses dessins puis lança, goguenard :

— Peut-être qu'elle est apparue là par magie. Comme si le fleuve l'avait lui-même rejetée de ses entrailles.

3.

Une demi-heure plus tard, Roxane tambourinait à la porte d'un petit appartement, rue du Commandant-Rivière, dans le quartier Saint-Philippe-du-Roule.

— C'est la police !

La jeune femme qui lui ouvrit était sur le départ : parka boutonnée, écharpe nouée et sac en bandoulière. L'air slave, elle avait le teint pâle, un visage éteint malgré le maquillage.

— Capitaine Montchrestien, je cherche Anthony Moraes.

— Tony vient de partir, répondit la fille.

— Qui êtes-vous ?

— Sa copine. Enfin, si on peut dire.

— Je peux entrer ?

— Non, pourquoi ?

Roxane glissa un regard par l'entrebâillement d'où s'échappaient les effluves encore tièdes de la nuit. L'appartement consistait en deux chambres de bonne réunies. Visiblement, l'adjoint de sécurité n'y était pas.

— Où se trouve Moraes ?

— Dans son café habituel, j'imagine.

— C'est où ?

— La Cavalina, au coin de la rue.

— Tu t'appelles comment ?

— Pourquoi vous me tutoyez ?

— Fais pas chier. Ton nom ?

— Stella Janacek.

— Alors, écoute-moi bien Stella : si dans les dix minutes qui viennent tu préviens ton mec de ma visite, ta vie va prendre un cours très compliqué. Tu piges ?

La menace parut produire son effet. Du moins, Roxane voulut y croire au vu du hochement de tête de la fille qu'elle interpréta comme : « Si vous pensez que je vais prendre des risques pour ce type. »

Roxane descendit l'escalier trois par trois. Elle voulait aborder l'adjoint de sécurité par surprise. Rue du Faubourg-Saint-Honoré, elle trouva la brasserie facilement. L'endroit était chicos avec sa devanture noire, ses lambrequins dorés et ses braseros chauffant une petite terrasse encadrée de végétation artificielle. Elle balaya des yeux l'espace extérieur sans repérer Anthony Moraes, dont elle avait trouvé la photo sur les réseaux sociaux. Après avoir poussé la porte, elle le reconnut enfin, assis à une table sous la verrière, absorbé par l'écran de son téléphone.

— Salut Tony, dit-elle en s'asseyant devant lui.

L'ADS sursauta, marqua sa surprise et fourra son Samsung dans la poche de son blouson. De petite taille, il avait le visage rond, le teint jaunâtre et deux énormes sourcils noirs qui se rejoignaient au-dessus de l'arête de son nez.

— Qui êtes-vous ?

— Capitaine Montchrestien de la BNRF.

— Qu'est-ce que j'ai encore fait ?

— Je veux que tu me briefes sur ta mésaventure d'hier.

Moraes haussa les épaules.

— J'ai déjà tout dit lors de mon audition.

— Non, tu as simplement répondu à quelques questions pour un rapport d'incident, ça n'a rien à voir avec une audition.

— Ça ne change rien : j'ai dit la vérité. Hors de question que je porte le chapeau sur ce coup-là. L'I3P est en sous-effectif chronique. Tout le monde le sait ! Aumonier n'aurait jamais dû me laisser faire ce transfert tout seul.

— Tu as raison. Personne ne te jette la pierre. Explique-moi juste comment c'est arrivé.

L'ADS soupira et termina son expresso avant de commencer son récit sur un ton expéditif.

— Cotard, c'est une petite structure, sans cour ni parking. Je me suis garé en double file, rue Froidevaux. Et la fille s'est barrée lorsque j'ai ouvert la porte de l'ambulance. Voilà.

— Les infirmiers l'avaient sédatée.

— Ouais, deux ampoules de Loxapac. Normalement ça aurait dû l'assommer. D'ailleurs, pendant le trajet, elle est restée amorphe.

— Comment s'est-elle échappée ?

— Elle m'a foutu un coup avec une violence dingue !

Le geste accompagnant la parole, il montra avec son index l'entaille profonde à gauche de son monosourcil.

— Comment elle t'a fait ça ?

— D'un coup de pied ! La pute ! s'énerva-t-il en haussant la voix.

— Elle était habillée comment ?

— Lors des transferts, on rend normalement leurs fringues aux patients, mais comme elle n'en avait pas, l'infirmerie lui a fourni un pyjama, une doudoune et une paire de Crocs.

Roxane garda le silence un long moment avant de jouer au bluff la seule carte qu'elle avait dans sa manche.

— Ma théorie, c'est que tu as essayé de lui piquer sa montre.

— Hein ?

— Et qu'elle t'a foutu plusieurs beignes pour ne pas te laisser faire.

— N'importe quoi.

Tony voulut se lever, mais Roxane l'attrapa par l'épaule pour le forcer à se rasseoir.

— Quand je suis arrivée, tu surfais sur Chrono24, une application spécialisée dans la vente de montres d'occasion.

— Et alors ? ce n'est pas interdit !

— Tu cherchais à refourguer la montre que tu as volée.

— Pff, souffla Tony pour balayer les accusations.

— Écoute, on va la jouer simple, Tony : un coup de fil de moi et ton statut d'ADS saute dans la seconde. Avec cette histoire de vol, tu auras un casier judiciaire et plus aucune chance de bosser dans la sécurité. Tu t'es mis dans une situation très embarrassante.

— Fait chier !

— Comme tu dis.

Emmitouflé dans son blouson, l'ADS croisa les bras et se rencogna au fond de sa banquette.

— La montre, je l'ai plus, dit-il d'un ton boudeur. Elle est en dépôt chez un revendeur.

— Tu ne perds pas de temps, toi…

— Je l'ai déposée hier soir dans une boutique d'occasion de la rue Marbeuf.

Roxane connaissait certaines de ces boutiques.

— Laquelle : Romain Réa, MMC ?

— Non, une autre à côté qui s'appelle Le Temps retrouvé.

L'INCONNUE DE LA SEINE

— Comme le roman de Proust ?

— Hein ?

— Laisse tomber. T'as rien d'autre à me dire, Tony ?

Moraes secoua sa tête d'ado renfrogné.

— Alors, barre-toi. J'ai envie de prendre mon café tranquille.

4.

Pour fêter cette petite victoire, Roxane se commanda un double expresso et des *biscotti*. En attendant son petit déjeuner, elle consulta sur son portable les horaires du Temps retrouvé. La boutique de montres d'occasion n'ouvrait qu'à 11 heures. Elle avait une demi-heure à tuer. Elle ne put s'empêcher de taper sur Google le nom de Valentine Diakité, mais la thésarde faisait apparemment partie des rares personnes de son âge à n'avoir aucune existence numérique. Elle finit par téléphoner à l'étudiante. Valentine poireautait dans le hall de Pompidou en attendant de trouver un médecin qui lui donnerait des nouvelles de Marc Batailley.

— J'ai du boulot pour toi.

— Toujours partante !

— J'aimerais que tu appelles les principaux tatoueurs de la région parisienne pour savoir si l'un d'entre eux a récemment exécuté des dessins autour de deux chevilles représentant une couronne de lierre et une peau ou une fourrure tachetée.

— Je ne suis pas sûre de bien visualiser.

— Je t'envoie deux croquis par SMS.

— OK !

En buvant son café, Roxane passa une série d'appels pour identifier le syndic du 12, quai du Louvre. Elle le contacta pour apprendre qu'aucun des propriétaires ou locataires de l'immeuble ne répondait au nom de Jean-Louis Candela. Le type qui avait prévenu la Fluviale cette nuit-là l'avait donc probablement fait sous une fausse identité. En soi, ça ne montrait pas grand-chose – pris au dépourvu, il était même assez fréquent que les gens donnent un nom d'emprunt ou refusent de décliner leur identité lorsqu'ils contactaient les flics. Dans une procédure normale, Roxane aurait pu demander à remonter jusqu'au numéro. Elle aurait lancé une enquête de voisinage, centralisé et visionné toutes les caméras de surveillance autour du Pont-Neuf. Mais elle n'avait ni équipe ni compétence pour se saisir de l'affaire. Cette enquête n'existait pas. C'était à la fois sa chance et sa limite d'investigation.

Elle était en train de régler sa note lorsque son téléphone vibra. Le visage anguleux de Botsaris apparut à l'écran.

— Roxane ? J'ai demandé à Cruchy de passer ton profil ADN au Fnaeg.

— Résultat ?

— Ça a matché avec une certaine Milena Bergman.

Quelques papillons s'envolèrent dans son ventre : elle avait réussi à rendre un nom à l'inconnue de la Seine.

— Une musicienne allemande, précisa Botsaris.

Milena Bergman…

Le nom ne lui était pas inconnu. Elle l'avait rencontré la veille au soir à la tour de l'horloge en fouinant dans la collection de disques classiques. Milena Bergman faisait partie des pianistes dont Marc Batailley possédait les enregistrements !

— Elle est fichée pour quel délit ?

— Un vieux truc. Une histoire de vol d'un sac Bulgari dans une boutique de l'avenue Montaigne en 2011. À l'époque, la fille était un peu klepto.

Roxane connecta son oreillette et, tout en gardant en ligne son lieutenant, lança Wikipédia sur le navigateur de son téléphone. L'encyclopédie en ligne avait bien une entrée sur la pianiste. Sans lire l'article, elle regarda la photo de l'inconnue : une jeune femme blonde aux cheveux de Mélisande dont le profil était raccord avec la fiche des UMJ.

— Comment tu t'es retrouvée en possession des traces génétiques de cette femme ? demanda Botsaris.

À son ton, Roxane comprit qu'il sentait venir le coup foireux. Elle choisit de lui dire la vérité.

— Elle a été repêchée il y a deux jours dans la Seine par la Brigade fluviale.

— Quoi ?

— Sans doute une suicidaire. On l'a conduite à l'I3P, mais ensuite elle s'est fait la malle lors de son transfert.

— Ça m'étonnerait beaucoup que ce soit elle, affirma le flic.

— Pourquoi ?

Botsaris laissa passer quelques secondes, puis :

— Parce que Milena Bergman est morte il y a un an.

Q Rechercher dans Wikipédia

Milena Bergman

Milena Bergman est une pianiste germano-suédoise née le 7 juillet 1989 à Linköping et morte dans un accident aérien le 8 novembre 2019 au large de l'archipel portugais de Madère.

Milena Bergman

Biographie

Fille unique d'un ingénieur aéronautique allemand et d'une professeure de musique suédoise, elle vit en Suède jusqu'en 1996, lorsque sa famille s'installe à Hambourg. Elle commence l'apprentissage du piano d'abord avec sa mère puis au sein du Johannes Brahms Konservatorium et du Hochschule für Musik und Theater de Munich dans la classe de Margarita Anke.

Parallèlement à ses études, elle participe à de nombreuses master class en Italie, en France et aux États-Unis, auprès de maîtres comme Aldo Ciccolini ou Regina Noack.

Son parcours d'études est jalonné de plusieurs prix internationaux comme le premier prix au Concours international de piano Arthur Rubinstein à Tel-Aviv (2002), la médaille d'or de la principauté de Monaco ou le deuxième prix obtenu au concours international Tchaïkovski en 2007.

Autant de récompenses qui lui permettent de se lancer dans une carrière internationale de concertiste et l'amènent à se produire avec les plus grands chefs d'orchestre et à jouer dans les salles les plus renommées : grande salle du conservatoire de Moscou, théâtre Mariinsky de Saint-Pétersbourg, Philharmonie de Berlin, Fondation Vuitton à Paris, Royal Festival Hall à Londres, Carnegie Hall à New York, Suntory Hall à Tokyo.

La parution de son interprétation des huit *Impromptus* de Franz Schubert éditée par Deutsch Grammophon est saluée par beaucoup de critiques et enthousiasme le public jusqu'à devenir une référence immédiate de l'enregistrement de cette œuvre.

Surtout reconnue comme spécialiste de Schubert, Milena Bergman est également une grande interprète de Debussy et de Ravel. Elle est appréciée pour sa technique virtuose, son toucher raffiné et sa sonorité, enveloppante et poétique. Réputée perfectionniste, la pianiste enregistre peu, mais donne de nombreux concerts, particulièrement en Asie où sa notoriété est forte.

Extrêmement discrète et rare dans les médias, Milena Bergman a souvent affirmé que sa passion pour le piano ne constituait pas l'essentiel de sa vie. Elle s'est d'ailleurs accordé à plusieurs reprises dans sa carrière des périodes sabbatiques pour étudier, lire et s'adonner aux sports équestres.

Elle est l'une des 178 victimes de l'accident du vol Buenos Aires-Paris, qui s'est abîmé près de Madère le 8 novembre 2019.

Discographie

2007 – Franz Schubert : Impromptus D 899 & D 935
2009 – Franz Schubert : Sonates D 959 & D 960
2011 – Johannes Brahms : Concerto pour piano et orchestre no 2, NHK Symphony Orchestra (Tokyo)
2012 – Claude Debussy : Préludes – premier et deuxième livre
2013 – Claude Debussy : Images 1 & 2, Children's Corner
2015 – Maurice Ravel : Sonates et Trio (avec Renaud Capuçon et Yukiko Takahashi)
2016 – Mozart : Piano concertos nos 23 et 26, Seoul Philharmonic Orchestra, dir. Chung Myung-whun
2018 – Philip Glass, études pour piano
2020 – The Last Recording, Orquesta Filarmónica de Buenos Aires

4

La passagère du vol AF 229

*Et l'existence humaine est une triste
farce inventée par les dieux.*
Serge FILIPPINI

1.

— Vous êtes de la police, n'est-ce pas ?

Le Temps retrouvé était une boutique tout en profondeur coincée entre les enseignes de luxe de la rue Marbeuf. Sa décoration et son atmosphère évoquaient l'intérieur d'une berline haut de gamme. Une fois le seuil franchi, l'espace était aménagé comme un petit salon où des sièges en cuir clair entouraient une table basse en ronce de noyer. Le ronronnement moelleux du chauffage et l'odeur du neuf invitaient au confort, à prendre le temps d'admirer les chronographes des grandes maisons d'horlogerie. Au fond de la pièce, derrière un comptoir en marbre vert, l'horloger était à l'avenant : veste cintrée, pochette de costume roulottée, lunettes en écaille, gilet à motifs paisley d'où pendait la chaîne d'une montre de gousset.

— J'attendais votre visite, ajouta-t-il en guise d'accueil.

— Vraiment ?

— Vous êtes de la police et vous venez me parler de la « Résonance ».

Roxane posa sa carte tricolore sur le comptoir.

— Gagné, je suis flic. J'aimerais vous poser quelques questions à propos d'une montre qu'un certain Anthony Moraes vous a laissée en dépôt hier soir.

— C'est bien ce que je vous disais : la Résonance.

Roxane fronça les sourcils. Avec sa redingote, sa montre de gousset et sa rhétorique foireuse, l'horloger lui faisait penser au Lapin blanc d'*Alice au pays des merveilles*. Et elle avait envie de lui foutre des baffes.

— Dès que ce jeune homme est sorti de ma boutique, j'ai immédiatement prévenu vos collègues du commissariat du 8ᵉ, assura-t-il en faisant apparaître devant lui une petite boîte en bois marqueté.

À l'intérieur se trouvait une montre en platine avec un boîtier original en forme de tortue plate.

— Pourquoi avoir appelé les flics si rapidement ? Vous étiez certain qu'elle était volée ?

— Affirmatif.

Elle écarta les bras.

— Et pourquoi ?

— Parce que cette montre est unique et que c'est moi qui l'ai vendue à son propriétaire.

Roxane hocha la tête. Les choses prenaient une tournure intéressante.

— Un café, mademoiselle ? Pardon : un café, *capitaine* ?

— Je veux bien. Serré et sans sucre.

Pendant que le Lapin blanc s'affairait autour de la machine, Roxane examina la montre de plus près. Elle n'en avait jamais vu de pareille. À l'intérieur d'un cadran nacré bleu pâle, deux compteurs parfaitement symétriques semblaient se regarder en miroir.

— C'est la singularité de cette montre, expliqua l'horloger. Elle possède deux balanciers qui finissent par battre à l'unisson.

— À quoi ça sert ?

— À rien, sourit-il. C'est juste un formidable défi de fabrication et, surtout, c'est un magnifique symbole.

— Un symbole de quoi ?

— Son premier propriétaire, le peintre John Lorentz, y voyait deux cœurs qui battent à l'amble.

Elle aima l'expression qui lui rappela le vers d'Aragon : « J'ai mis mon cœur entre tes mains / Avec le tien comme il va l'amble. »

L'horloger revint avec un plateau en argent supportant deux tasses en porcelaine.

— À la mort de Lorentz, la montre fut rachetée par la femme de l'écrivain Romain Ozorski qui voulait l'offrir à son mari. C'est elle qui a fait graver l'inscription au verso.

Roxane retourna la montre et lut : « *You are at once both the quiet and the confusion of my heart.* »

— C'est tiré d'une lettre de Kafka à Felice Bauer. Joli, n'est-ce pas ?

Un déclic venait de se produire. À présent, Roxane trouvait elle aussi cette création sublime et poétique. Elle aussi désirait la porter et sentir le corps de la montre battre contre son poignet et électrifier son cœur.

— Après son divorce, Ozorski a souhaité se défaire de la montre, reprit l'horloger, et c'est moi qui l'ai rachetée pour le compte d'un de mes clients.

— Qui ça ?

— Secret professionnel.

Elle leva les yeux au ciel.

— À ma connaissance, vous n'êtes ni juge ni médecin ni avocat.

Le Lapin blanc n'opposa pas de résistance bien longtemps.

— Mon client est un admirateur d'Ozorski : le romancier Raphaël Batailley.

Roxane reposa sa tasse, perdue.

— Un rapport avec le commissaire Batailley ?

— Bien sûr, c'est son fils. Vous n'avez jamais lu ses livres ?

Elle secoua la tête. Qu'est-ce que le fils de Batailley venait faire dans cette galère ?

— Donc, cette montre appartient à Raphaël Batailley ?

— C'est ça. (Il sortit son téléphone de la poche de sa veste.) J'ai d'ailleurs cherché à le joindre dès hier soir. Il ne m'a pas répondu, mais je lui ai laissé un message.

— Et il ne vous a pas rappelé ?

— Non.

Roxane agita son index pour demander à l'horloger de lui donner son iPhone. Elle profita du fait qu'il était coopératif pour consulter la fiche de Raphaël Batailley qui contenait aussi son adresse : *The Glass House*, 77 bis, rue d'Assas, dans le 6e.

— *The Glass House* ?

— Comme son nom l'indique, c'est une maison de verre construite par un architecte américain dans les années soixante qu'a rachetée M. Batailley. Il paraît que ça vaut le coup d'œil.

Elle revint à la montre qu'elle passa à son poignet.

— Combien vaut un bijou comme ça ?

— Une petite fortune.

Elle sortit la photo de l'inconnue.

— Cette montre a été récupérée au poignet d'une jeune femme qu'on a repêchée dans la Seine dans la nuit de samedi à dimanche. Son visage vous dit quelque chose ?

— Elle est jolie. On dirait l'Ophélie d'Arthur Hughes.

— Mais vous ne l'avez jamais vue ?

Le Lapin secoua la tête et désigna la montre.

— N'oubliez pas de me la rendre avant de partir.

— Non, je la garde. Comptez sur moi pour la restituer à son propriétaire !

2.

Au pont de l'Alma, Roxane attrapa une rame du RER qui la conduisit à la gare du Pont-du-Garigliano, au pied de l'hôpital Pompidou. Elle avait mis à profit le trajet pour rappeler Johan Moers.

— Il y a un gros problème avec tes résultats ADN.

— Lequel ?

— Ils matchent avec le profil d'une morte alors que les cheveux proviennent d'une fille qu'on a repêchée vivante dans la Seine il y a deux jours.

— S'il y a une erreur, elle n'est pas de mon côté, se défendit le scientifique.

— Refais quand même un séquençage, ordonna-t-elle. *Toi-même*, pas ton assistant.

— OK, soupira-t-il.

— Et regarde ce que tu trouves du côté de l'analyse d'urine. Je te l'avais déjà demandé.

Sur le navigateur de son téléphone, elle s'était ensuite lancée dans une recherche rapide d'informations sur Raphaël Batailley. Quarante ans, plutôt beau gosse, il avait déjà une longue carrière derrière lui. Batailley était un graphomane. Il avait écrit une vingtaine de bouquins dans des genres très différents allant du polar au roman d'épouvante en passant par les livres pour enfants. Plutôt discret, il était admiré par une cohorte de lecteurs fidèles qui le suivait quels que soient ses projets. Cette adhésion et son côté caméléon lui conféraient une place à part dans le paysage littéraire, loin des textes germanopratins prétentieux et autocentrés et des grosses machineries des livres à succès. Son dernier roman paru s'appelait *La Timidité des cimes*. Comme le titre lui plut, Roxane acheta l'ebook en se promettant d'y jeter un coup d'œil plus tard.

L'hôpital Pompidou déployait son architecture en bord de Seine à proximité du boulevard périphérique. Édifié quai André-Citroën, c'était une gigantesque construction géométrique. Un agglomérat pas très harmonieux d'une dizaine de bâtiments de verre reliés les uns aux autres autour d'un patio coiffé d'un toit en verrière. Un édifice moderne qui avait à peine vingt ans, mais qui donnait déjà l'impression d'être vieux et sale. Au diapason de ce qu'était devenue la ville.

Roxane erra un long moment dans l'atrium avant de localiser le service de réanimation. L'ascenseur la conduisit au premier étage où elle trouva une aide-soignante qui lui donna le numéro de la chambre de Marc Batailley. Après un dédale de couloirs encombrés de chariots métalliques, elle arriva devant le numéro 18. Elle vérifia le panneau épinglé qui indiquait le nom du patient et listait ses pathologies, son traitement et ses résultats d'examens. À travers la surface vitrée, elle aperçut Valentine qui, d'un signe de la main, l'incita à entrer. Nerveuse, Roxane poussa la porte et pénétra dans la pièce.

Batailley avait la chance d'occuper une chambre individuelle – même si, à cet instant précis, cela devait lui faire une belle jambe. Intubé, le flic avait été placé sur le ventre pour améliorer sa respiration. À travers l'enchevêtrement des tuyaux translucides, son apparence cadrait avec ce que Roxane s'était imaginé. Carcasse massive, crinière poivre et sel ébouriffée, rides profondes, barbe d'une semaine. Autour du lit étaient disposés un électrocardioscope, une batterie de perfusions et le respirateur qui oxygénait le patient tel un accordéon jouant toujours la même note poussive et monotone.

Assise à ses côtés, Valentine leva vers Roxane des yeux pleins de larmes.

— J'ai vu un médecin, annonça-t-elle d'une voix chevrotante. Son état n'a pas évolué. Marc a un poumon perforé et des fractures multiples : au crâne, aux côtes et aux vertèbres.

Roxane tira une chaise placée de l'autre côté du lit pour s'asseoir près de l'étudiante. Elle chercha une formule de réconfort, n'en trouva pas et enchaîna sur son enquête.

— Tu connais Milena Bergman ?

— Oui, bien sûr, répondit Valentine en séchant ses larmes. C'était la petite amie de Raphaël, le fils de

Marc. Elle est morte dans le crash d'avion dont on a tant parlé.

Roxane déglutit. Dès qu'elle avait débarqué dans les couloirs blancs, l'odeur de l'hôpital l'avait prise à la gorge : mélange tiédasse de désinfectant, de médocs et de nourriture de merde.

— Pourquoi vous me parlez d'elle ? demanda Valentine.

— Parce que l'ADN que tu as apporté à Johan Moers correspond à celui de… Milena.

Valentine bondit presque de sa chaise. La stupéfaction se lisait sur son visage.

— Sérieusement ? Comment est-ce possible ?

— Justement : ce n'est *pas* possible.

La flic regarda « sa » montre et poursuivit :

— Milena, tu l'as déjà vue en vrai ?

— Non, elle est morte avant que je rencontre Marc, mais il m'en a parlé plusieurs fois avec fierté. Sa mort avait dévasté Raphaël. Marc disait qu'il était soulagé d'habiter avec lui, qu'il aurait eu peur de ce que son désespoir aurait pu lui faire faire, sinon.

— Et lui, *l'écrivain*, tu le connais ?

— Oui, c'est un mec génial. Gentil, drôle, intelligent. Et canon avec ça. Vous ne trouvez pas ?

Roxane eut un geste vague.

— Pas vraiment mon genre.

Il avait suffi d'évoquer Raphaël Batailley pour que Valentine retrouve le sourire. Elle avait des paillettes dans les yeux. Une vraie groupie.

— Cette idylle avec la pianiste, ça remonte à quand ?

Valentine prit le temps de réfléchir.

— Je dirais environ un an avant le crash. Il y a eu un article sur leur histoire dans le magazine *Week'nd* le mois dernier. Ça a beaucoup contrarié Raphaël, car l'info n'était pas sortie avant.

— Qui a bavé ?

— On ne sait pas, justement.

Roxane se leva. Elle étouffait. Le monde de l'hôpital l'avait toujours oppressée. Il lui semblait que la mort rôdait partout avec son cortège sonore angoissant : les bips des moniteurs, les à-coups des chariots métalliques, le bruit des pompes en caoutchouc sur le lino vieillissant. Et ses fantômes ridicules qui hantaient l'espace avec leurs blouses en papier aux couleurs fanées.

— Il y a un truc que je ne comprends pas, reprit-elle. Le fils Batailley, pourquoi il n'est pas là ? J'ai essayé de l'appeler en venant, mais il ne décroche pas.

— Il ne doit même pas savoir ce qui est arrivé à son père. Lorsqu'il écrit, il part souvent s'isoler plusieurs semaines sans que personne sache où il est.

— Une pose d'artiste, soupira la flic.

— Vous avez lu ses livres ?

Roxane secoua la tête.

— Je ne lis que les auteurs morts.

— Le comble du snobisme.

— Le temps permet de faire le tri. Tu les as lus, toi ?

— La plupart. J'adore. Tous ses romans sont dédiés à sa sœur, qui est morte à l'âge de quatre ans.

Roxane se souvint de ce que lui avait dit Sorbier.

— J'ai vaguement entendu parler de cette histoire.

— Marc était une légende de la police, vous savez ?

— Ouais, je connais : les années quatre-vingt-dix, la brigade criminelle de Marseille, l'histoire du tueur en série et tout le folklore autour de l'Horticulteur.

Valentine la regarda d'un air mauvais, gardienne du temple de la légende des Batailley.

— Marc était marié à une ancienne danseuse du Ballet national de Marseille. Ils ont perdu leur petite fille dans des circonstances tragiques.

— Du genre ?

— Un truc vraiment affreux. (Elle désigna d'un geste le corps inerte sur le lit.) Je n'ai pas envie d'en parler devant lui. Après le drame, le couple s'est séparé et Batailley a été muté à Paris.

— Une belle famille de givrés.

— Vous n'avez pas de cœur.

— Non, mais je boirais bien un café. Je veux bien que tu ailles me le chercher. Et je veux bien que tu arrêtes de me vouvoyer aussi.

Roxane était venue ici avec une idée en tête, mais elle avait besoin d'être seule pour pouvoir agir. Bonne pâte, Valentine se leva à son tour et chercha de la monnaie dans son sac pour le distributeur automatique.

— Vous le prenez comment votre café ?

— Court et sans sucre.

— Je m'en serais doutée !

À peine l'étudiante avait-elle quitté la pièce que Roxane se précipita dans l'unique placard de la chambre. À l'intérieur se trouvaient les effets personnels de Marc Batailley : un jean, une paire de boots, une chemise, un pull à col en V, une montre Seiko UFO noir et rouge datant des années soixante-dix. Pendu sur un cintre, un trois-quarts en cuir élimé contenait un portefeuille, un iPhone encore chargé et un trousseau de clés. Roxane fit glisser ces dernières dans la poche de son jean.

— Alors, on fait les poches des malades ?

L'interpellation la fit sursauter. Un médecin réanimateur venait de pénétrer dans la chambre, sans doute pour actualiser la prescription de médocs. Il avait une silhouette longiligne, des cheveux roux incandescent coupés en brosse et des yeux verts minuscules, ronds comme des billes.

— Je récupère les clés pour aller lui chercher des habits propres, se défendit-elle.

— Ouais… Vu l'état dans lequel il est, je doute qu'il ait besoin d'un complet veston dans les jours qui viennent.

— Il ne va pas rester toute sa vie comme ça, si ?

Le doc ne s'embarrassa pas de convenances.

— Votre pote a le corps en miettes. Les secours l'ont ramassé à la petite cuillère. Avec ses lésions et ses fractures, il est très possible qu'il ne s'en sorte pas.

Il vérifia les constantes vitales sur le scope, la « sat » sur l'oxymètre, démêla les cathéters.

— Cet aprèm, les chirurgiens vont essayer de l'opérer d'une vertèbre, annonça-t-il. On va voir comment ça se passe avant de tirer des plans sur la comète.

Au moment de s'éclipser, le rouquin au sourire de vieux CPE sadique croisa Valentine qui revenait de la machine à café.

— J'ai pensé à quelque chose, fit l'étudiante en tendant un gobelet à Roxane. Et si Milena avait une sœur jumelle ? Ça expliquerait la possibilité d'un ADN identique, non ?

— Non, non, laisse tomber. Le coup des jumeaux, on ne voit ça que dans les polars. Et pas dans les bons.

— Vous pourriez néanmoins passer quelques coups de fil pour éliminer la piste, répliqua l'étudiante, vexée.

— Concentre-toi plutôt sur les tatoueurs. C'est plus ingrat, mais plus utile.

— J'en ai déjà appelé plusieurs, mais ça n'a rien donné. Les couronnes de lierre, ce n'est pas très fréquent. Les gens préfèrent les couronnes de laurier, qui symbolisent la victoire. De même personne n'a entendu parler de peau de daim ou de faon. À la rigueur des têtes de cerf, qui évoquent la domination ou la renaissance.

— Continue à creuser, demanda Roxane en ouvrant la porte. Moi, je vais essayer de trouver Raphaël Batailley.

3.

Le taxi s'enferrait dans la circulation de la rue de Vaugirard. Remonté, le chauffeur maudissait «les pistes cyclables pour bobos de mes deux», «ces cons d'écolos» et la maire de Paris qui avait d'après lui «transformé la Ville lumière en Ville poubelle». Les élections municipales étaient passées, mais le chauffeur était toujours en campagne.

— Vous connaissez le syndrome de Paris ? demanda-t-il en lançant un coup d'œil à Roxane dans son rétroviseur.

Sans attendre sa réponse, il sortit sa science.

— C'est une sorte de choc psychologique intense que ressentent certains touristes étrangers lorsqu'ils viennent visiter la capitale. On leur a vendu Amélie Poulain, *Emily in Paris* et le charme de Montmartre et ils découvrent le RER B, la porte de la Chapelle, la colline du crack et les pissotières en plein air de la mère Hidalgo.

Roxane ne put s'empêcher de sourire. Elle mit son casque sur ses oreilles et lança sur son téléphone le dernier enregistrement commercialisé par la maison de disques de Milena Bergman. Sous le titre *The Last Recording*, l'album proposait la captation du concert donné par Bergman au Teatro Colón de Buenos Aires, accompagnée par l'Orquesta Filarmónica. Deux jours plus tard, la pianiste trouverait la mort dans l'un des crashs les plus meurtriers de l'aviation civile française.

Roxane avait téléchargé plusieurs articles de différents journaux pour se rafraîchir la mémoire. Elle s'usait les yeux sur le petit écran de son iPhone, essayant de retenir le maximum de détails.

Le vol Air France 229 s'était abîmé en mer le 8 novembre 2019, entraînant la mort des cent soixante-dix-huit personnes à bord dont dix membres d'équipage.

L'accident étant récent, quantité de procédures juridiques étaient encore en cours. En France, deux enquêtes principales étaient lancées : l'une « judiciaire » pour homicide involontaire et l'autre « technique » sous l'égide du BEA, le Bureau d'enquêtes et d'analyses.

Au-delà des rapports et des expertises, tout le monde s'accordait sur plusieurs faits. Au moment de sa disparition, l'avion se trouvait quelque part au-dessus de l'océan entre Tenerife et Madère. Il avait quitté Buenos Aires en début d'après-midi pour une arrivée prévue à Paris vers 7 heures du matin. Le vol avait été compliqué : une météo exécrable faite d'orages à répétition qui avaient provoqué des turbulences sur l'ensemble du parcours. Une grande partie des avions devant survoler la zone où avait eu lieu l'accident avaient choisi ce jour-là de la contourner, mais telle ne fut pas la décision du capitaine du vol 229.

Après les premières hypothèses farfelues – une attaque terroriste menée par des pirates de l'air, un foudroiement de l'appareil qui aurait occasionné une panne électrique totale, une prise de contrôle de l'avion à distance – les rapports intermédiaires du BEA avaient éclairé le crash d'une lumière plus rationnelle. La traversée d'un orage en haute altitude avait provoqué la formation de cristaux de glace sur les sondes de l'avion. Le givrage des appareils de mesure avait déréglé temporairement les indications de vitesse affichées dans le cockpit et déconnecté le pilotage automatique.

Pudiquement, les rapports parlaient de « réactions inappropriées des pilotes » qui avaient entraîné le décrochage de l'avion et sa sortie de son domaine de vol. Plus prosaïquement, on comprenait que les mecs étaient passés totalement à côté du drame. La transcription des enregistreurs de vol faisait froid dans le dos et montrait un affolement généralisé et un manque de maîtrise. Pas un instant les pilotes n'avaient compris ce qui était en train de se passer.

Fidèle à elle-même, chassant en meute, drapée dans sa vertu immaculée, une certaine presse fit abondamment le procès des membres de l'équipage, fouillant dans tous les coins de leur vie privée pour mettre au jour leurs « misérables tas de petits secrets ». Sous couvert d'enquête, tout y passa : maîtresse, divorce, psychothérapie, prise de somnifères, goût de la fête, fréquentation des bars à putes du quartier de Recoleta. Tout le monde avait quelque chose à se reprocher. Si détestables que soient ces pratiques, le fait était là : aucun des trois pilotes n'était parvenu à récupérer le décrochage de l'avion et ils l'avaient laissé sombrer jusqu'à l'impact.

Dans les dernières pages du rapport, on apprenait, presque soulagé, que la plupart des passagers n'avaient sans doute pas eu conscience que l'avion était en situation de détresse. Il faisait nuit, les hublots étaient fermés, beaucoup de ceintures de sécurité détachées.

Tout s'était passé très vite. Moins de trois minutes s'étaient écoulées entre le décrochage et le moment où l'appareil avait heurté la surface de l'eau à pleine vitesse. Les passagers étaient morts sur le coup. Les débris de l'avion avaient coulé, mais dans une zone assez peu profonde, si bien qu'on avait réussi à retrouver les boîtes noires pendant qu'elles émettaient encore le signal ultrason permettant de les localiser. En quelques mois, une grande partie de l'épave avait été remontée. Sur les cent soixante-dix-huit victimes, on avait repêché et identifié cent vingt et un corps qui avaient été remis à leur famille.

Parmi eux se trouvait celui de Milena Bergman.

5

Dans la maison de verre

L'approbation des autres est un stimulant dont il est bon quelquefois de se défier.

Paul CÉZANNE

1.

Rue d'Assas, l'entrée de la maison des Batailley était facile à louper. Pour y accéder, il fallait d'abord franchir un portillon en ferraille qui donnait accès à une allée étroite. Pendant une vingtaine de mètres, le chemin longeait le jardin botanique de la faculté de pharmacie avant de déboucher sur la cour verdoyante d'une copropriété. Planté d'arbres et de végétaux, l'endroit avait un petit air champêtre si rare à Paris. Souvenir du jardin de sa grand-mère, Roxane identifia une haie de lauriers-roses, deux grands tilleuls argentés, un érable et même un improbable ginkgo biloba qui perdait ses belles feuilles topaze. Enfin, derrière un haut rideau de platanes déplumés, la maison de verre s'offrit tout entière à son regard.

L'horloger n'avait pas menti. *The Glass House* était un grand parallélépipède translucide greffé sur un petit immeuble de trois étages en brique ocre. Roxane avait lu dans le taxi que le bâtiment avait en effet été construit dans les années soixante par un architecte américain installé à Paris, un certain William Glass, dont le patronyme résonnait particulièrement avec ses réalisations. Glass était en effet un théoricien obsédé par la transparence. Il comptait à son actif certains projets célèbres : le théâtre de verre de Copenhague, l'école d'architecture de Bilbao, le siège de l'entreprise Green Cross à New York...

Roxane fit le tour de l'édifice. Il n'y avait pas âme qui vive. La grande force de la maison était la simplicité et la pureté de ses lignes. Un rêve architectural pour les amateurs de minimalisme. Une simple structure d'acier gris mat supportait une enfilade de vitres qui remplaçaient les murs. Étonnamment, depuis le jardin on ne voyait pas grand-chose de l'intérieur. Le ciel, le soleil, la course des nuages, la forme des branchages et la parure des arbres s'y réfléchissaient dans un jeu hypnotique en perpétuel mouvement.

En approchant de la dalle en verre givré qui faisait office de porte d'entrée, Roxane entendit un déclic et s'étonna de voir le panneau pivoter. L'une des clés qu'elle avait récupérées à l'hôpital devait fonctionner comme un passe électronique qui déverrouillait automatiquement les accès lorsque vous vous en approchiez.

Elle franchit le seuil pour se retrouver dans une sorte de loft. Jamais elle n'avait vu une installation pareille. Il n'y avait aucune cloison. Des meubles en bois brut, bas et allongés délimitaient les espaces. Où que l'on se trouve, le regard transperçait la pièce de part en part. *Le concept de l'appartement traversant à trois cent soixante degrés*, pensa-t-elle en avançant sur un sol de briques rouges patinées posées en chevrons, comme un vrai parquet point de Hongrie en terre cuite.

Qu'était-elle venue chercher ici ? Elle-même n'en avait pas la moindre idée. Elle voulait renifler les lieux, car ils étaient souvent le reflet de la personnalité de ceux qui y habitaient. Et à présent, la famille Batailley l'intéressait autant que Milena Bergman. Elle voulait surtout s'accrocher à cette enquête le plus longtemps possible. C'était une bouée de sauvetage inespérée. Sorbier, Botsaris et les autres avaient cru la mettre sur la touche, mais le destin – ce putain de destin qui trop souvent lui avait coupé les pattes – venait de la lancer sur la piste d'une affaire hors norme, aussi intrigante que mystérieuse.

Elle mit ses pas dans ceux des Batailley, se baladant dans la maison, comme si elle était chez elle. L'endroit lui évoqua d'abord un petit musée privé. Comme son père, l'écrivain avait bon goût. Les œuvres d'art

– sculptures et peintures – habitaient l'espace avec une grâce inquiète. Elle reconnut une statue monumentale typique du sculpteur Bernar Venet : des cercles torturés en acier patiné qui semblaient s'entortiller à l'infini. Un minotaure gigantesque en toiles de fer calaminées ainsi qu'une grande lithographie de Hans Hartung, entre hachures et tourbillons, à dominante bleu nuit.

Mais l'œuvre d'art la plus sublime, c'était encore la vue sur l'extérieur. L'ouverture sur la nature qui donnait l'impression que les arbres et les végétaux faisaient partie de la maison. Et qui amenait Roxane à se poser une question : pourquoi le romancier n'écrivait-il pas dans ce cadre enchanteur ?

Un peu partout sur les murs et dans la bibliothèque se trouvaient des photos de la pianiste et de l'écrivain. Milena et Raphaël à New York, Milena et Raphaël sur les pistes de Courchevel, Milena et Raphaël sur la Côte d'Azur, etc. Les cheveux au vent et le sourire aux lèvres, le couple affichait son amour ostensiblement. Un bonheur peut-être un poil surjoué ou trop mis en scène. Un bonheur que l'on donne à voir aux autres plus qu'on ne le vit soi-même. *Non*, fut-elle obligée de reconnaître, elle disait ça parce qu'elle était envieuse. Roxane se sentit honteuse d'être tombée dans la médiocrité, contaminée par le ressentiment parce qu'elle n'avait jamais connu que des histoires d'amour merdiques. La vérité, c'était que Milena Bergman était d'une beauté peu commune. Sur n'importe quel cliché, sa blondeur l'auréolait d'un halo de poussière d'étoile. Une sorte de mélancolie éthérée et de grâce profonde émanait de sa personne. La vérité, c'était tout simplement que Roxane était jalouse. Elle l'admit mentalement et l'instant d'après elle éprouva de la peine pour la pianiste et son destin funeste.

La pièce était glaciale. Le chauffage devait venir du sol, car il n'y avait aucun radiateur, sans doute pour des raisons esthétiques. Le long d'un muret en pierre couraient les brûleurs d'une cheminée au gaz. Roxane pressa l'interrupteur et immédiatement de longues flammes orangées se mirent à danser en suspension sur le lit de galets blancs.

L'attrait du feu la garda près de l'âtre. Sur l'un des deux fauteuils *lounge* qui encadraient la cheminée, elle trouva – sous un vieux cardigan en tricot gaufré – le numéro de *Week'nd* dont lui avait parlé Valentine. Oscillant entre information, *lifestyle* et *people*, le titre de presse se voulait haut de gamme, quelque part entre *Vanity Fair* et *M, le magazine du Monde*. La revue était ouverte à la page de l'article qui, un an après le crash du Buenos Aires-Paris, avait révélé la relation entre Milena et Raphaël.

Par jeu et comme pour convoquer la présence de Raphaël Batailley, elle enfila le lainage. Il émanait de la veste un parfum subtil, mélange d'iode et d'orange amère. Elle se laissa tomber au creux du fauteuil et parcourut l'article avec le plaisir régressif qu'elle ne s'autorisait d'ordinaire même pas dans les salons de coiffure.

Elle comprenait que l'article ait mis en colère Raphaël, ravivant sa douleur et transformant une tragédie intime en objet de ragots. Elle comprenait aussi pourquoi Raphaël Batailley et Milena Bergman avaient dû se plaire : deux artistes populaires, mais discrets, qui vivaient de leur art en l'exerçant en marge, loin des chapelles. Milena n'était pas aussi adulée que d'autres stars de sa génération, les Hélène Grimaud, Khatia Buniatishvili ou Yuja Wang. Mais elle ne cherchait pas à l'être. Elle répétait inlassablement que sa passion pour le piano ne constituait pas l'essentiel de sa vie.

La lecture du papier soulevait immédiatement deux questions. Pourquoi l'article n'était-il sorti que maintenant ? Et qui avait renseigné le journaliste – un certain Corentin Lelièvre – en lui donnant accès à des photos privées et à quantité d'anecdotes confidentielles ? Une idée la traversa. Elle pianota sur son téléphone et, en passant par le journal, elle réussit à contacter Lelièvre et à engager le dialogue. Très désagréable et constamment sur ses gardes, le journaliste se prenait pour Bob Woodward. Il la renvoya dans les cordes, lui faisant même la leçon sur le secret des sources avant de lui raccrocher au nez.

Roxane prit une grande inspiration pour garder son calme, se promettant d'arriver plus tard à ses fins par un autre moyen. Elle profita de ce qu'elle avait son téléphone en main pour appeler une nouvelle fois le romancier. Surprise. Une sonnerie discrète se fit entendre dans la pièce. La flic chercha d'où venait le bruit et découvrit l'iPhone de Raphaël dans le tiroir d'un bureau en noyer, rangé à côté de son passeport, de ses clés de voiture, d'un chéquier et d'une carte magnétique du parking André-Honnorat. À tout hasard elle tenta d'activer le téléphone, mais il s'éteignit. Plus de batterie.

Bizarre que Batailley soit parti sans son portable.

2.

Toujours emmitouflée dans le cardigan, Roxane retourna s'allonger dans le fauteuil près de la cheminée. Elle ferma les yeux, vit défiler dans sa tête des images de crash aérien. La peur, les hurlements, la prise de conscience brutale de la mort prochaine. Il fallait qu'elle remonte à la source : l'identification du corps de Milena. C'était le seul moyen d'en avoir le cœur net. Elle réfléchit plusieurs minutes sur la meilleure manière de procéder. Elle se perdait dans les méandres des services de police. Cette complexité était paralysante et contre-productive. La moindre recherche d'informations se heurtait à une bureaucratie kafkaïenne, à la concurrence entre les services, à l'inertie propre à l'administration française.

Refusant de se décourager, elle fit mentalement la liste de ses contacts à l'Institut de recherche criminelle de la gendarmerie nationale. Finalement, elle choisit comme point d'entrée Bertrand Passeron – *alias* Nougaro en raison de ses origines toulousaines –, l'un des vétérans de l'Unic, l'Unité nationale d'investigation criminelle. Elle doutait qu'il puisse lui donner des infos directement, mais il pourrait peut-être jouer les *go-between* avec une autre unité. Surtout, Passeron l'avait plutôt à la bonne depuis qu'ils avaient brièvement travaillé ensemble sur l'une des ramifications de l'affaire Dupont de Ligonnès, l'un des plus gros fiascos de la BNRF.

— Adiou Roxane, l'accueillit-il d'une voix chantante.

Passeron devait être à quelques mois de la retraite et avait toujours bossé à Paris, mais il avait gardé un fort accent du Sud-Ouest.

Elle lui expliqua qu'elle cherchait des infos sur l'identification des corps du Buenos Aires-Paris.

— Oh là, c'est l'U2I qui est compétente pour ce genre de demande.

Roxane s'attendait à cette réponse. L'unité d'investigation et d'identification avait été créée près de trente ans auparavant, lors de l'accident du mont Sainte-Odile. C'étaient les types qu'on envoyait sur chaque catastrophe – crash aérien, gros accident de la circulation, attentat à l'étranger – impliquant des victimes françaises.

— Tu aurais le contact d'un gars qui pourrait me rencarder sur l'identification d'un corps ?

— Faut voir. Que cherches-tu exactement ?

— À vérifier deux ou trois détails.

— Je vais essayer de te trouver ça, promit Nougaro. Laisse-moi un peu de temps.

Roxane raccrocha en se disant que le subterfuge ne durerait plus très longtemps. Ces dernières heures, elle était parvenue à trouver de l'aide, car ses interlocuteurs pensaient collaborer avec la BNRF. Mais tôt ou tard, la nouvelle de sa mise à l'écart allait se diffuser. En attendant, elle avait quelques jours de liberté pour mener une enquête sans paperasse et sans contrainte. Et elle était bien décidée à en profiter.

Une rafale de SMS la tira de ses réflexions. Valentine. L'étudiante avait téléphoné à Deutsche Grammophon puis à l'agent de Milena. Comme Roxane s'en était doutée, la pianiste n'avait bien évidemment pas de jumelle, ni d'ailleurs de frère ou de sœur. Son père était mort depuis longtemps. Sa mère s'était remariée et vivait à Dresde avec un professeur à la retraite.

Appelle la maison d'édition de Raphaël Batailley pour voir s'ils savent où il se trouve, demanda-t-elle à l'étudiante.

Puis elle ferma les yeux et profita de la chaleur et du silence de la pièce pour reprendre sa cogitation.

Elle avait eu raison de s'emballer pour cette affaire. Elle manquait toutefois de recul pour en saisir les tenants et les aboutissants. Le contexte était riche, mais sans équipe pour enquêter avec elle, elle ne pouvait s'offrir le luxe de se disperser. Pour avancer, elle devait se recentrer sur ses deux objectifs : identifier la fille et la retrouver.

— Qu'est-ce que vous faites là ?

L'interpellation la fit sursauter.

Elle ouvrit les yeux et se redressa. Une femme se tenait devant elle, armée d'un seau et d'un balai vapeur. La quarantaine gironde, vêtue d'un tee-shirt jaune et d'une salopette à la Coluche. Elle avait les cheveux peroxydés et des lunettes papillon à verres épais.

— Je suis de la police, madame, dit-elle en sortant sa carte.

— Et ça vous donne le droit de vous affaler dans ce fauteuil ? Qui vous a permis d'entrer ?

— Mon enquête.

— Vous avez une commission rogatoire ?

La femme n'était pas commode. Roxane tenta d'inverser le rapport de force.

— Et vous, qui êtes-vous ?

— Josefa Miglietti, la gardienne. Je viens faire le ménage tous les mardis.

Elle fit pivoter la porte en bois d'un buffet en noyer qui abritait des produits ménagers.

— Je cherche Raphaël Batailley pour le prévenir que son père a eu un très grave accident hier matin.

— Vraiment ? demanda Josefa.

Elle paraissait réellement affectée.

— Vous savez où il est ?

— Je ne l'ai pas vu depuis au moins quinze jours.

Roxane montra l'article de *Week'nd*.

— Et elle, vous la connaissez ?

— La pianiste ? Milène machin chose ?

— Oui, vous ne l'avez pas vue rôder dans le coin récemment ?

— Récemment ? Ça fait un an qu'elle est morte ! Z-êtes pas très au courant, vous !

— Ou quelqu'un qui lui ressemble ? suggéra Roxane.

La concierge secoua la tête.

— La seule fois que je lui ai parlé, c'était il y a plus d'un an. Elle était venue ici quelques jours.

— C'était quand exactement ?

— Je sais plus. En été peut-être. Pendant la période où on pensait que M. Marc allait mourir de son cancer du poumon.

— Vous n'avez rien remarqué de suspect dans la copropriété ces deux derniers jours ? insista Roxane.

— À part vous ?

— Bien sûr, à part moi !

Josefa se gratta le crâne.

— Un journaliste a essayé à deux reprises de m'interroger la semaine dernière.

— Il est venu sur place ?

La gardienne acquiesça.

— Il a dit qu'il s'appelait Constantin Lelièvre, ou quelque chose comme ça.

— Que voulait-il savoir ?

— Un peu comme vous, en fait. Il m'a posé des questions sur la pianiste.

Roxane sortit son téléphone qui vibrait dans sa poche. Nouveau message de Valentine : L'éditrice de RB prétend qu'il est à Londres, mais elle ne sait pas où il réside.

— Allez, du balai, j'ai du travail moi ! ordonna Josefa en faisant mine de pousser Roxane avec le manche de son instrument.

La flic ne se le fit pas dire deux fois. Batailley ne se trouvait pas à Londres. Depuis le Brexit, il fallait un passeport pour voyager en Angleterre, et celui de l'écrivain se trouvait dans son bureau. Cette éditrice racontait des bobards et elle allait lui rendre une petite visite. Il était temps qu'elle donne un grand coup de pied dans cette fourmilière de mythomanes.

3.

Roxane avait tiré les manches de son pull dans l'espoir vain de protéger ses mains des températures glaciales. Tout en allongeant ses foulées, elle souffla sur ses doigts pour les réchauffer tandis que des larmes causées par le froid coulaient sur ses joues.

Pour se rendre chez son éditeur, Raphaël Batailley n'avait heureusement pas à traverser tout Paris. En plus, la balade était plutôt sympa : le jardin des Grands-Explorateurs, l'avenue de l'Observatoire, le boulevard du Montparnasse. Et pour finir, la petite rue Campagne-Première. L'une des rues préférées de Roxane dans la capitale. Elle s'y engouffra avec le même élan que le soleil et le vent. Là non plus, les travaux n'épargnaient pas le quartier. Depuis la dernière fois qu'elle était venue la rue n'avait pas embelli. Au milieu des façades patinées et colorées s'élevait à présent un programme immobilier terne et grisâtre enveloppé d'une résille métallique.

La laideur gagne toujours...

C'était l'une des tristes lois d'airain de l'époque. Tandis qu'elle remontait l'artère, elle se sentit perméable aux souvenirs. Ça lui arrivait de plus en plus souvent ces derniers temps. Sans s'annoncer, comme une soudaine bouffée de chaleur, un bouquet de réminiscences la prenait d'assaut, par surprise, l'envahissant avec une précision démoniaque. Elle se revit soudain ici, dans cette même rue, un soir de juin 1997, célébrant la fin des épreuves du bac avec des copines, heureuse de la perspective d'intégrer l'hypokhâgne de Louis-le-Grand à la rentrée suivante.

C'était le jour de la fête de la Musique. Il faisait chaud. La gauche de Jospin venait de remporter les élections. Un groupe de *baby rockers* reprenait

Champagne Supernova devant l'hôtel Istria. La vie lui paraissait alors incroyablement riche, pleine d'espoirs et de possibilités. Aujourd'hui sa vie était un mur, une suite de problèmes à résoudre, un enchaînement de coups qu'il fallait parer sans pouvoir en rendre aucun. Elle avait fait une croix sur toute perspective d'amélioration ou d'épanouissement personnel. Elle avait bien conscience d'être paumée. Elle savait que le monde avait définitivement changé et qu'elle n'y trouverait plus jamais sa place.

Elle arriva au numéro 13 bis, un immeuble de trois étages en brique rose, adresse du siège des éditions Fantine de Vilatte. Elle sonna et pénétra dans un hall sombre et étroit qui donnait sur une cour pavée. Au milieu, une fontaine mangée par le lierre autour de laquelle se succédaient plusieurs ateliers d'artiste reconvertis en habitations. Le plus grand était celui de la maison d'édition : un bâtiment qui ressemblait à une serre avec sa verrière surplombant les bureaux.

— Je voudrais parler à Fantine de Vilatte.

— Si vous n'avez pas de rendez-vous, ça ne sera pas possible.

La jeune femme de l'entrée lui avait répondu avec un ton condescendant qui l'irrita. Roxane dégaina sa carte qu'elle plaqua fermement sur le comptoir de verre.

— C'est la police, ma grande. Alors lève ton cul de ta chaise et va…

— Je suis Fantine de Vilatte, annonça une voix derrière elle.

L'éditrice apparut dans un rayon de soleil. La soixantaine élégante, drapée dans un châle coloré. Sa chevelure blond cendré s'entortillait dans un chignon-tresse sophistiqué qui la faisait ressembler à une héroïne médiévale.

— Capitaine Montchrestien de la BNRF. Je cherche Raphaël Batailley dans le cadre d'une enquête.

— Et en quoi puis-je vous aider ?

— En me disant où il est, par exemple.

Fantine resserra son carré de soie autour de ses épaules.

— Rapha est à Londres. Sans doute dans un hôtel ou une maison de location, mais je ne sais *absolument* pas où et je n'ai aucun moyen de le savoir.

Roxane s'attendait à cette réponse. Elle brandit le document d'identité qu'elle avait trouvé dans la maison.

— Il a laissé son passeport chez lui, donc il n'est pas à Londres, donc vous vous foutez de moi, donc je vais me fâcher.

Fantine de Vilatte lui opposa un sourire paisible et son regard cristallin, manière de lui montrer qu'elle n'était pas impressionnée.

— Son père vient d'avoir un grave accident, argumenta Roxane.

— Je ne peux rien vous dire, vraiment. Nous avons un pacte de confiance. Lorsqu'il écrit, Rapha désire être seul. Vous connaissez la définition que donne Thomas Mann de l'écrivain : « un homme pour qui c'est plus difficile d'écrire que pour les autres ».

Roxane changea son fusil d'épaule.

— Vous connaissez la pianiste Milena Bergman.

— Hum... de nom, répondit l'éditrice avec une petite moue, mais pas personnellement.

— C'était la petite amie de votre « Rapha » pourtant. Il ne vous l'a jamais présentée ?

— Non, il ne m'en parlait jamais.

— C'est bizarre, non ?

— Non. Raphaël me parle de ses personnages. Pour les romanciers comme lui, les livres sont plus importants que la vie.

« Les livr sont plus importonts qu la vie. » Fantine de Vilatte était l'antithèse de Nougaro : elle avait un accent pointu, ne prononçant pas les *e* et transformant les « an » en « on ».

— Oui, enfin, tout ça ce sont des mots, fit remarquer Roxane.

— Oui, ce sont des mots, madame, et ne sous-estimez pas leur pouvoir.

Roxane soupira. Que ces gens étaient prétentieux.

— Pour beaucoup d'artistes, reprit Fantine, écrire est une porte de sortie. C'est le miracle de la fiction : elle vous soustrait momentanément au réel. Mais je n'ai pas l'intention de débattre de ça avec vous.

Vilatte était une coriace et une poseuse. Le pire, c'était qu'elle croyait vraiment à ces sornettes.

— Je pense que vous ne saisissez pas bien la situation. Marc Batailley est hospitalisé entre la vie et la mort. Qu'est-ce qui justifie que vous priviez son fils de cette information ?

— Vous me mettez dans une situation inconfortable.

— Non, justement, je vous propose d'en sortir. Croyez bien que si son père meurt sans qu'il ait été prévenu de son hospitalisation, Raphaël ne publiera plus aucun livre chez vous.

Cette fois, l'argument sembla porter. L'éditrice laissa passer un grand silence puis finit par cracher le morceau.

— Raphaël est dans une clinique psychiatrique, dit-elle en baissant la voix.

Dès le départ, Roxane s'était attendue à un truc tordu, et elle n'était pas déçue.

— Il est interné où ?

— Il n'est pas *interné*. Il y séjourne volontairement.

— Vous me prenez pour une idiote ?

— Il s'agit de la clinique Fitzgerald au cap d'Antibes. C'est là que Rapha a pris l'habitude d'écrire ses livres ces dernières années.

— Pourquoi ?

— Parce qu'il aime le cadre, l'environnement, la proximité de la maladie mentale, le vertige que ça fait naître en lui et qui alimente et stimule son écriture.

— Vous travaillez vraiment avec des tarés.

— Vous ne pouvez pas comprendre.

— Non, bien sûr. Nous, les flics, on est trop cons…

Roxane quitta Fantine de Vilatte et sortit dans la cour. Elle s'assit sur un banc en pierre blanche près de la fontaine et lança le navigateur de son téléphone. Elle se connecta sur le site d'Air France. À cette heure de la journée, en partant d'Orly, il y avait des vols pour Nice toutes les heures. Si elle se dépêchait, elle pouvait peut-être attraper la navette de 14 h 15. Son affaire arrivait à un carrefour. À présent, elle était persuadée que sa quête pour retrouver Milena Bergman passait par Raphaël Batailley. Et elle était bien décidée à aller le chercher.

6

Un écrivain chez les fous

*Le fou et l'écrivain sont des hommes
qui voient un abîme et y tombent.*
Honoré de Balzac

1.

« *Madame, monsieur, en vue de notre proche atterrissage nous vous invitons à regagner votre siège et à attacher votre ceinture. Assurez-vous que vos bagages à main sont situés sous le siège devant vous ou dans les coffres à bagages. Les portes et issues doivent rester dégagées. Le temps à Nice est clair et la température est de 16 degrés.* »

Le front contre le hublot, Roxane n'arrivait pas à émerger. Malgré l'excitation de l'enquête, elle avait été saisie d'un coup de pompe dès le décollage et avait dormi pendant tout le vol. Son dos lui faisait mal. Un début de migraine pulsait sous son crâne. Ses habits, qu'elle n'avait pas changés depuis la veille, commençaient à l'incommoder. Elle sentait la transpiration et avait l'impression d'être semblable à de vieux draps humides et chiffonnés.

Elle ralluma son téléphone avant même l'atterrissage et découvrit un message du lieutenant-colonel Najib Messaoudi, de l'Unité gendarmerie d'identification des victimes de catastrophes, qui l'invitait à le contacter. Nougaro avait tenu parole et joué les messagers. Cette information suffit à lui rendre le sourire. Prise d'un élan, elle faillit téléphoner au gendarme dans la foulée, mais elle résista à cette tentation, la cohue d'un débarquement n'étant pas propice à une conversation posée.

Une fois dans le terminal, elle hésita à louer une voiture, mais se rabattit sur un taxi. À Nice, l'air était tiède, la température printanière et le ciel d'un bleu profond. Roxane attendit que le véhicule ait pris un rythme de croisière sur la route du bord de mer pour demander au chauffeur de couper la radio et appeler Najib Messaoudi. Bien décidée à ne pas braquer le militaire, elle avança profil bas.

— Je vous remercie de me consacrer un peu de temps, colonel. Je ne vais pas vous embêter longtemps. Dans le cadre d'une enquête j'ai été amenée à m'intéresser à l'accident du vol 229 et je voudrais vérifier quelques points avec vous.

— Je vous écoute.

— J'ai lu qu'on avait repêché à peu près les deux tiers des corps.

— C'est ça, 121 sur 178.

— Concrètement, qui a remonté les corps ?

— Nous, la gendarmerie, en collaboration avec l'armée portugaise et le ministère de l'Intérieur argentin. L'opération s'est étalée sur six mois, mais la plupart des corps ont été repêchés en deux phases. Une partie dans les jours qui ont suivi le crash et une autre, grâce à un sous-marin, une fois qu'on a eu retrouvé la carlingue.

— Dans quel état étaient-ils ?

— Plutôt bien conservés en fait. La température basse de l'eau et la pression ont freiné leur décomposition. C'est une fois qu'on les sort que les problèmes commencent.

— À cause de l'oxydation ?

— Oui. Tant que les corps sont dans l'eau se produit un phénomène de saponification qui bloque la putréfaction. Mais au contact de l'air le corps va se dégrader très rapidement.

Roxane baissa sa vitre. Le taxi venait de dépasser l'hippodrome de Cagnes-sur-Mer. Il faisait bon. Saturé pendant la saison estivale, l'axe routier était fluide. La mer et le ciel se confondaient dans des noces d'un bleu azur. Cette ambiance paisible rappelait la Riviera d'antan et contrastait avec la gravité des propos du gendarme.

— Et ensuite, reprit Roxane, comment on procède à l'identification ?

— On a deux équipes différentes qui travaillent dessus. Une section *post mortem*, qui effectue des prélèvements sur les corps repêchés, et une section *ante mortem*, qui contacte les familles pour récolter le plus possible d'informations, y compris génétiques, sur les victimes.

— D'après le rapport du BEA tous les passagers sont morts sur le coup.

— Oui, approuva Messaoudi, à cette vitesse-là l'appareil s'est morcelé de façon foudroyante. On le voit sur les quelques autopsies pratiquées : les gens ne sont pas morts de noyade, mais de polytraumatismes.

— Aucune chance que quelqu'un ait pu en réchapper ?

— Non, je ne vois pas comment.

Après cette entrée en matière, Roxane s'aventura dans le vif du sujet.

— Je ne vais pas tourner autour du pot, colonel. Je cherche des infos sur une victime particulière : la pianiste Milena Bergman.

— Pour ça, il faudra passer par la voie officielle. Je ne pense pas pouvoir vous fournir ces renseignements par téléphone.

— Qu'est-ce que ça va changer à part me faire perdre du temps ?

— C'est la règle, voilà tout. Autre chose ?

— S'il vous plaît, je n'en peux plus de ces paperasses qui nous compliquent la vie, vous ne pouvez vraiment rien me dire ?

Najib Messaoudi soupira.

— Qu'est-ce que vous voulez savoir, capitaine ?

— D'abord, la date à laquelle son corps a été repêché.

Elle entendit un clic de souris à l'autre bout du fil, puis le tapotement des touches d'un clavier d'ordinateur.

— Le 21 avril 2020, quelques jours après que nous avons localisé la plus grosse partie de la carlingue. Elle faisait partie des victimes dont le corps était resté attaché à son siège.

— Ça a été facile de l'identifier ?

— Oui, on avait l'embarras du choix. Pour tout vous dire il y a eu une double identification. D'abord en comparant les deux fragments d'ADN, celui trouvé sur le corps et celui récolté par l'équipe *ante mortem*, puis grâce au panoramique dentaire que nous a fourni sa famille. On ne pouvait pas espérer mieux.

— Vous avez des photos du corps ?

— Oui, mais ne comptez pas sur moi pour vous les envoyer.

— Le corps a été rendu à sa famille ?

— Comme tous les autres que nous avons repêchés.

— Vous savez ce qu'il est devenu ?

Nouveau clic de souris.

— Milena Bergman a été incinérée en Allemagne, à Dresde, le 18 mai dernier.

2.

La voiture roulait à présent sur la route du cap d'Antibes en direction de la presqu'île de l'Îlette. Le cadre enchanteur et l'odeur des pins distillaient un parfum de vacances. Ne manquait que le chant des cigales pour parfaire le tableau. Roxane se débattait avec ce que lui avait dit Messaoudi : Milena Bergman était morte. Sans doute possible. Elle avait été identifiée par les meilleurs experts de la gendarmerie et incinérée. Pourquoi donc les cheveux de l'inconnue matchaient-ils avec la base de données ADN du ministère de l'Intérieur ? Elle reprit mentalement ce que lui avait dit Botsaris : Milena Bergman se trouvait dans le Fnaeg après une condamnation neuf ans plus tôt pour un vol dans une boutique de luxe. Y avait-il eu à cette époque un raté dans le prélèvement génétique ? La presse s'était-elle fait l'écho de cette arrestation ? Y avait-il des photos de l'incident ? Il faudrait qu'elle vérifie.

Le taxi arriva devant une haute grille impersonnelle surveillée par deux caméras.

— Vous êtes sûr que c'est là ?

— C'est ce que me dit le GPS, répondit le chauffeur en prenant à témoin son écran : clinique Fitzgerald.

— Attendez-moi ici.

— Le compteur tourne. C'est vous qui payez.

Roxane sonna, se présenta et attendit un bon moment que les deux battants se déverrouillent pour donner accès à un parc boisé. Elle descendit à pied une allée de gravier qui traversait la pinède sur cent cinquante mètres. Une grande maison néoclassique comme on en construisait dans les Années folles s'élevait au milieu des pins et des eucalyptus.

On était dans les jours les plus courts de l'année. En quelques minutes l'air s'était rafraîchi. Le soleil descendait déjà, zébrant le ciel de traînées rosâtres. Dans le parc, des pensionnaires terminaient une partie de criquet, d'autres jouaient aux quilles, d'autres encore fumaient une cigarette, assis sur un banc, les yeux dans le vague. Le temps était ralenti, le cadre intemporel, quelque part entre la maison de retraite, le jardin d'enfants et le centre de désintox. Rien ne trahissait vraiment l'époque. On aurait tout aussi bien pu être un siècle plus tôt. Roxane pensa à ces images d'hôtels de luxe réquisitionnés comme hôpitaux militaires pendant la Grande Guerre.

Une intuition : au lieu de pénétrer dans le bâtiment, elle continua sur le sentier jusqu'à arriver sur un plateau rocheux qui descendait vers la mer. C'est alors qu'elle le vit, de loin, installé à l'écart sous une sorte de paillote qui avait la forme d'un kiosque à musique. Elle prit le temps de l'observer un moment avant qu'il ne la remarque. Assis à une table de jardin, devant son ordinateur et une bouteille de vin blanc, Raphaël Batailley avait le regard perdu, scotché sur l'horizon.

Même lorsqu'elle commença à se rapprocher, il ne sembla pas relever sa présence. Sur une chemise blanche, il portait un épais cardigan bleu marine de la même coupe que celui qu'elle avait vu le matin même dans la maison de verre. De près, elle lui trouva d'abord un air d'aristocrate anglais avec un port de tête sorti d'un roman d'E. M. Forster. Puis son côté ombrageux lui évoqua des acteurs de cinéma : un point d'équilibre entre le dandysme de Rupert Everett et les tourments de Montgomery Clift.

— Vous en êtes déjà à l'apéritif ou c'est la bouteille du déjeuner qui se prolonge ? demanda-t-elle.

C'est tout ce qui lui était venu à l'esprit pour engager la conversation.

L'écrivain tourna brusquement vers elle sa crinière noire et ses yeux clairs, mécontent d'être dérangé, comme si Roxane venait de lui administrer une décharge électrique. La flic s'enferra dans son histoire de vin.

— Vous m'offrez un verre ?

Par provocation, il lui tendit la bouteille déjà bien entamée – un meursault-perrières qui n'était plus très frais – et par bravade, elle en but une gorgée directement au goulot.

— Je m'appelle Roxane Montchrestien, dit-elle en s'asseyant sur la chaise libre devant lui.

— C'est un chouette nom d'héroïne de roman, décréta-t-il après réflexion.

— Merci du compliment.

— Vous êtes nouvelle ici ?

— Je ne suis pas une patiente.

— Ah, c'est vous la nouvelle infirmière dont tout le monde parle ? Je vous imaginais plus jeune.

— Non plus.

L'air toujours aussi fermé, il fronça les sourcils et gratta sa barbe naissante. Son regard brillait de mille feux comme s'il était stone ou ivre. Ou les deux.

— Vous n'êtes pas journaliste au moins ? s'inquiéta-t-il en la détaillant. Non, vous n'avez pas une tête de journaliste.

— J'ai une tête de flic ?

N'en déplaise à Valentine, de près l'écrivain n'était pas si «canon» que ça. Une élégance négligée, des yeux fatigués, un charme désabusé. Batailley se rembrunit encore un peu plus lorsqu'il remarqua que Roxane portait son cardigan.

— Qu'est-ce que mon pull fait sur vos épaules ? Vous êtes allée chez moi sans autorisation ?

Elle se mordit la lèvre en prenant conscience de sa gaffe.

— Je vais vous expliquer.

— J'espère que vous avez une bonne paire de rames et que la police pourra vous payer un avocat.

Roxane chercha à calmer le jeu.

— Je suis venue vous rapporter quelque chose.

Roxane détacha la montre qu'elle portait à son poignet et la posa sur la table. Raphaël Batailley la regarda d'abord d'un air détaché. Puis il la retourna pour découvrir l'inscription.

— Où avez-vous trouvé ça ?

— C'est la vôtre, n'est-ce pas ?

— C'était la mienne, oui. Mais je l'ai offerte à quelqu'un.

— À qui ?

Batailley se passa la main dans les cheveux.

— Quelque chose me dit que vous le savez déjà.

— À la femme que vous aimiez, Milena Bergman. Vous savez si elle la portait lorsqu'elle est morte ?

— Visiblement pas. Elle ne serait pas dans cet état si elle avait passé six mois sous l'eau. Où l'avez-vous trouvée ?

— Quelqu'un a essayé de la revendre hier à un horloger de la rue Marbeuf.

— Qui ça ?

— Un adjoint de sécurité de l'infirmerie psychiatrique de Paris.

— Il l'avait piquée à qui ?

— Au poignet d'une patiente de l'I3P.

— Qui la tenait de qui ?

— C'est ce que je cherche à déterminer, justement.

Roxane eut l'impression que l'intérêt de Raphaël décroissait, l'écrivain ne voyant pas clairement en quoi cette histoire de montre volée le concernait.

— OK, dit-il en mettant la montre à son propre poignet. Merci de me l'avoir rapportée. Je dois signer un truc ? faire une déposition ?

3.

— Attendez, l'histoire n'est pas finie ! Laissez-moi vous raconter les événements dans l'ordre.

— Dans l'état où je suis ça vaut mieux. Mais faites vite.

— Le week-end dernier, la Brigade fluviale a repêché dans la Seine une jeune femme en train de se noyer au niveau du Pont-Neuf. La fille était à poil, complètement désorientée et amnésique. La seule chose qu'elle portait, c'était cette montre.

Raphaël se frotta les paupières de façon rugueuse, comme si par ce geste il pouvait parvenir à retrouver sa sobriété. Roxane continua.

— En analysant l'ADN des cheveux de la fille, nous avons trouvé une correspondance dans le Fichier national automatisé des empreintes génétiques.

— Avec qui ?

— Avec Milena Bergman.

L'écrivain secoua la tête.

— Je ne vois pas pourquoi l'ADN de Milena serait dans le Fnaeg.

— À cause d'un vol en 2011.

Sceptique, Raphaël haussa les épaules.

— Il y a forcément une erreur quelque part.

Roxane lui montra la photocopie du rapport de prise en charge de l'UMJ.

Batailley y jeta un coup d'œil. La photo parut l'intriguer sans l'ébranler.

— Un cliché flou en noir et blanc, ça ne veut rien dire.

Roxane lui tendit son téléphone pour y faire défiler les images prises par les caméras de surveillance de l'I3P.

Cette fois, les vidéos aimantèrent Raphaël. Son visage se transforma : ses yeux s'écarquillèrent, sa bouche se crispa, sa mâchoire se contracta.

— C'est une blague ou quoi ?

— Je ne sais pas comment l'expliquer, avoua Roxane. À votre avis, c'est elle ?

— Non. C'est *impossible* que ce soit elle. Milena était sur le vol qui s'est crashé. Son corps a été identifié. Il n'y a jamais eu de doutes là-dessus.

— Je voudrais que vous m'aidiez à retrouver cette femme.

— Comment ça la *retrouver* ?

— Elle s'est échappée de l'infirmerie lors d'un transfert et personne ne l'a vue depuis.

En colère, Raphaël repoussa la table en fer, se leva et fit quelques pas nerveux sur les rochers. Son ombre fébrile s'agitait en contre-jour. L'horizon flamboyait. La silhouette des pins maritimes frissonnait dans le ciel praline.

— Il y a un taxi qui attend à l'entrée. Rentrez avec moi à Paris, dit-elle en le rejoignant près des à-pics qui plongeaient dans la Méditerranée.

Il haussa le ton, la menaçant du doigt.

— Non, je ne vais pas vous suivre dans ce délire. Milena est morte. Ça a été suffisamment dur à encaisser pour moi. Elle était enceinte de notre enfant. Ça m'a...

Sa voix se brisa.

— Je l'ignorais, dit-elle d'une voix douce.

— Foutez le camp.

— Je suis désolée de venir remuer ces souvenirs douloureux, mais...

— BARREZ-VOUS ! hurla-t-il.

Les cris de l'écrivain avaient fini par alerter les soignants. Roxane regarda derrière son épaule. Sortis de *Vol au-dessus d'un nid de coucou*, deux mecs en blanc venaient tout à coup de remarquer sa présence et se précipitaient dans leur direction. Sa marge de manœuvre se réduisait. D'autant que Batailley commençait à lui faire un peu peur. Et la proximité des falaises n'arrangeait rien.

— Il faut que je vous dise autre chose, Raphaël, et malheureusement c'est une mauvaise nouvelle.

Le romancier se rapprocha et leva le bras. Un moment, Roxane crut qu'il allait l'attraper par les épaules et la balancer à la mer du haut des rochers, mais il se contenta d'un geste de la main pour l'inciter à parler.

— Votre père a eu un grave accident hier matin. Il est à l'hôpital.

— Quoi ?

— Il a fait une chute dans l'escalier de son bureau. Il est dans le coma.

— Vous ne pouviez pas me le dire plus tôt !

— Rentrez à Paris avec moi, réclama-t-elle.

Les mains sur les hanches, Raphaël Batailley grimaça et reprit sa respiration comme un footballeur qui se relève après un mauvais tacle.

— Donnez-moi cinq minutes, le temps de préparer mon sac, lâcha-t-il en faisant un signe rassurant aux infirmiers qui fondaient sur eux.

Pendant qu'il retournait vers le bâtiment de la clinique, Roxane s'expliqua avec les deux hommes qui l'encadrèrent et la raccompagnèrent fermement jusqu'au portail. Elle monta à l'arrière du taxi en demandant au chauffeur de patienter encore quelques instants. L'écrivain avait un côté chien fou. Il n'allait pas être facile à canaliser. Mais elle avait besoin de sa présence à Paris pour faire avancer son enquête.

Elle consulta ses messages en attendant Raphaël. Johan Moers avait cherché à la joindre. Elle le rappela dans la foulée.

— Écoute Roxane, j'ai refait moi-même les analyses en extrayant d'autres fragments d'ADN dans les cheveux. Ce sont les mêmes empreintes génétiques que ce matin. Il n'y avait aucune erreur.

— Et l'urine ?

Le scientifique fut catégorique.

— Impossible d'extraire le moindre fragment.

— Pourquoi ?

— D'abord parce qu'il y a très peu d'ADN dans la pisse et qu'elle se dégrade très vite, mais surtout parce que ton échantillon était contaminé par les désinfectants présents dans la cuvette des toilettes.

— Et merde !

— Oui, c'est le cas de le dire, plaisanta-t-il. Par contre, j'ai une info qui pourrait peut-être t'intéresser.

— Dis toujours.

— J'ai lancé d'autres analyses au cas où. Et il y a un résultat qui m'a intrigué.

— Bon, crache-la ta valda, Johan !

— J'ai trouvé dans l'urine des traces d'hormone bêta-hCG.

— Ça signifie quoi ?

— Que la fille est enceinte, reprit Moers. Ton inconnue de la Seine attend un enfant.

Lorsque Roxane raccrocha, une pensée lui traversa l'esprit : non seulement le Bureau des affaires non conventionnelles venait de rouvrir ses portes, mais il allait retrouver ses lettres de noblesse.

A   🛡 lepoint.fr

Google

🏠 Le Point   Montres   Le Point Pop   Auto   Vin   Phébé   Services   Newsletters   f   🐦   🔍

☰ MENU

Le Point

Politique   International   Économie   Tech & Net   Culture   Débats   Sciences   Santé   Sports   Lifest

Actualité > Le Point, avec AFP, 8 octobre 2012

Une pianiste célèbre condamnée pour vol

La jeune pianiste allemande Milena Bergman a été reconnue coupable de vol et écope d'une forte amende.

Hier après-midi, la pianiste allemande Milena Bergman comparaissait devant le tribunal correctionnel de Paris pour le vol d'un sac à main de luxe.

Les faits remontent au 18 décembre 2011, alors que la jeune musicienne de 23 ans devait se produire le soir même dans un récital au Théâtre des Champs-Élysées. En début d'après-midi, mademoiselle Bergman avait fait main basse sur un sac dans la boutique Bulgari de l'avenue George-V. Elle avait été confondue par les enregistrements de vidéosurveillance du magasin qui avait alerté les forces de l'ordre. Il s'en était suivi une arrestation mouvementée directement à l'hôtel où résidait la jeune femme, rue de l'Abbé-Grégoire, dans le 6ᵉ arrondissement.

Présente à l'audience, l'interprète, célèbre pour ses enregistrements de Schubert et de Debussy, lauréate de nombreux concours internationaux, a reconnu les faits et s'est excusée pour son comportement, dont elle veut assumer l'entière responsabilité. Aux dires de l'accusée, le stress de la vie de concertiste et la prise de médicament seraient responsables de ce «pétage de plombs», non prémédité, mais elle ne recherche pas de circonstances atténuantes. Elle s'est dit honteuse d'avoir agi de la sorte et a aussi présenté ses excuses aux policiers avec qui elle avait eu une vive altercation.

Le tribunal l'a condamnée à 1 500 euros d'amende et à 2 000 euros de dommages et intérêts pour la partie civile.

II.

DOPPELGÄNGER

7

Raphaël Batailley

La réalité, c'est ce qui refuse de disparaître quand on cesse d'y croire.

Philip K. DICK

1.

Paris la nuit.

— Vous pouvez me laisser là. Je vais continuer à pied.

Le taxi me déposa au croisement de la rue d'Assas et de la rue Vavin. Malgré le froid, j'avais besoin de me dégourdir les jambes et de prendre quelques goulées d'air frais avant de me retrouver chez moi. Voir mon père en réanimation à Pompidou avait été une épreuve. En fin d'après-midi, on l'avait opéré d'une vertèbre. Au dire du toubib, l'opération s'était plutôt bien déroulée, mais il n'était pas question dans l'immédiat de le mettre en phase de réveil.

Debout à côté de son lit, j'avais eu l'impression de revivre les heures sombres de l'an dernier, lorsque j'avais cru le perdre pour de bon après qu'on lui eut diagnostiqué un cancer du poumon. Un cadeau, pour le remercier de sa fidélité, offert par les deux paquets de clopes quotidiens qu'il fumait depuis ses quinze ans. À l'époque, la chimio l'avait anéanti et, alors que la plupart des soignants l'avaient déjà enterré, un traitement à base d'immunothérapie l'avait miraculeusement ressuscité. Ce soir, je m'accrochais à cet heureux dénouement pour me dire que le vieux lion allait encore une fois s'en sortir. *Fluctuat nec mergitur.*

Je regardai ma montre – la fameuse Résonance que m'avait restituée Roxane Montchrestien. Vingt et une heures. Il faisait un froid de chien. La proximité de Noël et les achats de dernière minute rendaient la circulation particulièrement dense malgré l'heure tardive. Je remontai la rue sur deux cents mètres jusqu'au petit musée Zadkine, traversai pour rejoindre le trottoir opposé et longeai le jardin botanique de la faculté de pharmacie.

Sous la lune pleine, l'endroit ressemblait à une toile nocturne du Douanier Rousseau. Derrière les grilles, une végétation aussi improbable que luxuriante déclinait un camaïeu de bleu nuit. Les branches noires des arbres déplumés s'éparpillaient dans le ciel, formant des toiles arachnéennes qui prenaient dans leurs fils des bandes nuageuses découpées dans du papier de riz.

Je poussai le portail du 77 bis et remontai le chemin goudronné jusqu'à la maison de verre. La nuit dégagée et exceptionnellement claire lui donnait des reflets verts et laiteux qui la faisaient ressembler à un aquarium géant. J'avais acquis cette maison sur un coup de tête, trois ans auparavant, auprès d'un homme d'affaires canadien en mauvaise posture après des investissements hasardeux. Lors de ma première visite, j'avais été sous le charme de l'exploit architectural, du raffinement des installations et du mobilier que m'avait cédés clés en main l'ancien proprio. À l'usage, malgré son confort et sa beauté, la maison m'avait toujours foutu la trouille. En particulier lorsque j'étais seul. La première année un oiseau avait traversé l'une des vitres qui avait volé en éclats. J'avais eu tellement peur que j'avais fait changer l'intégralité du vitrage pour le remplacer par un solide verre feuilleté incassable. Mais aujourd'hui encore, je ne pouvais m'empêcher de ressentir un léger malaise, la sensation prégnante d'être exposé et vulnérable comme un insecte prisonnier d'un vivarium. Je savais que ce danger n'existait que dans ma tête. Le traitement des façades ne permettait pas vraiment aux gens de l'extérieur de voir ce qui se passait à l'intérieur. Il n'empêche. Dès tout petit, j'avais appris que la grande affaire de ma vie, pour le meilleur et pour le pire, consistait justement à parvenir à maîtriser ce qui se passait dans ma tête.

2.

Je déverrouillai la porte, poussai le bouton de l'interrupteur central et allumai le chauffage. Malgré mon appréhension, j'étais bien content de retrouver la convivialité de la maison. Je posai mon bagage et sans attendre récupérai mon téléphone portable dans le tiroir de mon bureau. Il était éteint, sans doute à plat depuis longtemps.

Pendant qu'il se rechargeait, j'appelai la gardienne de la copropriété, Mme Miglietti, depuis le poste fixe. Après s'être enquise de la santé de mon père et m'avoir raconté sa rencontre avec Roxane Montchrestien, elle me fit part d'une information qui m'inquiéta : le journaliste de *Week'nd* qui avait signé l'article sur Milena et moi rôdait autour de la maison. Il lui avait posé quantité de questions auxquelles – me jurait-elle – elle n'avait pas répondu. Cet article m'avait mis hors de moi. Il remuait un épisode que j'avais enterré et dont je ne voulais plus entendre parler. Sous couvert de « journalisme littéraire » ou de « grande enquête », les supports d'information autrefois prestigieux rejoignaient les tabloïds dans la fange pour s'y vautrer joyeusement tout en s'imaginant garder le cul propre. Lorsque l'article était sorti, je m'étais demandé qui avait fourni ces photos privées et toutes ces infos au journaleux. En me repassant le film dans la tête, je n'avais trouvé qu'une possibilité : un membre du personnel de la

Salpêtrière. Lorsqu'il avait été hospitalisé l'année dernière pour soigner son cancer, mon père avait dû se répandre auprès des infirmières et leur raconter sa vie (et la mienne). Je le voyais bien montrer des photos sur son téléphone et distiller des anecdotes sans y voir le mal. Mais les hôpitaux sont des passoires. Tout se sait dans un service. Et quelqu'un, abusant de sa confiance et de la faiblesse due à sa maladie, était allé refourguer mon intimité pour 400 ou 500 balles à un bobardier.

Mais pourquoi maintenant ? Et pourquoi le type continuait-il à fouiner comme un chien truffier autour de chez moi ? Je jetai un coup d'œil à mon téléphone portable qui s'était rallumé. Le cœur battant, je parcourus rapidement les messages et appels en absence, mais il n'y en avait aucun qui, de près ou de loin, ait un rapport avec Milena Bergman.

Ce qui est normal puisque Milena est morte, chuchota une voix dans ma tête.

En proie à la désagréable impression d'être observé, je me levai pour regarder dehors. Volontiers parano, j'allumai tous les spots extérieurs. Les plantes et arbustes qui entouraient la maison baignaient dans la lumière crue, et un paysage plus inquiétant, plongé dans la pénombre, frémissait en deuxième rideau.

Je retournai m'asseoir à mon bureau et sortis de la poche de mon manteau les photocopies du dossier que m'avait remis Roxane Montchrestien.

Tout en parcourant les documents, je sondais mes émotions. La peur dominait, mâtinée d'incompréhension. Pourquoi s'ingéniait-on à faire croire que Milena Bergman était vivante ? J'avais du mal à saisir le but de la manœuvre. Un chantage ? Une captation d'héritage ? Une supercherie pour attirer l'attention des médias ? Rien ne me semblait tenir la route. Cette flic qui était venue me chercher à Antibes avait pourtant l'air d'y croire. Son dossier était certes troublant – les empreintes génétiques recueillies dans les cheveux, le test de grossesse – mais somme toute pesait peu face aux certitudes. Les faits ne laissaient pas de place au doute. Milena Bergman se trouvait bien à Buenos Aires l'avant-veille du crash, témoin la captation de son concert par Canal 7, la télévision publique argentine, qui avait mis la vidéo sur sa chaîne Youtube. C'était bien elle qui avait pris l'avion comme l'attestait la double identification (ADN et panoramique dentaire) effectuée par les gendarmes. Le reste, je ne voulais pas en entendre parler. Cette période de ma vie m'avait laminé. Je n'avais plus la force de remettre une pièce dans la machine. Et encore moins en ce moment.

Je traversais une passe difficile. Depuis ma préadolescence, ma vie était cyclique. Je vivais des hauts très intenses et des bas plus compliqués. Tout le monde savait que ma petite sœur, Vera, était morte dans des circonstances sordides quand j'avais dix ans.

Mais ce que tout le monde ignorait, c'est que je vivais avec son fantôme. Vera m'apparaissait à des âges différents de sa vie : enfant, jeune fille, jeune femme, parfois même beaucoup plus âgée.

Elle venait discuter, prendre des nouvelles, me donner deux ou trois conseils, mais surtout elle venait me réclamer de lui écrire des livres. De lui raconter des histoires comme je le faisais quand nous étions petits. C'est pour ça que tous mes romans lui sont dédiés. Elle est à l'origine de ma vocation et tout ce que j'ai écrit dans ma vie, je l'ai écrit pour elle.

Avec le temps, je m'étais habitué à cette présence. J'en avais même besoin. Je l'espérais, je la guettais, mais émotionnellement chacune de ses manifestations me coûtait. Même si elle pouvait rester des mois sans faire d'apparition, Vera finissait toujours par revenir. Généralement lorsque je m'y attendais le moins, ou lorsque je commençais à me sentir bien dans mes pompes parce que j'avais rencontré une fille. Elle résistait à toutes les psychothérapies et à tous les médocs. Bien sûr, j'avais toujours eu conscience que tout cela n'existait que dans ma tête, mais le savoir ne m'était d'aucun secours.

Depuis des années, j'étais « suivi » par une psychiatre suisse, Christa Lanzinger, la seule à être au courant de mes tourments. Mais même à elle j'avais longtemps menti par omission. Jusqu'au mois dernier, lorsque, n'en pouvant plus de vivre dans le mensonge, je m'étais délesté de mon secret et lui avais raconté l'origine de ma culpabilité par rapport à la mort de ma sœur.

3.

Aubagne, été 1990.

Une maison familiale provençale sur les hauteurs de la ville. C'est la fin des vacances d'été. J'ai dix ans. Sur les murs de ma chambre, les posters de Chris Waddle et d'Éric Cantona, l'affiche du film *Les Aventures de Jack Burton dans les griffes du Mandarin*. Rangés sur les étagères, un globe terrestre lumineux, une figurine *SOS Fantômes*, une maquette de la McLaren d'Alain Prost, des «livres dont vous êtes le héros», la collection complète de *Tout l'Univers*, des numéros de *Pif* et dans une boîte en carton les meilleurs gadgets de ces dernières semaines : les feutres à encre invisible, les lunettes flu-eau, le peigne à cran d'arrêt, les bonbons de la peur, la poudre crados, le boomerang des premiers âges, le coutelas et le collier de Rahan.

J'enfile mon maillot de l'OM et mes Nike Air Pegasus données par mon cousin parce qu'elles étaient trop petites pour lui. Je file dans le garage, j'enfourche mon vélo cross et dévale la pente qui rejoint la route goudronnée. Sous le soleil brûlant de l'après-midi, avec le chant des cigales en modulation de fréquence, je file chez mon copain Vincent Merlin dont le père a promis de nous emmener en voiture assister à l'entraînement de l'Olympique de Marseille au stade de Luminy, au sud de la ville. Quand je débarque chez Vince, un quart d'heure plus tard, je le trouve alité dans sa chambre avec ses deux parents et un médecin à son chevet : crise d'appendicite aiguë. Il faut l'hospitaliser à la Timone. Je reste avec lui pour le soutenir jusqu'à son départ puis je rentre chez moi, un peu dépité.

De loin, en remontant le chemin de terre, je suis étonné d'apercevoir, garée à côté de notre Audi 80, une Renault 9 marron que je n'ai jamais vue auparavant. D'instinct, je sens un danger potentiel. Je descends de mon BX, le planque derrière les fourrés. La chaleur est écrasante. Je rejoins les abords de la maison en faisant un grand détour pour arriver par-derrière.

J'entends des voix en provenance de la terrasse. Celle de ma mère et celle d'un homme que je ne parviens pas à identifier. Ma mère, Élise Batailley, est en train d'embrasser à pleine bouche un homme qui n'est pas mon père. Une boule remonte dans ma gorge. Je tremble de tous mes membres. Je m'accroupis pour qu'on ne me repère pas puis, après quelques secondes de sidération, je me faufile au sous-sol. Encore flageolant, je m'installe sous le conduit de la cheminée qui, grâce aux mystères de l'acoustique, me permet d'écouter la conversation comme si j'étais à quelques mètres d'eux. Je finis par identifier l'homme : Joël Esposito, notre dentiste.

Je suis sous le choc, accablé, mais pas surpris. Ma mère a toujours été comme ça : elle n'existe, elle ne respire que par le regard que les hommes portent sur elle. J'ai mis longtemps à le comprendre et à le formaliser. Toute discussion, tout échange avec un homme représente pour elle un rapport de séduction qui nous met tous en danger, car il menace de détruire l'édifice familial. Ma mère s'imagine être une artiste. Elle a vaguement été danseuse au Ballet national de Marseille et elle raconte partout que c'est à cause de son mariage qu'elle n'a pas connu la carrière qu'elle méritait. L'insatisfaction est le trait structurant de sa personnalité qui la pousse à faire preuve d'un égoïsme sans nom.

Je reste de longues heures planqué au sous-sol en attendant que le dentiste reparte. Dans les jours qui suivent, ces images me hantent et me dévorent. Mais je ne sais que faire de cette information. À qui en parler ? Pas à ma mère. Pas à mon père non plus, qui l'idolâtre malgré sa frivolité et qui ne supporterait pas une séparation. Mes parents se disputent fréquemment, y compris devant moi, et je connais par cœur les menaces proférées par ma mère à la moindre remarque de mon père : « partir avec les enfants », « pourrir ta réputation », « te faire virer de la police ».

« Un garçon intelligent comme toi » : ça, c'est ce que me répète souvent mon père pour me donner confiance. Un garçon intelligent comme moi devrait être capable de trouver un moyen pour déminer la situation et sauver sa famille. Mais que puis-je faire? J'échafaude des dizaines d'hypothèses. Une seule me paraît crédible: essayer de faire peur au dentiste pour le contraindre à mettre fin à son adultère.

Je rassemble mes *Pif Gadget* ainsi que des vieux *Télé 7 jours* qui traînent dans le porte-revues du salon. Je découpe des lettres et les assemble pour composer une lettre anonyme qui j'espère ne trahit pas mon âge:

JE SAIS QUE VOUS AVEZ UNE RELATION AVEC ÉLISE BATAILLEY.
SI VOUS N'Y METTEZ PAS FIN, SON MARI ET VOTRE FEMME L'APPRENDRONT ÉGALEMENT.

Sur une enveloppe, je trace l'adresse à la règle avec des lettres en bâton et j'envoie le tout au cabinet du dentiste.

C'est le surlendemain que les choses vont déraper. Le 5 septembre, le premier mercredi qui suit la rentrée scolaire. Je suis rentré à midi après l'école et je dois repartir à 14 heures pour l'entraînement de handball dans le cadre de l'USEP. Ma sœur, Vera, quatre ans, déjeune avec moi dans la cuisine. Le téléphone sonne en plein milieu du repas. Ma mère prend l'appel et s'éloigne avec l'appareil. Je devine que c'est «lui». L'amant. Je tends l'oreille et je comprends qu'il lui parle de la lettre qu'il a reçue. «Je dépose Vera à la garderie et je passe te voir», lui dit-elle.

Lorsque je prends mon vélo pour aller au sport, je suis terrorisé. Je sens qu'un mécanisme qui me dépasse vient de se mettre en branle. Mais même dans mes pires cauchemars, je n'imagine pas qu'il puisse se révéler si destructeur.

4.

Une petite fille de 4 ans meurt dans une voiture en plein soleil

La Provence, 7 septembre 1990

Vera Batailley, fille du commissaire bien connu de la Crim de Marseille, s'est retrouvée enfermée dans la voiture de sa mère. Prise au piège, elle n'a pu s'extraire du véhicule. Elle est morte étouffée dans la voiture surchauffée.

Un accident tragique – le deuxième du genre cet été dans notre région – s'est produit avant-hier sur les hauteurs d'Aubagne.

Une terrible fournaise

Comme tous les mercredis après-midi, Élise Batailley, ancienne danseuse du Ballet national de Marseille, accompagne sa fille à la halte-garderie du Haut-Caroux. Pour une raison inexplicable, elle oublie de la déposer et l'emmène avec elle à son rendez-vous. Entre-temps, la petite fille de 4 ans s'est endormie à l'arrière de la voiture. Il est 14 heures. Semblant oublier sa présence, Mme Batailley la laisse dans son Audi 80, garée en plein soleil sur le parking du lotissement du Val-Claret.

La fillette se retrouve alors prisonnière d'une véritable fournaise et perd sans doute conscience dans son sommeil. Ce n'est qu'à 17 h 30 que la mère s'apercevra de sa méprise. Prise de panique, Élise Batailley se précipite à la caserne de La Bouilladisse, mais les pompiers ne pourront rien faire. L'enfant est morte depuis déjà longtemps.

Le syndrome du bébé oublié
Chaque année, notamment lors des fortes chaleurs, plusieurs enfants décèdent en France après avoir été oubliés par leurs parents dans des véhicules surchauffés. Connus sous le nom de « syndrome du bébé oublié », ces drames touchent la plupart du temps des parents attentifs et aimants incapables d'expliquer leur « oubli » autrement que par le stress ou la fatigue.

« Avec une température extérieure de 40 °C, une voiture devient un véritable four et peut dépasser les 70 °C », rappelle Anaïs Traquandi, chef du service de pédiatrie à l'hôpital de la Timone. *« Un phénomène aggravé par la température corporelle des jeunes enfants, qui augmente beaucoup plus rapidement*

que celle des adultes, leurs réserves d'eau étant très limitées», précise la pédiatre.

La mère en garde à vue
Le procureur de la République de Marseille a ouvert une enquête pour homicide involontaire. *«Pour l'heure, l'hypothèse de l'accident paraît la plus évidente»*, confie une source proche de l'enquête. Aucun des habitants du lotissement n'a rien remarqué ni entendu. *«L'autopsie de la fillette montre qu'elle est décédée par déshydratation. Son corps ne présente aucune trace de coup, de violence ni aucune marque suspecte»*, a tenu à préciser le procureur.
Hospitalisée mercredi soir dans un état psychologique préoccupant, Mme Batailley a été placée en garde à vue jeudi à midi, mais relâchée rapidement. Elle n'apporte aucune explication au drame à part un terrible moment d'absence.
Âgée de 38 ans, Élise Batailley fut une éphémère danseuse au Ballet national de Marseille. Son mari, Marc Batailley, commissaire à la Brigade criminelle de Marseille, a été sous le feu des projecteurs en début d'année, lorsque son équipe a identifié et arrêté le tueur Raynald Pfefferkorn, surnommé l'Horticulteur, dont les meurtres ont ensanglanté la région marseillaise pendant plusieurs mois.

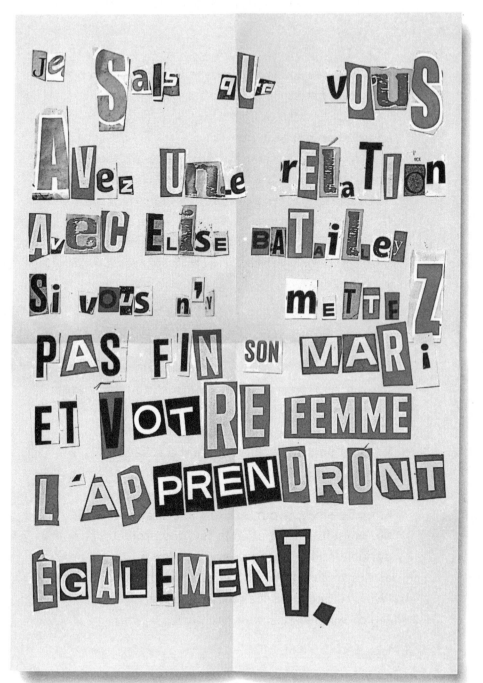

8

Le monde tel qu'il n'est pas

Dionysos est le maître des Illusions,
capable de [...] faire voir à ses
fidèles le monde tel qu'il n'est pas.
Donna TARTT

1.

Paris, 21 heures.

En poussant la porte de la tour de l'horloge, Roxane ressentit de nouveau cette agréable sensation de «retour au bercail», impression accentuée par le froid piquant du dehors. Le phare était une bulle de chaleur ouatée. Avec Poutine dans les pattes, elle déposa dans l'entrée les affaires de rechange qu'elle avait achetées en revenant de l'aéroport, juste avant la fermeture du Bon Marché : sous-vêtements, jean, tee-shirt à manches longues, pull, ainsi qu'un pyjama à l'ancienne en satin de coton et dentelle de Calais. Une virée qui lui avait coûté la moitié de son salaire. Pour corser encore la note, elle avait fait l'acquisition d'un gros oreiller en plume d'oie qui compenserait la rudesse du canapé. Puis elle grimpa directement dans l'ancien bureau de Marc Batailley qu'elle considérait désormais comme le sien. Une surprise l'attendait : non seulement Valentine était là, mais elle avait commandé deux plateaux-repas chez Luca, le restaurant italien de l'autre côté de la rue. Touchée par cette attention, Roxane dévora la barquette de coquillettes à la truffe accompagnée du reste du vin blanc qu'elle avait ouvert la veille.

L'ambiance du repas fut à l'image de la nourriture : généreuse et réconfortante.

Roxane raconta d'abord à l'étudiante sa rencontre tendue avec Raphaël.

— Alors, vous l'avez trouvé comment ?

— Agité du bocal. Tu savais que Milena Bergman était enceinte au moment de son accident ?

— Oui, Marc me l'avait dit. Pour lui le crash représentait une sorte de double peine : il perdait en même temps sa future belle-fille et son futur petit-fils – ou sa future petite-fille.

— Et pour en rajouter dans l'étrange, Moers m'a dit que la fille qu'on a repêchée était enceinte elle aussi.

— Comme si le temps s'était mis entre parenthèses pendant un an et que Milena était réapparue telle qu'elle était juste avant le crash.

— Tu y crois vraiment ?

— Tant qu'on ne m'a pas apporté la preuve du contraire.

Au moment des desserts, Roxane relança sa partenaire à propos des tatoueurs.

— Justement, j'ai du nouveau ! J'ai passé l'après-midi à faire des recherches, guidée par une intuition : il ne fallait pas considérer la représentation du lierre et de la peau de faon séparément, mais comme un ensemble symbolique.

— Je suis d'accord.

— Cette association a joué comme une révélation. Ça m'a donné une idée. Je me suis souvenue qu'on retrouve souvent ces deux éléments dans la mythologie grecque, notamment comme étant des attributs de Dionysos et de son cortège.

— Rafraîchis-moi la mémoire, demanda Roxane alors que le chat s'incrustait sur ses genoux, lui griffant les cuisses à travers son jean.

— Dionysos est l'un des douze dieux de l'Olympe. On le présente souvent comme le protecteur de la vigne et du vin. C'est vrai, mais c'est très réducteur. Il est surtout le dieu de l'ivresse, de la subversion et de la transgression. Le dieu des excès et de la folie.

Roxane repensa à ses cours d'hypokhâgne. Des images se superposèrent dans sa tête : l'éclat divin de Zeus, les coups fourrés des dieux, cruels et mesquins, des dizaines d'heures à suer sang et eau sur des versions et des thèmes grecs, cette guerre de Troie qui n'en finissait pas, les ruses d'Ulysse qui prenait tout son temps pour rejoindre Pénélope…

— Dionysos est le *seul* dieu né d'une mère mortelle, poursuivit Valentine. Zeus avait séduit la belle Sémélé. Devenue sa maîtresse, et alors qu'elle portait leur enfant, la jeune femme demanda à son amant de lui apparaître dans toute sa puissance divine. Mais la vision de Zeus escorté par le feu de la foudre la brûla vive. Zeus eut tout juste le temps de retirer le fœtus du ventre de Sémélé pour le coudre dans sa propre cuisse afin de lui permettre d'aller jusqu'à son terme. Ainsi naquit Dionysos, union de la Terre et de la foudre.

D'où l'expression « être né de la cuisse de Jupiter »…, se souvint la flic.

— Au-delà du dieu lui-même, on a beaucoup écrit sur le *culte* de Dionysos, reprit Valentine, parce qu'il a toujours eu un côté sulfureux et décadent.

Les souvenirs de Roxane se firent plus précis. Des images d'orgies sylvestres, de bacchanales, de nymphes s'offrant à des satyres libidineux. Ou, pour le dire plus crûment, de partouzes géantes au milieu de la forêt.

— Dionysos envoûtait les femmes qui croisaient son chemin. Prises d'un délire mystique, elles devenaient ses adoratrices. Et une fois qu'il les tenait sous son emprise, il les entraînait dans les bois pour se livrer à un culte orgiaque. On appelait ces femmes les ménades. Entièrement dédiées au culte de Dionysos, elles formaient avec les satyres une sorte de cortège, le thiase, qui accompagnait le dieu de l'ivresse dans tous ses déplacements.

Malgré sa curiosité pour le discours de l'étudiante, Roxane recentra la conversation.

— Quel rapport avec les tatouages de l'inconnue de la Seine ?

— J'y viens. Dans les récits et les représentations, ménades et satyres sont fréquemment vêtus d'une couronne de feuilles de lierre et d'une nébride : une peau de bête que l'on porte comme une toge ou une cape. Le plus souvent, la nébride est faite d'une peau de cervidé : un daim, une biche, un faon…

— Le symbole de la peau de bête, c'est quoi ? La force animale ?

— Oui. Sa vigueur, son impétuosité. Dans la mythologie, la nébride est la dépouille d'un animal que les ménades ont pourchassé et déchiqueté dans un état de transe.

— C'est intéressant, mais un peu loin de notre enquête, non ?

Valentine eut un sourire mystérieux.

— Sauf que j'ai découvert autre chose.

L'étudiante se leva du canapé – les deux femmes avaient dîné assises sur le Chesterfield, devant la petite table basse – et fit quelques pas en direction du grand bureau noyé sous les livres et les dossiers.

— Récemment, Marc Batailley a acheté des livres sur Dionysos.

— Tu es sérieuse ?

Au pied de la table de travail, Valentine désigna un sac en tissu floqué d'une chouette.

— Il y a encore le ticket de caisse au fond du *tote bag*. Quatre bouquins achetés à la librairie Guillaume Budé samedi 12 décembre.

Roxane rejoignit la thésarde près du bureau. Sur la table de travail, des livres dont les titres parlaient d'eux-mêmes : *L'Ombre de Dionysos, Dionysos et la déesse Terre, Dionysos et les ménades, Dionysos : le dieu fou.*

Elle les ouvrit et les feuilleta : ils étaient cornés, annotés et surlignés comme si le flic préparait un travail universitaire. Ça ne pouvait pas être un hasard.

— Je crois que tu as levé un lièvre, admit Roxane. Il faut que l'on trouve pourquoi Marc Batailley faisait ces recherches. Il ne t'en a jamais parlé ?

— J'y ai repensé, mais non. La seule chose que j'aie notée c'est que les deux dernières semaines il était beaucoup plus assidu au bureau.

— Préoccupé par une enquête ?

— Peut-être.

— J'irai faire un tour demain à la librairie pour savoir si Batailley a été plus loquace.

— Et moi, je peux faire autre chose ?

Roxane réfléchit quelques secondes.

— J'aimerais bien que tu ailles sur le terrain si tu t'en sens capable.

Elle sortit son téléphone et ouvrit l'application Instagram qui se chargea sur un compte qu'elle avait repéré lors de son escale à Nice.

— Je te présente Corentin Lelièvre, pigiste à *Week'nd*. C'est lui qui a écrit l'article sur Raphaël et Milena.

Valentine se pencha sur l'écran. Le plumitif avait une tête ronde comme une bille, des yeux en tête d'épingle, une barbichette peu fournie et un très net début de calvitie qu'il essayait de cacher sous une casquette sur la moitié des photos. Il avait aussi une prédisposition à porter des tee-shirts à message : « Je préfère l'apéro à l'opéra », « Tu ne peux pas rendre tout le monde heureux, tu n'es pas une gaufre », « Besoin d'une Terre Happy ».

— Wahou ! Il est gênant celui-là, sourit Valentine en faisant défiler les posts.

La plupart des clichés recensaient les pérégrinations du pigiste à Boboland. Le type donnait l'impression d'être tout le temps fourré dans les cafés, photographiant jusqu'à la nausée des planches de charcuterie, des assiettes de *burrata* et des bouteilles de bière bio. La géolocalisation de ses posts permettait de circonscrire l'essentiel de ses ripailles à deux bars : Les Enfants terribles, quai de Jemmapes, et Le Bootlegger, rue du Faubourg-Saint-Denis.

— Que voudriez-vous que je fasse ?

— Que tu essaies d'entrer en contact avec lui.

— Sous couverture ?

Roxane sourit.

— Le mot est un peu fort, mais c'est l'idée, oui.

— On cherche quoi exactement ?

— Deux infos : où a-t-il chopé ses tuyaux pour rédiger son article et pourquoi continue-t-il à rôder autour de Raphaël ?

— OK, je peux le faire.

— Surtout, tu ne prends aucun risque et tu ne joues pas les héroïnes. Je ne te demande pas de coucher avec lui.

Valentine partit dans un éclat de rire.

— Ça, j'aurais du mal.

— Ce qui serait bien, c'est que tu ailles faire un repérage dès ce soir. Il n'a encore rien posté sur les réseaux, mais ça ne veut pas dire qu'il n'est pas dans l'un de ses bars favoris.

— Je vous tiens au courant ! dit-elle en enfilant son casque et sa parka.

Roxane la laissa s'éclipser en s'efforçant de ne pas la suivre du regard. Cette fille la touchait au-delà du raisonnable. Sa spontanéité et son sourire étaient contagieux. Chaque fois qu'elle était avec Valentine, elle avait l'impression que quelqu'un lui plantait une seringue dans le cœur pour lui injecter une dose d'endorphine. Malheureusement, l'effet ne résistait pas à son absence. Dès que la jeune femme n'était plus là, son manque se faisait ressentir.

2.

Dans la petite salle de bains, elle prit une douche, se lava les cheveux, se brossa les dents et enfila le pyjama qu'elle avait acheté un peu plus tôt. Ce soir encore, elle avait décidé de ne pas rentrer chez elle pour rester dans le flux et le *tempo* de l'enquête.

Elle mit de l'eau à bouillir pour se préparer une infusion, nourrit son nouveau copain le chat et batailla avec les radiateurs pour trouver la température adéquate. Avant qu'il ne soit trop tard, elle appela les urgences médico-judiciaires de l'Hôtel-Dieu et demanda Jacques Bartoletti, le premier médecin à avoir examiné « Milena ». Le soignant n'était pas de garde ce soir, mais à force d'insistance, elle parvint à obtenir son numéro personnel. C'est peu dire que l'urgentiste n'était pas ravi d'être dérangé chez lui.

— Après trente-six heures de garde, je ne peux même pas regarder un match de foot en paix ?

Roxane y alla à l'intox.

— On est mardi soir, il n'y a pas de foot à la télé.

— Renseignez-vous : OM-Lens, match de rattrapage de la neuvième journée.

— Vous êtes bien courageux de supporter Marseille cette année.

— Ce sont les Sang et Or que je supporte. Pourquoi vous venez m'emmerder à 10 heures du soir ?

— J'ai deux ou trois questions à vous poser sur la femme que vous avez examinée dimanche matin.

— La blonde que j'ai envoyée à l'I3P ?

— Oui.

— Et ça ne peut pas attendre demain matin ?

— Non. Vous avez remarqué ses tatouages ?

Le supporteur lensois prit le temps de la réflexion.

— Ouais. Si je me souviens bien, c'est d'ailleurs ce qui inquiétait les plongeurs de la Fluve, et ils n'avaient pas tort.

— Pourquoi ?

— Parce que les *tatoos* semblaient très récents et faits un peu à l'arrache. Le dessin était tremblotant et irrégulier. Ce n'était visiblement pas un travail de pro, avec toutes les conséquences que ça peut avoir sur le plan sanitaire.

— Vous pensez qu'on a pu les lui faire sous la contrainte ?

— C'est possible. Pour être honnête, c'est même la première chose qui m'est venue à l'esprit.

— Elle n'avait pas d'autres marques de violence sur le corps ?

— Non. J'ai recherché d'éventuelles piqûres d'aiguille, mais je n'en ai pas trouvé. Si la fille se shootait, ça ne passait pas par les seringues.

Roxane avait une dernière question.

— Est-ce que vous avez remarqué si... ?

— Putain, vous m'avez fait louper un but avec vos conneries ! l'interrompit l'urgentiste en poussant un cri de rage. Vous faites chier !

Il raccrocha, tellement furieux que Roxane ne jugea pas opportun de le relancer.

À la place, elle empila les livres sur Dionysos et les posa sur la table basse près du canapé. Armée d'un stylo et d'un bloc, assise en tailleur sur le Chesterfield, avec Poutine blotti derrière son dos, elle se plongea dans les ouvrages et les notes laissés par Batailley.

Valentine avait trouvé quelque chose, c'était certain. Une piste nébuleuse, mais passionnante. D'abord, Roxane se contenta de regarder les illustrations. Dionysos, dieu du désordre, de la déviance et de la fureur, était souvent représenté sur un char tiré par des panthères. Traditionnellement vêtu d'une cape en peau de bouc ou de lynx, il arborait un thyrse – un bâton entouré de feuilles de lierre et surmonté d'une pomme de pin – qu'il portait comme un sceptre. Derrière lui, son terrible cortège : les fameux satyres d'abord, mi-hommes, mi-boucs, apôtres de la vie sauvage et lubrique, affichaient leurs expressions répugnantes. Puis les fascinantes ménades, adoratrices de Dionysos, extatiques, possédées.

Roxane entra ensuite dans les textes, parcourant les multiples passages soulignés par Batailley. En agrégeant les informations se dessinait le portrait fascinant d'une figure mythologique qu'elle ne connaissait que très superficiellement. Dans le panthéon, Dionysos était un dieu singulier. Le seul à ne pas vivre sur l'Olympe. Insaisissable, errant, il avançait masqué, surgissant par épiphanies, apparaissant et disparaissant sans prévenir, se répandant comme une épidémie impossible à endiguer.

Partout où il passait, Dionysos semait la terreur et la mort auprès de ceux qui refusaient de se soumettre à son culte. C'est sans doute la tragédie du Grec Euripide *Les Bacchantes* qui illustre le mieux le personnage et sa soif de vengeance. De retour à Thèbes, la ville qui l'avait vu naître, Dionysos veut punir sa tante Agavé, qui a insulté sa mère, ainsi que son cousin, Penthée, fils du roi, qui refuse de reconnaître son culte. Escorté par les ménades, il parvient à dévergonder Agavé. Saisie par une sorte de transe furieuse et en proie à des hallucinations, celle-ci finira par trancher la tête de son fils et par la balader au bout d'une pique à travers la cité.

Roxane tournait les pages avec frénésie. L'histoire des ménades l'intriguait particulièrement, car elle y voyait une possible porte d'entrée vers son affaire. « Milena » avait été marquée au fer rouge, tatouée, sans doute contre sa volonté, d'une couronne de lierre et d'une nébride, les deux attributs des adoratrices de Dionysos. Le dieu avait le pouvoir de s'emparer d'elles, de les « chevaucher », comme disait l'un des passages soulignés par Batailley, pour prendre possession de leur esprit et de leur corps. Une fois que vous étiez sous le contrôle de Dionysos, vous viviez dans le monde des apparences et des illusions, en proie à un délire hallucinatoire. Possédé par une folie furieuse capable de vous faire commettre sans pitié les pires atrocités pour satisfaire le culte de la divinité. Les textes parlaient d'animaux sauvages éventrés, d'enfants égorgés et dépecés, de sanglants sacrifices humains pour la seule gloire de celui qu'on surnommait «le mangeur de chair crue».

3.

Une vibration de son téléphone tira Roxane de ses bouquins. Corentin Lelièvre, le journaliste à la calvitie précoce, venait de poster un nouveau cliché sur Instagram. Il s'agissait d'une photo de groupe envoyée depuis le restaurant Le Potager du Marais. Lelièvre arborait un tee-shirt noir affublé d'une contrepèterie rassise: «Vieux motard que jamais». Avec ses potes, ils posaient tout sourire autour d'une *paella* végétalienne. Assise à la table, Roxane reconnut Valentine. *Beau travail*, pensa-t-elle. La thésarde n'avait pas perdu de temps. Elle avait dû repérer Lelièvre dans l'un des bars du 10ᵉ arrondissement et s'était greffée astucieusement au groupe de bobos.

Satisfaite, elle se replongea dans les livres. Ils débordaient de bruit et de fureur. La fureur du dieu et celle des ménades, sous l'emprise d'une extase qui confinait à la folie, dévastant tout ce qui se trouvait sur leur passage. Féminité fascinante et effrayante, aux antipodes de l'idéal valorisé par la cité : la mère, douce et silencieuse, tout entière dévouée à sa famille.

La violence de cette mythologie avait eu des répercussions pendant l'Antiquité. Historiquement, le thiase, le regroupement des fidèles et des serviteurs de Dionysos, pratiquait une adoration occulte au cours de cérémonies secrètes et décadentes. Au programme, consommation d'alcool, de drogues, excès sexuels.

Une feuille volante pliée en deux s'échappa du chapitre et tomba sur le parquet. Le chat se précipita pour s'en emparer et Roxane dut le courser pour la récupérer. Il s'agissait d'une photocopie – sans doute faite par Batailley – d'un extrait d'un rapport de la Mission interministérielle de vigilance et de lutte contre les dérives sectaires. Le flic avait stabiloté un paragraphe mentionnant un renouveau contemporain du culte dionysiaque. La Mission manquait d'information, mais signalait la présence, pour l'instant modeste, de certains groupes organisés en thiases, qui prenaient ce prétexte mythologique pour donner du sens à leur défonce, leurs beuveries et leurs partouzes.

Roxane retourna la feuille. Au verso de la page, Batailley avait lui-même griffonné plusieurs phrases, comme une sorte de mémo :

Bien comprendre que le culte de Dionysos repose sur l'inversion des valeurs et la subversion de l'ordre. Dionysos est l'ennemi du contrôle de soi et de la modération. Honorer Dionysos, c'est goûter à l'ivresse qui seule permet l'abolition de la raison et la fuite hors du monde, hors de la médiocre réalité. Le réel nous aliène. Il n'est fait que d'ennui et d'oppression. L'ivresse – au sens large : l'alcool, les drogues, l'art total – est la porte pour accéder à une nouvelle dimension. L'ivresse permet de basculer dans la vie véritable. Honorer Dionysos, c'est donc accepter le pouvoir de l'ivresse et de l'extase. Accepter le vertige, accepter de perdre pied, accepter tous les outrages, perdre toutes ses inhibitions. Abandonner le respect des normes, s'ouvrir à l'altérité, à la différence. C'est l'ivresse qui permet à l'homme, pour quelques heures durant, de s'élever et de côtoyer les dieux.

Malgré son intérêt, Roxane sentit le sommeil la gagner inexorablement. L'afflux d'informations nouvelles l'avait un peu perdue. Elle avait besoin de dormir pour ranger tout ça dans les cases de son cerveau. Même si concrètement elle n'avait pas beaucoup avancé, elle avait la certitude d'avoir mis le doigt sur quelque chose de vertigineux. Imperceptiblement l'affaire avait changé de nature. Elle n'enquêtait plus seulement sur une disparition. Elle jouait une partie d'échecs avec un adversaire cruel et féroce. Dionysos, le maître des illusions, le fils de Zeus. Le dieu fou.

Mercredi 23 décembre

9

L'ombre de Dionysos

*Je voudrais que tu sois là, que
tu frappes à la porte. Et tu me
dirais c'est moi. Devine ce que je
t'apporte. Et tu m'apporterais toi.*

Boris VIAN

1.

L'alarme me vrilla les tympans. Un harpon s'enfonça
dans ma poitrine pour me tirer d'un sommeil
profond. En pleine confusion, la respiration coupée,
je me redressai dans mon lit. Désorienté, il me fallut
plusieurs secondes pour me rendre à l'évidence : on
venait sans doute de s'introduire dans la maison.
Je me levai au ralenti. K-O debout, je tâtonnai pour
trouver l'interrupteur, mais trébuchai sur mon sac de
voyage et m'étalai sur le plancher.

Merde. Je me remis debout en titubant, le crâne
pris dans un étau, les tympans toujours perforés
par le signal sonore. La nuit avait été atroce. Des
cauchemars, une migraine et des insomnies jusqu'à
cinq heures et demie du matin. L'image de Milena

Bergman qui ne me quittait pas. Je m'étais péniblement rendormi deux heures et à présent une intrusion me tirait du lit.

Dès que je recouvrai mes esprits, son image s'imposa de nouveau. Mon cœur s'emballa. L'interrupteur, enfin. La lumière. Les lattes en bois sous mes pieds. L'escalier flottant jusqu'au rez-de-chaussée.

L'alarme continuait à sonner, mais le salon était vide. La porte de verre, unique point d'entrée de la maison, était bien verrouillée. *Fausse alerte?* Ce ne serait pas la première fois que le système de surveillance se détraquait. Je tapai le code pour désactiver la sirène. Dehors le jour se levait. Bleu, pâle, presque onirique. Une brume légère et glacée ondulait sur le jardin figé dans la froideur du petit matin. La ramure noire et dépouillée des arbres dentelait un ciel dans lequel s'éteignaient les étoiles. Encore somnolent, je me frottai les yeux et fis le tour du rez-de-chaussée pour une dernière inspection.

Même si tout était calme, je n'en menais pas large. J'éprouvais de nouveau cette sensation d'être prisonnier des branches et de la végétation qui se recroquevillaient sur la maison. Les panneaux de verre étaient traversés de reflets sans cesse mouvants qui se répondaient et se superposaient les uns aux autres, créant des images perturbantes.

Un bruit sourd ébranla la paroi vitrée derrière moi. Je me retournai. Le choc venait de l'arrière de la maison qui donnait sur des lauriers touffus puis sur les serres du jardin botanique de la faculté de pharmacie. À cette heure de la journée, l'endroit était fantomatique. Recouvertes de poudre blanche, les haies givrées donnaient l'impression d'appartenir à un décor de cinéma de la Hammer, peuplé de créatures spectrales.

Soudain, une ombre se matérialisa et une main s'abattit sur le panneau de verre. Surpris, je reculai et poussai un cri. Il me fallut un moment pour admettre que c'était bien *elle*. «Milena». Apeurée, paniquée, échevelée, simplement vêtue d'une chemise de nuit, elle me suppliait de la laisser entrer.

— Raphaël, ouvre-moi!

Sa voix, bien qu'assourdie par le verre épais, tremblait de terreur. J'avais déposé le passe dans un vide-poches près de l'entrée. J'approchai la clé de son support. Il n'y eut aucun déclic et la porte resta close.

— Dépêche-toi!

Je répétai mon geste, mais la serrure numérique ne se débloqua pas. *Pourquoi?*

— Dépêche-toi, je t'en supplie!

C'était la première fois que je restais enfermé à l'intérieur. Le déclenchement de l'alarme avait dû dérégler le putain de système électronique qui commandait l'ouverture de la maison.

Je cherchai son regard et fis mon possible pour rester calme, essayant de ne pas l'effrayer davantage.

— On va trouver une solu...

— Il arrive, Raphaël! Il arrive!

De qui parlait-elle? J'eus beau scruter le jardin, je n'aperçus personne. Mais je voyais bien l'épouvante dans ses yeux. Je me précipitai de nouveau près du vide-poches pour saisir mon téléphone et une carte de visite qu'on m'avait donnée la veille. J'avais besoin d'aide et je ne voyais qu'un seul numéro à appeler.

2.

Roxane avait passé une sale nuit. Elle avait ouvert les yeux à quatre heures et demie du matin, en nage, après une série de cauchemars confus peuplés de satyres, de furies et de tatoueurs fous. Obsédée par ses lectures de la veille, elle s'était tournée et retournée dans son canapé sans parvenir à se rendormir. Une idée la taraudait : il fallait qu'elle en apprenne davantage sur les activités de Marc Batailley dans les jours ayant précédé son accident. Le flic menait manifestement une enquête en lien avec la mythologie. Mais quel était l'objet de ses recherches et en quoi celles-ci avaient-elles un lien avec Milena Bergman? Pour l'instant, elle ne voyait qu'un seul moyen de le savoir.

Elle était sortie dans le froid glacial de cette fin de nuit et, en guise de jogging, avait descendu à grandes foulées la rue de Sèvres et la rue Lecourbe jusqu'au cimetière de Vaugirard. Les bâtiments de

Pompidou étaient juste derrière. Le jour se levait lorsqu'elle pénétra dans l'atrium. Contrairement à la veille, l'hôpital européen était encore assoupi. La verrière laissait passer une lumière crue et blanchâtre qui rendait l'endroit encore plus morose. Elle monta directement au service de réa. L'ascenseur. Les couloirs surchauffés. L'odeur de bouffe et de mort. La négo avec l'aide-soignante pour pénétrer dans la chambre 18, « cinq minutes, pour les besoins d'une enquête ». La blouse blanche s'était interposée. Roxane avait passé outre, mais la fille allait revenir accompagnée de collègues ou des membres de la sécurité. Il fallait qu'elle fasse vite. Coup d'œil rapide au flic. Désormais sur le dos, les cheveux en pétard et la barbe fournie, il disparaissait derrière la tuyauterie des cathéters, le scope et le respirateur. Elle ouvrit le placard, fouilla dans la poche du trois-quarts en cuir et trouva ce qu'elle était venue chercher : l'iPhone de Batailley. La batterie était dans le rouge, presque déchargée. Heureusement, elle avait prévu le coup et sortit de sa poche son propre chargeur pour brancher l'appareil près du lit. C'était un modèle récent à reconnaissance faciale. Elle pencha l'écran vers le visage figé du flic et le téléphone se déverrouilla. Enhardie par cette victoire, elle entreprit l'exploration rapide de son contenu. Mails, SMS, historique du navigateur, photos… Roxane déchanta assez vite. À l'évidence, Marc Batailley ne passait pas son temps sur Internet et avait une utilisation très basique de son smartphone. Le relevé des derniers appels téléphoniques était plus encourageant. Elle fit des copies d'écran qu'elle s'envoya par SMS à son propre numéro. *Idem* avec l'application de cartographie où figuraient les derniers lieux dont Batailley avait cherché l'adresse. Considérant qu'elle avait un début de matière à exploiter, elle remit l'appareil en place et s'éclipsa.

Contrairement à ce qu'elle craignait, Roxane ne croisa aucune menace dans les couloirs. Les patients se réveillaient, les soignants étaient sur le pont. Pas de traces du rouquin désagréable ni de l'aide-soignante. Elle prit l'escalier puis alla se réfugier au Relais H, le café qu'elle avait repéré dans l'atrium et qui pour l'heure accueillait principalement des gens du personnel. Elle commanda directement deux doubles expressos pour avoir son premier shoot matinal de caféine puis s'installa à l'une des rares tables libres.

Elle commença l'exploration des données récoltées dans le téléphone. L'application de cartographie en ligne révélait que, deux jours avant son accident, Batailley s'était sans doute rendu au 14, boulevard Montmartre, dans le 9ᵉ arrondissement. Elle rédigea immédiatement un message à destination de Valentine pour lui demander de creuser cette piste. Elle se concentra ensuite sur les derniers numéros que Marc avait appelés. Deux d'entre eux semblaient présenter un intérêt. Le premier figurait dans le répertoire du flic sous le nom de Valérie Janvier. Le nom résonna immédiatement dans l'esprit de Roxane. Janvier était une flic. Haut gradée, même. Une ancienne de la Crim, commissaire divisionnaire, chef du premier district de la capitale. L'une des figures que l'institution mettait systématiquement en avant dans les médias lors des reportages sur «les femmes dans la police». Non seulement Batailley lui avait parlé à deux reprises la semaine précédente, mais Valérie Janvier avait elle-même cherché à joindre le flic ces dernières quarante-huit heures : deux appels en absence, sans message.

Au culot et malgré l'heure matinale, Roxane essaya sans grand espoir d'appeler la commissaire. Contre toute attente, celle-ci décrocha.

— Valérie Janvier.

Pendant quelques secondes, Roxane fut prise au dépourvu. En bruit de fond, elle entendait les bribes d'un petit déjeuner familial. La machine à café, le journal de RTL, des enfants qui se chamaillaient avant d'aller à l'école.

— Bonjour madame la divisionnaire, je me permets de vous déranger chez vous pour...

— Qui êtes-vous ?

— Capitaine Roxane Montchrestien de la BNRF. Je vous appelle à propos de Marc Batailley.

— À sept heures et demie du matin ?

— Marc est dans le coma, à l'hôpital.

— Merde, comment est-ce arrivé ?

— Il a eu un très grave accident avant-hier. Une chute, peut-être en lien avec l'affaire sur laquelle il travaillait.

Janvier laissa passer un long silence puis avança prudemment.

— Pourquoi avez-vous pris l'initiative de me prévenir ?

— Parce que je sais que vous avez cherché à le joindre ces deux derniers jours.

Un silence encore plus long.

— À quel titre et avec quelle autorisation avez-vous saisi son téléphone ?

— De ma propre initiative et en dehors de toute procédure. Personne d'autre n'est au courant.

Elle sentait Janvier ferrée, mais hésitante à l'autre bout du fil.

— Qu'est-ce que vous attendez de moi au juste, capitaine ?

Roxane voulait surtout récupérer des informations auprès de Janvier, mais elle essaya de l'appâter.

— J'aimerais vous faire part de certaines de mes découvertes.

Sans doute pas dupe, Janvier accepta pourtant d'entrer dans le jeu.

— J'ai un créneau de 13 à 14 heures. Un déjeuner rapide au Select, ça vous tente ?

Satisfaite, Roxane sauta sur l'occasion et remercia la flic avant de raccrocher. Un autre numéro revenait à deux reprises dans l'historique des appels de Marc, mais n'était pas enregistré dans le répertoire. Elle l'appela, tomba sur un répondeur et coupa sans laisser de message. Elle essaya sans succès l'annuaire inversé. Le correspondant devait être sur liste rouge. Elle était en train de réfléchir à un moyen d'identifier le numéro en restant sous les radars lorsque son téléphone vibra et que le nom de Raphaël Batailley s'afficha sur l'écran.

— Raphaël ?

— Venez immédiatement, s'il vous plaît.

— Où ça ?

— Chez moi, rue d'Assas.

— Que se passe-t-il ?

— Venez, bordel ! Et prévenez vos collègues et une ambulance !

3.

Stupéfait, j'avais laissé tomber mon téléphone sur le sol.

La scène qui se déroulait devant moi était irréelle.

Au premier plan, tambourinant contre la paroi de verre, le long corps de liane de la jeune femme. Pieds nus, fantomatique et tremblante dans sa chemise de nuit nacrée, ses cheveux blonds ruisselant sur ses épaules.

En fond sonore, les cris, les pleurs, les sanglots étouffés par la peur.

Un peu plus loin, à contre-jour, dans la lumière aurorale, une haute silhouette se détachait. Une ombre gothique. Je pensai d'abord à la créature vampirique de *Nosferatu* : un crâne chauve, des oreilles pointues, des griffes au bout des doigts. Sa démarche était lente, saccadée mais sa progression inexorable. La bête fondait sur la belle.

La panique me gagnait. Que faire ? Je me résolus à envoyer plusieurs coups de pied dans la baie vitrée. Timides au départ puis en mode kung-fu. La paroi de verre vibra sur son cadre, sans se fissurer.

Entre-temps, le monstre s'était rapproché et je pus l'observer plus en détail. Avec mon vampire, je m'étais trompé de référence. On était plus près de Pan, la divinité de la nature de la mythologie grecque. Une créature chimérique, moitié homme moitié bouc. Le dos voûté, dressé sur ses pattes arrière velues, l'homme-animal avait un visage bosselé et de gros sourcils broussailleux. Deux cornes qui s'enroulaient sur elles-mêmes émergeaient de sa chevelure.

Drapé dans une cape de fourrure, le satyre s'était jeté sur sa proie. Sous mes yeux, il lui balança plusieurs coups dans les flancs en rugissant. Je n'avais pas d'arme sous la main. *Si, peut-être !* Mon père gardait son MR 73 planqué dans un tiroir. Je me ruai vers sa chambre, trouvai le revolver... mais pas les cartouches. Rien qui puisse réellement m'aider. En désespoir de cause, je saisis un tisonnier d'ornement près de la cheminée. De toutes mes forces, je me mis à frapper la façade avec la tige en fer forgé. D'un mouvement frénétique, le dingue assena encore quelques gifles, puis hissa sa victime terrifiée sur son épaule sans se préoccuper de moi le moins du monde. La plaque de verre feuilleté commença à s'effriter. J'avais les doigts en sang, mais je continuai à cogner jusqu'à ce qu'une brèche apparaisse. Je me servis du tisonnier comme d'un pied-de-biche pour faire céder la muraille de verre qui s'effondra d'un coup.

Enfin libéré, je sortis pieds nus dans le jardin à la poursuite de la créature. Je la retrouvai au début du chemin goudronné. Armé du tisonnier, j'arrivai derrière elle, prêt à lui assener un coup. Elle fit soudain volte-face et se saisit de la pointe du pique-feu qu'elle m'arracha des mains. L'espace d'une seconde, je croisai son regard, bestial et halluciné. Je portai les mains devant mon visage pour me protéger, mais le coup m'atteignit au niveau de la nuque. J'eus l'impression que ma peau s'enflammait. Je chancelai, ouvris la bouche pour hurler, mais avant qu'un cri sorte de ma gorge je m'étais déjà effondré au sol.

10

La nuit dans les cœurs

Chevelures mouillées, jambes
agiles, seins rougis et bousculés,
sueur des joues, écume des lèvres, ô
Dionysos, elles t'offraient en retour
l'ardeur que tu jetais en elles !
Chansons de Bilitis

1.

Des halos rouges et bleus tournoyaient sur le bitume.
Au bout de la rue d'Assas, la douceur mordorée de
la lumière matinale se diluait dans les éclaboussures
agressives des gyrophares. Un déploiement anar-
chique de véhicules sérigraphiés barrait l'accès au
jardin botanique de la fac de pharmacie. Des triangles
de signalisation détournaient la circulation sur une
seule file au niveau de l'entrée du 77 bis.

Roxane claqua la portière du taxi et présenta sa
carte au planton qui montait la garde devant le portail.
Voilà, pensa-t-elle en s'engageant dans l'impasse qui
conduisait à la maison de verre, *ce n'est plus MON*
enquête.

Lorsqu'elle avait reçu l'appel paniqué de Raphaël, elle avait jugé plus prudent de prévenir à la fois Botsaris et le commissariat du 6ᵉ. Depuis l'hôpital Pompidou, elle risquait de mettre trop longtemps à arriver. Le lieutenant de la BNRF l'avait tenue informée de leur intervention. Elle savait que Raphaël était sain et sauf, mais que les flics étaient arrivés trop tard pour empêcher l'enlèvement de la jeune femme qu'on pensait être Milena Bergman.

Autour de la maison, c'était le branle-bas de combat. Les bandes de Rubalise délimitaient une large zone d'infraction à l'intérieur de laquelle s'affairaient les cosmonautes de l'Identité judiciaire. Roxane observa la scène de loin, jaugeant les forces en présence. Tout son ancien groupe de la BNRF était présent, mais aussi les mecs de la 3ᵉ DPJ – celle de la Rive gauche – qui avaient dû débarquer en même temps. Fébrile, Botsaris parlementait avec Serge Cabrera, le capitaine de la DPJ, pour essayer de garder l'affaire. Un peu en retrait, mutique, le visage fermé, le commandant Sorbier avait le regard des mauvais jours, un journal plié sous le bras. Plus loin, assis sur une chaise de jardin et entortillé dans une couverture de survie, Raphaël Batailley, les yeux dans le vague, les cheveux hirsutes, paraissait sonné.

D'instinct, Roxane comprit que ses collègues n'allaient pas lui faire de cadeau. Pour éviter d'être mise sur le gril, elle ne devait pas s'éterniser sur les lieux. Elle appela Valentine Diakité.

— Tu pourrais venir me chercher quelque part avec ton scoot ?

— Où ça ?

— Rue d'Assas, devant le portail des Batailley.

— Il s'est passé quelque chose ?

— Je t'expliquerai. Tu peux être là quand ?

— Dans un quart d'heure si je pars maintenant. J'ai même une voiture si vous préférez.

— Nickel. Oui, je préfère.

Sorbier l'alpagua au moment où elle raccrochait.

— Vous ne pouvez pas vous tenir tranquille, Montchrestien ? C'est plus fort que vous : les emmerdes vous attirent. Toujours.

— Dans le cas présent, j'ai plutôt l'impression que c'est moi qui les attire, non ?

— On jouera sur les mots plus tard, quand on n'aura plus les médias sur le dos.

— De quoi parlez-vous au juste, commandant ?

Sorbier lui tendit le journal. En une du *Parisien*, un titre en forme d'interrogation : « Qui est l'inconnue de la Seine ? » Roxane ouvrit le quotidien et parcourut l'article en diagonale. Sur deux pages, une enquête évoquait le repêchage d'une jeune femme amnésique dans la Seine, son internement et son évasion de l'infirmerie de la préfecture de police de Paris. Le papier était bâclé et brassait beaucoup de vent. Jamais n'était évoqué le nom de Milena Bergman. La journaliste avait beaucoup brodé, délayant le peu qu'elle savait – probablement obtenu de la bouche d'un employé de l'I3P comme ce petit con d'Anthony Moraes. Il n'empêche : le mal était fait. L'affaire était sortie dans la presse et, avec ce qui venait de se passer ce matin, elle n'était pas près de quitter la une.

— C'est cette fille qui a été enlevée ce matin, n'est-ce pas ? demanda Sorbier.

— Je n'en sais rien, commandant.

— Foutez-vous de moi. Vous savez ce que ça signifie, l'I3P à la une du *Parisien* ? Pourquoi vous ne nous avez pas prévenus plus tôt ?

— Mais si, je…

Le portable de Sorbier sonna à ce moment et il s'éloigna pour répondre, dispensant Roxane d'articuler la fin de sa protestation. Elle en profita pour prendre ses distances et faire le tour de la maison. Une des baies vitrées s'était littéralement effondrée, laissant un trou béant dans la maison de verre, qui donnait à présent l'impression d'être aussi fragile qu'un château de cartes. Elle s'approcha de Raphaël. L'écrivain était sous la surveillance d'un condé de la DPJ en attendant d'être de nouveau interrogé.

— Désolée de ne pas être arrivée plus tôt, dit-elle en écartant les bras. Pas trop de casse ?

Raphaël grimaça et écarta la couverture de survie pour lui montrer un hématome qui partait de la base du cou et remontait jusqu'à la nuque.

— Cette fille, c'était Milena ? demanda-t-elle.

L'écrivain garda le silence, toujours abasourdi par ce qu'il venait de traverser.

— Et son agresseur, vous le connaissiez ? C'est quoi cette histoire de créature ? Il était grimé en satyre, c'est ça ?

Comme elle le craignait, Botsaris rappliqua. À la fois pour mettre fin à sa tentative d'interrogatoire et pour la sermonner comme si elle avait douze ans.

— Il faut qu'on parle, Roxane.

— Il faut surtout que tu me parles autrement, ça c'est sûr.

Elle n'aimait ni le ton ni l'attitude de son ancien lieutenant. Un jeune type qu'elle avait formé, qui une semaine plus tôt était encore sous ses ordres et qui n'occupait sa place aujourd'hui que parce qu'elle avait été injustement mise sur la touche.

— Ça t'amuse de passer le plus clair de ton temps à mettre tes collègues dans la merde ? l'attaqua-t-il.

— Mais de quoi tu parles ? Je t'ai appelé plusieurs fois hier matin pour te parler de cette affaire. Je n'ai pas eu l'impression qu'elle t'intéressait beaucoup avant qu'elle fasse la une du *Parisien*.

— Quelle mauvaise foi !

Elle savait qu'il était à cran mais elle n'avait aucune envie de lui faciliter la tâche. C'est lui qui avait dû la charger auprès de Sorbier. Elle soutint froidement le regard de son ancien adjoint. Il avait l'air furieux et surtout crevé. Botsaris était jeune père de famille. Féministe autoproclamé, il se voulait irréprochable, se levant toutes les nuits pour assurer les biberons de son fils de quatre mois. Roxane savait qu'il avait posé des congés pour Noël et qu'il prévoyait d'aller passer ses vacances en province chez ses beaux-parents. Cette enquête foutait en l'air ses projets de fin d'année. Et ce n'était pas elle qui allait le plaindre.

— Tu vas garder l'affaire ? demanda-t-elle.

— On espère pouvoir s'y greffer, mais il n'y a que des coups à prendre, c'est pour ça que...

— On a trouvé quelque chose, Botsa ! l'interpella une voix.

Liêm Hoàng Thông venait de surgir de derrière les haies de lauriers.

— Bonjour patron, lança-t-il à Roxane.

— Salut Liêm.

Hoàng Thông était un des gars de son groupe. La quarantaine tranquille, toujours tiré à quatre épingles, il était d'une patience infinie et doué pour faire parler les gens. Il ne renâclait jamais à se coltiner les enquêtes de voisinage. Et une fois encore, il revenait avec une pépite.

— L'un des voisins a filmé une scène démente sur son téléphone, expliqua-t-il en agitant l'appareil devant lui. Il s'agit du gardien du petit musée Zadkine, de l'autre côté de la rue. Il dit qu'il a été réveillé par la sirène de l'alarme.

Roxane et Botsaris se pressèrent autour de l'écran. Le flic lança l'enregistrement. Captée depuis l'immeuble d'en face, la scène était brève, mais sidérante. Batailley n'avait pas raconté de bobards. Un homme accoutré en satyre était vraiment venu enlever Milena Bergman. On le voyait surgir du chemin goudronné, sans doute après avoir mis un pain à Batailley, et débouler dans la rue d'Assas, la pianiste sur son épaule. La jeune femme avait beau se débattre, elle ne pouvait rien face à la prise de son agresseur. L'individu mi-homme, mi-bouc la balançait ensuite violemment à l'arrière d'une camionnette avant de prendre la fuite.

— C'est dingue. Repasse-le, je crois qu'on voit l'immat, lâcha Botsaris.

Nouveau visionnage. La séquence donnait à Roxane l'impression d'être sortie d'un vieux film de *found footage*, sauf que les téléphones actuels étaient si performants que l'image regorgeait de détails facilement exploitables comme la marque de l'utilitaire – un Citroën Jumpy à porte latérale – et la plaque du véhicule.

— Ouais, on a l'immat ! cria Botsaris. On a l'immat ! On va le choper !

Les gars se congratulèrent, un peu vite au goût de Roxane. Botsaris – qui entrevoyait la possibilité de sauver ses vacances – fila prévenir Sorbier et son homologue de la DPJ.

En rebroussant chemin, Roxane se rendit compte qu'elle n'avait aucune envie que l'affaire soit résolue. Une bonne enquête, c'était mieux que la came, la baise, le Seroplex et le Lexo réunis. Une bonne enquête électrisait votre vie, lui injectait un flux d'adrénaline. À l'inverse, la clôture d'une enquête avait quelque chose de déprimant. Elle s'apparentait à la fin de la lecture d'un bon livre. On ressentait le même vide, le même abattement, la même tristesse de quitter des personnes auxquelles on commençait à s'attacher. Une gueule de bois qui vous rappelait à la triste réalité de votre vie.

Elle s'éloigna de la maison, remonta le chemin jusqu'à la rue d'Assas. Les caméras de BFM et de LCI encerclaient le portillon. Tandis qu'elle se frayait un passage au milieu des journalistes, elle eut une conviction profonde. Cette affaire était hors norme et loin d'être terminée. Pour quelques heures encore, Roxane avait plusieurs longueurs d'avance sur les autres flics. Un avantage décisif qu'il fallait exploiter.

Un coup de klaxon la sortit de ses pensées. De l'autre côté de la rue, Valentine Diakité l'attendait au volant d'une Mini Cooper couleur bleu glacier.

2.

— C'est quoi tous ces keufs ? demanda Valentine.

— Démarre, je t'expliquerai.

— On va où ?

— Prends à gauche, rue Vavin puis Raspail. Je voudrais qu'on passe à la librairie Guillaume Budé.

Pendant qu'elles roulaient, Roxane briefa l'étudiante sur les événements du matin.

— Donc on n'est plus les seules sur l'enquête ? conclut la thésarde avec une pointe de déception dans la voix.

— C'est aussi bien que la BNRF entre dans la danse pour essayer de retrouver la fille. Au niveau logistique, ce sont les meilleurs. Mais nous on continue à creuser notre piste : l'enquête que menait Marc Batailley avant son accident.

Elle ouvrit la fenêtre et entrevit son visage dans le rétro. Elle était pâle à faire peur, les cheveux en pétard, le visage cerné, des plis au coin des yeux. Un désastre. À l'inverse, Valentine avait toujours cette fraîcheur de pimprenelle et un look travaillé comme si elle se rendait à un *shooting*. Une jupe en cuir fauve, un pull en mohair, des collants brillants et des bottines à talons hauts. La vie était chienne et injuste.

La librairie Guillaume Budé était toute proche, à l'angle du boulevard Raspail et de la rue de Fleurus. Valentine se gara à l'arrache, *warnings* allumés, empiétant allégrement sur le terre-plein central. Il n'était que neuf heures et demie, mais comme Roxane l'espérait, il y avait déjà quelqu'un à l'intérieur qui rangeait les tables en prévision des derniers achats de Noël. Elle toqua contre la vitre pour attirer l'attention de l'employée.

— C'est la police, madame, dit-elle en agitant sa carte.

Elles pénétrèrent dans la librairie, connue pour être spécialisée dans la vente de textes de l'Antiquité, du Moyen Âge et de la Renaissance. La bouquinerie se déployait sur une surface de soixante-dix mètres carrés, avec étagères patinées et échelles en bois rappelant les bibliothèques anglaises.

— Que puis-je pour vous ? demanda la libraire.

Trente ans à tout casser, son style détonnait dans cet environnement classique : cheveux filasse et Doc Martens, jean troué et tee-shirt Pearl Jam, gilet de laine *oversized* tendance Kurt Cobain.

— Vous vous souvenez d'avoir servi ce client ? questionna Roxane en présentant une photo de Batailley qu'elle avait empruntée rue d'Assas.

— Bien sûr ! Il nous a acheté plusieurs livres la semaine dernière. C'est moi qui l'ai conseillé.

— Que cherchait-il exactement ?

— Des ouvrages sur la mythologie. L'histoire de Dionysos, ses attributs, la signification de son culte…

— Il vous a dit pourquoi ?

— Il m'a dit qu'il était flic et qu'il menait une enquête sur une série de meurtres.

Roxane et Valentine échangèrent un regard mi-amusé, mi-sceptique. Elles imaginaient assez bien le vieux lion en train d'inventer des craques pour impressionner la jeunette. La libraire essuya des pellicules imaginaires sur son épaule puis eut comme une révélation.

— D'ailleurs, j'ai complètement oublié de le rappeler, mais son livre est arrivé hier !

— Quel livre ?

— Il voulait un bouquin que je n'avais pas en stock et que j'ai dû lui commander. Je vais le chercher, dit-elle avant de s'éclipser par une porte en acajou.

Roxane consulta son téléphone. Un message de Liêm Hoàng Thông la prévenait que le traçage de la plaque d'immatriculation de la camionnette avait abouti à une voiture volée quelques jours plus tôt du côté de Courcouronnes. Comme elle s'y attendait, la traque du satyre serait moins facile que prévu. Elle montra le SMS à Valentine puis fureta entre les tables. Les couvertures des Budé rangés sur les étagères lui rappelaient ses années de prépa. Combien d'heures passées jusqu'à tard dans la nuit pour venir à bout de ses traductions... Couleur jaune pour la série grecque, couleur rouge pour la série latine. La chouette d'Athéna contre la Louve romaine. En restait-il quelque chose aujourd'hui, hormis ses souvenirs ?

Elle cligna des yeux. Derrière les grandes vitres, le soleil montait dans le ciel, auréolant Valentine d'une couronne dorée, éclaboussant le parquet ciré et la porte d'acajou qui s'ouvrit de nouveau.

— Voilà le livre, dit la libraire en posant l'ouvrage sur le comptoir.

Les deux femmes se penchèrent pour lire le titre : *Les Grandes Dionysies. La naissance du théâtre classique en Grèce.*

— Ça raconte quoi ?

— C'est un ouvrage universitaire qui montre comment la naissance de l'art théâtral descend directement du culte de Dionysos.

— Je vais garder le livre comme pièce à conviction.

— Et qui va me le payer ?

— Je vous le rapporterai. Merci de votre aide et joyeux Noël.

3.

À peine sorties dans la rue, les deux femmes se ruèrent pour parlementer avec l'agent de contrôle qui était en train de verbaliser la Mini. La menace écartée, Valentine reprit sa place au volant.

— On met le cap sur le 14, boulevard Montmartre ?

Valentine avait tracé l'adresse, qui était celle des Trois Licornes, un café où Marc Batailley avait dû se rendre la veille de son accident.

— On ira plus tard. D'abord, j'aimerais passer rue Léon-Maurice-Nordmann, dans le 13e, juste à côté de la prison de la Santé.

Valentine fit demi-tour sur Raspail.

— Faut que je vous raconte ma soirée. Moi aussi j'ai du nouveau !

— J'avais complètement oublié ton rendez-vous avec Corentin Lelièvre. Alors, comment s'est terminée ton infiltration à Boboland ?

— Ce mec est con comme une valise sans poignée, commença Valentine, mais il est méfiant. Au départ, il m'a débité quelques anecdotes, puis il s'est refermé lorsque j'ai insisté. *Anyway*, j'ai quand même réussi à rapporter une vraie info.

— Dis-moi.

— Les éléments utilisés dans son article et les photos lui ont été fournis «clés en main» par un informateur il y a deux mois. J'ai bien tenté de savoir qui, mais il ne m'a rien lâché d'autre.

Roxane fronça les sourcils.

— Raphaël m'en a parlé dans l'avion. Il pense que c'est un membre du personnel de l'hosto où son père était soigné l'an dernier.

— Lelièvre me dit que son canard a tout eu *gratuitement*. Si l'informateur n'a pas demandé à être payé, ça signifie qu'il avait une autre raison de souhaiter que l'article sorte maintenant.

— Ou ça signifie simplement que le type t'a raconté n'importe quoi.

— Il m'a invitée à prendre un verre ce soir. Je vais continuer à creuser.

— Ce qu'on a besoin de comprendre, c'est *pourquoi* le journaliste continue à enquêter sur Raphaël.

— Vous pensez bien que j'ai essayé de le savoir. Il a flairé un scoop, c'est sûr, mais il ne m'a pas lâché grand-chose. Ce soir, on ne sera que tous les deux, ça sera plus facile.

— Ne prends pas de risques quand même. Il ne m'inspire pas confiance, ce mec.

La Mini dépassa le boulevard du Montparnasse, fila jusqu'à la place Denfert-Rochereau puis le long de Saint-Jacques. Rue de la Santé, le pont aérien du métro Glacière coupait le boulevard en deux. La présence inquiétante de la maison d'arrêt planait partout. L'ombre des murs d'enceinte obscurcissait la chaussée, l'enfermant sous cloche dans une tristesse pesante.

La sensation d'étouffement prit fin dès l'artère suivante. La rue Léon-Maurice-Nordmann était une voie paisible et lumineuse. Valentine gara sa Mini entre l'école publique du quartier et un restaurant éthiopien à la façade ambrée de terre cuite.

— Qui va-t-on voir ?

— Jean-Gérard Azéma, un ancien paparazzi. Je veux qu'il m'aide à remonter une piste sans passer par les services de police. Mais je préfère y aller seule pour ne pas effrayer l'oiseau. Tu m'attends là ?

Valentine acquiesça sans pour autant masquer sa déception. Roxane descendit de la voiture et marcha jusqu'à un bel immeuble blanc, vaguement Art déco, édifié des deux côtés du petit square Albin-Cachot qui n'avait de square que le nom. Elle sonna à l'interphone, s'annonça et proposa au photographe de monter. Méfiant, Azéma refusa, mais devant l'insistance de Roxane il consentit à la retrouver en bas de chez lui.

La flic se frotta les mains pour se réchauffer. L'air était toujours aussi glacial, mais le soleil au beau fixe. Le restau éthiopien faisait des cafés à emporter. Elle entra s'acheter un double expresso et en commanda un pour le paparazzi.

— Alors, on vient voir Jeangégé !

Légèrement éraillée, la voix la fit sursauter. Azéma était arrivé par-derrière en catimini. Sans doute un reste de déformation professionnelle. Le photographe cultivait avec soin son look de vieux beau. Haute silhouette entretenue, cheveux poivre et sel fraîchement coupés, manteau en cachemire et lunettes fumées. Une sorte de Richard Gere du faubourg Saint-Marcel.

— Salut Azéma.

Elle l'avait rencontré deux ans auparavant, lors d'une audition où son nom apparaissait au détour d'une affaire de stups. Le paparazzi figurait dans le répertoire d'un dealer recherché par la BNRF.

Il n'avait pas été inquiété, mais Roxane n'avait pas oublié le profil du bonhomme. D'abord photoreporter, Azéma avait été l'un des paparazzi les plus influents de la grande époque des années quatre-vingt-dix et deux mille. Celle où la presse *people* payait des fortunes pour un cliché de Diana et Al Fayed, pour Mazarine sortant d'un restaurant ou Kate Moss sniffant un rail de coke. Il avait gagné beaucoup d'argent, mais la dope, deux divorces et la crise de la presse tabloïd l'avaient laissé sur la paille. Depuis il vivotait, mais avait conservé ses réseaux.

— C'est du bouillon de *poulet*? plaisanta-t-il en prenant son gobelet.

Roxane avait espéré pouvoir profiter de la chaleur du restaurant mais le proprio leur fit comprendre qu'ils ne devaient pas encombrer le passage.

— Bon, dis-moi ce qui t'amène, Montchrestien. On se gèle les miches, se plaignit le photographe de retour sur le trottoir.

Roxane sortit un Post-it de sa poche.

— Je voudrais que tu identifies ce numéro pour moi, demanda-t-elle en lui tendant le papillon jaune pâle. Il est sur liste rouge.

— Tu rigoles? Tu peux faire ça toi-même en trois secondes.

— C'est pour une enquête privée. Je ne veux pas y mêler les flics.

Jeangégé secoua la tête.

— Nan, ça pue, ton truc.

— C'est une affaire perso, je te dis. Un truc de cul. Un numéro que j'ai trouvé sur le portable de mon mec.

— Je ne te crois pas une seconde.

— Rends-moi ce service. Je ne te demande pas la lune.

— Mais qu'est-ce que j'y gagne, *moi*?

— Je te devrai quelque chose.

— Trop vague. Je te le fais pour trois cents balles.

— Va te faire foutre.

Le paparazzi prit une mine inflexible.

— Désolé ma belle, mais les temps sont durs. Instagram a tué le métier, se lamenta-t-il. Les *people* nous ont bien baisés : avec les réseaux sociaux, ils dévoilent eux-mêmes leur intimité. Et avec ces téléphones de merde, tout le monde est un paparazzi en puissance.

Roxane avait déjà entendu son discours plusieurs fois : la victoire des communicants et du *storytelling* contre le «journalisme». Elle se frotta les paupières. On était le 23 décembre, mais l'école en face devait être occupée par un centre de vacances, car on entendait la clameur des enfants dans la cour. L'une des plus belles bandes-son au monde.

— Milena Bergman, tu connais? demanda-t-elle pour changer de sujet.

— Jamais entendu parler.

— Une pianiste qui était sur le vol qui s'est écrasé l'année dernière.

— Ah oui, peut-être.

— Il y a un article sur elle disponible sur le site de *Week'nd*. Jette un coup d'œil aux photos et dis-moi si tu remarques quelque chose de particulier.

— Je fais ça pour tes beaux yeux ?

— Ça et le numéro sur liste rouge, n'oublie pas.

— Tu peux toujours courir, rigola-t-il en s'éloignant. Allez, salut la flicaille.

4.

Rive droite. Sur les Grands Boulevards, le culte de Noël battait son plein. La foule se pressait, nombreuse, mais sans joie. Des silhouettes fatiguées, communiant dans la même corvée, victimes de l'injonction d'adhérer à un esprit de Noël depuis longtemps dévoyé. Les rues étaient enlaidies de dégueulis de guirlandes lumineuses et de sapins en plastoc recyclé. Même les vitrines des grands magasins, croulant sous des décors enneigés qui ressemblaient à des meringues, ne suscitaient qu'indifférence ou exclamations surjouées.

Roxane et Valentine avaient laissé la Mini dans un parking, rue de la Chaussée-d'Antin. Roxane n'attendait pas grand-chose de cette excursion, mais elle savait par expérience que, pour espérer une prise dans une mer guère poissonneuse, l'enquêteur devait lancer une multitude de filets.

Lorsqu'elles poussèrent la porte des Trois Licornes, elles se retrouvèrent dans un cadre qui se voulait chic et contemporain. Des dizaines de plantes vertes en pot dégoulinaient du sol au plafond. Partout, du bois cérusé et des couleurs pastel, un comptoir-bar en carrelage blanc, immaculé comme dans un labo de recherche. Les Trois Licornes n'étaient pas un café traditionnel, mais une sorte de bar à jus bio. On y dégustait des chips de kale et des jus pressés à froid «concombre menthe sauvage» à douze euros. Ici tout était *green*, *healthy*, *lactose free* et cher.

Roxane sortit sa carte tricolore et, armée de ce viatique, se fraya un passage jusqu'aux caisses pour demander à parler au responsable du magasin. La gérante était à l'image du lieu : faussement accueillante. Elle écouta la flic puis consulta l'emploi du temps de ses salariés. Magda, la responsable de salle susceptible d'avoir servi Batailley le dimanche précédent, ne prenait son service que dans un quart d'heure.

— On va l'attendre, décida Roxane en s'asseyant à une table.

Elle commanda un café, mais comme le *juice bar* n'en proposait pas, elle imita Valentine et se rabattit sur un lait d'amande.

— Tu imagines Marc Batailley dans un tel endroit ?

— Non, je le vois plutôt en face, dans l'un des petits bars du passage des Panoramas, devant une bouteille de Chouffe et un sandwich au sauciflard.

— S'il est venu ici, c'est donc à l'initiative de quelqu'un. Ce n'est pas lui qui a choisi cette adresse.

Dans l'attente de l'arrivée de la serveuse, elles s'employèrent à faire un point sur leur enquête. Ce qui s'était passé ce matin dans la maison de Raphaël – l'irruption de l'homme grimé en satyre et l'enlèvement de Milena – validait leur hypothèse d'un lien avec des éléments mythologiques. Le « satyre » agissait-il seul ou avec des complices ? Roxane se souvenait des notes de Batailley sur de possibles phénomènes sectaires liés au culte dionysiaque. Une bande d'illuminés, adorateurs de Dionysos, avait peut-être séquestré Milena pour la contraindre à participer à leurs cérémonies. Possible. Mais ça n'expliquait en rien comment la pianiste avait survécu à l'accident aérien ni pourquoi son corps avait été identifié parmi les victimes du crash.

Posé sur la table, le portable de Valentine ne cessait pas de vibrer depuis cinq minutes.

— Réponds, si c'est important.

— Non, c'est un type avec qui je suis vaguement sortie l'an dernier et qui s'accroche.

— Tu veux que je lui fasse peur ?

— Pas la peine, il est plus lourd que méchant.

— T'as un copain ou une copine ?

— Je ne savais pas que j'étais en garde à vue ! se cabra l'étudiante.

Vexée, Roxane lui lança un regard noir.

— Je n'ai pas de copain, reprit Valentine sur un ton plus conciliant. Je vous l'ai déjà fait comprendre : moi, le mec qui me plaît vraiment, c'est...

— Ne me dis pas Raphaël Batailley !

— Si ! Je devrais avoir honte de dire ça, mais je ne suis pas ravie de voir la pianiste ressurgir dans sa vie.

— Je ne comprends pas. Le crash remonte à plus d'un an. Si Batailley te plaisait, tu avais tout le temps de tenter quelque chose avec lui.

— Je cherche une histoire sérieuse ! Je voulais attendre un peu, respecter le moment du deuil, ne pas avoir l'air de me jeter sur un morceau de viande comme une morfale pour profiter de la situation.

Roxane s'agaça.

— De toute façon, je ne vois pas ce que tu lui trouves. C'est un poseur, une sorte de dandy qui joue à l'artiste tourmenté et qui...

— Pas du tout ! Vous ne le connaissez pas.

— Mais toi non plus tu ne le connais pas *vraiment* !

— Moi au moins, j'ai lu ses livres.

— Si tu penses aimer l'homme parce que tu aimes l'artiste !

— Ne caricaturez pas mes paroles.

— Je ne le sens pas, ce mec. Il n'est pas franc du collier, je te dis. Crois-en mon expérience de flic.

La gérante les interrompit dans leur dispute.

— Magda est arrivée, dit-elle en leur présentant une jeune femme aux grands yeux clairs et au crâne entièrement rasé.

Britney Spears, 2007, pensa Roxane en prenant les choses en main.

— Je ne vais pas vous embêter longtemps, mais je vous demande de vous concentrer. (Elle lui tendit la photo de Batailley.) Vous reconnaissez cet homme ?

— Oui, c'est possible.

La flic soupira. Première réponse et la fille l'irritait déjà.

— « C'est possible », ça ne veut rien dire. Vous le reconnaissez ou pas ?

— Il me semble qu'il est venu la semaine dernière, oui. Le genre un peu ours qui m'appelait « ma jolie », mais qui m'a laissé un billet de cinq euros comme pourboire.

— Vous l'aviez déjà vu avant ?

— *Nope.*

— Il était seul ou accompagné ?

— Il avait rendez-vous avec une femme. Une rousse, je crois, plutôt vieille, avec de longs cheveux.

— Vieille c'est quel âge pour toi ?

— Plus vieille que vous. Elle, en tout cas, je l'avais déjà vue deux ou trois fois.

— Elle travaille dans le coin ?

Magda haussa les épaules.

— P't-être.

— Ils sont restés combien de temps ?

— Un bon quart d'heure.

— Tu n'as pas entendu de quoi ils parlaient ?

— Non, mais ils s'engueulaient, je crois.

— Violent ?

— Véhément plutôt. Le type voulait savoir quelque chose et la vieille refusait de lui répondre.

— Savoir quoi ?

— Chais pas. Un renseignement. Un nom, une adresse...

Roxane comprit qu'elle n'apprendrait rien de plus. Elle remercia la fille et sortit sur le boulevard. Indifférente à l'agitation, elle s'avança d'un mètre sur la chaussée pour guetter le passage des taxis.

— Je vous ramène ? proposa Valentine.

— Laisse, je vais me démerder.

— Vous faites la gueule ?

— Oui, tu m'énerves. Je sais que Raphaël Batailley n'est pas fiable.

— C'est pas une raison pour vous fâcher comme ça.

— OK. Lâche-moi les baskets, maintenant.

— Vous, quand vous êtes de mauvaise humeur, vous ne faites pas semblant...

5.

L'air glacé du dehors me donna un coup de fouet salutaire. Je relevai le col de mon manteau et descendis la rue d'Assas sur le trottoir de gauche. Les effets de l'antalgique s'atténuaient, réveillant la douleur dans mon cou et ma migraine. Les flics m'avaient interrogé pendant plus de quatre heures. Ils étaient tellement paumés que je n'avais même pas été obligé de mentir. J'avais répondu à côté, éludé, riposté à leurs questions par d'autres questions. J'avais accepté de bonne grâce le prélèvement génétique qu'ils m'avaient demandé. Ne comprenant pas grand-chose à la situation, ils semblaient vouloir s'en remettre à la technique : les caméras de surveillance, la téléphonie, l'ADN, la géolocalisation. La seule qui était un peu plus futée que les autres était Roxane Montchrestien, mais contrairement à ce qu'elle m'avait affirmé, elle n'était pas directement partie prenante de l'enquête.

Cette situation ne pouvait plus durer. Je devais assumer mes responsabilités et prendre moi-même les choses en main. J'étais le seul à détenir une part de la vérité qu'ils mettraient encore un peu de temps à comprendre. Pour découvrir la part manquante, il fallait que je remonte à la source. Le moment où Milena Bergman s'était « dupliquée ». Le moment où un double, un *Doppelgänger* maléfique, avait surgi par ma faute pour la vampiriser.

Je me repassais en boucle les coups portés par le tortionnaire. *Sa hargne, sa violence...* Qui était cet homme ? Pourquoi un tel accoutrement ? Pourquoi cet acharnement ? Je n'y voyais pas clair. Je devais mettre de l'ordre dans ma tête. Mais par où commencer ? Il me manquait encore trop de maillons pour comprendre la logique de la chaîne.

Je traversai hors des clous pour rejoindre le parking du Luxembourg où était garée ma voiture. En tournant la tête, je remarquai une silhouette qui me suivait depuis chez moi. Un flic ? Il n'était pas impossible que ces branques aient souhaité garder un œil sur moi. J'arrivai devant la terrasse chauffée du Liberty Bar, à l'angle d'Assas et de Vavin. Je marquai une pause et le type s'arrêta derrière moi. Pour en avoir le cœur net, je pénétrai dans le café. Après une hésitation, il entra à ma suite, et c'est là que je le chopai par le col et le poussai sur le trottoir.

— T'es qui, toi ?

Il n'avait pas l'air d'un flic. Carrure frêle, barbiche de *hipster*, tee-shirt anticapitaliste qui proclamait : *#EatTheRich*. Il nageait dans son perfecto et portait un bonnet de laine à rayures qui protégeait son crâne dégarni.

— Ne me touchez pas ! Je suis journaliste.

— J'en ai rien à foutre. Tire-toi.

Le mec était nerveux et tripotait sa barbiche de chèvre comme s'il voulait se l'arracher. Dans un geste de protection, il sortit son portable et commença à me filmer. Je venais de comprendre : le gars devait être Corentin Lelièvre, le pisse-copie qui me tournait autour depuis plusieurs jours. Pathétique, il braquait son iPhone dans ma direction comme si le portable lui servait à la fois de bouclier et de semi-automatique. Il m'interpella d'un ton comminatoire.

— J'enquête sur vous et j'ai des questions à vous poser.

Après les flics, je n'avais pas envie de m'enquiller un nouvel interrogatoire et encore moins avec ce journaliste-procureur.

Un crissement de pneus inhabituel me fit lever la tête. Vingt mètres devant moi, le feu venait de passer au vert. Un coupé Mercedes avait démarré en trombe, coupant la trajectoire du véhicule à sa droite. D'un bond, je me jetai sur le côté.

Lancé comme une fusée, le bolide était en train de fondre sur moi.

11

Le palais des illusions

Il n'y a pas d'obstacles, le seul obstacle
est le but, marchez sans but.

Francis PICABIA

1.

« François Hollande n'a pas été un mauvais président
de la République », « Le système de santé français
reste le meilleur du monde », « La France est un pays
ultralibéral », « Macron est un vrai dictateur ».

Roxane leva la tête en direction des deux hommes
qui occupaient la table d'à côté. Au concours de celui
qui dirait le plus de conneries à la minute, on avait là
deux sérieux prétendants.

Il était 12 h 45. Attablée au Select, la flic attendait
Valérie Janvier en relisant ses notes sur son portable.
La brasserie mythique du boulevard du Montparnasse
était loin d'être pleine. Habituellement squattée par
les éditeurs et les journalistes, la cantine du « monde
des lettres » avait vu ses habitués partir vers leurs
maisons de vacances du Luberon ou de Bretagne. Avec
sa verrière, ses banquettes en osier, ses stucs et ses
moulures, l'endroit évoquait la France des années vingt

et rassurait les touristes. Soudain, une silhouette familière passa la porte du restaurant. Jean-Gérard Azéma. Le paparazzi chercha Roxane dans la salle et, l'ayant identifiée, avança vers elle avec un large sourire.

— On ne se quitte plus !

— Comment tu m'as retrouvée ?

— C'est mon métier ! répondit-il en s'asseyant devant elle.

Jeangégé héla un serveur et commanda un perroquet.

— Depuis quand les flics déjeunent au Select ? Tu ne te refuses rien, on dirait.

— Tu as des infos pour moi ?

— Ça se pourrait. Tu me donnes quoi en échange ?

— *Nada*, je te l'ai déjà dit ce matin.

Elle avait espéré que le paparazzi finirait par revenir. En ces temps de vaches maigres, l'histoire de Milena Bergman était un appât séduisant.

— OK, balaya-t-il, pour preuve de mes bonnes intentions, je te donne l'identité du propriétaire de la ligne sur liste rouge.

Il lui rendit le Post-it qu'elle lui avait laissé quelques heures plus tôt. Azéma y avait ajouté un nom.

— Gaétan Yordanoff ?

— Un collègue à toi, il paraît.

— Un flic ?

— Oui, un beau poulet fermier de la Brigade financière. J'adore ça, quand la flicaille chasse la flicaille. Ça me rend tout chose.

Roxane trouva l'info intéressante. Une nouvelle preuve s'il en fallait que Batailley avait activé tous ses réseaux et que l'enquête avait des ramifications complexes.

Un serveur apporta son cocktail. Jeangégé en descendit une longue gorgée avide, comme s'il venait de traverser le Sahara sans gourde.

— Ahhh! ça fait du bien! Le pastaga, il n'y a que ça de vrai. Ça me rappelle les vacances, la pétanque, Saint-Paul-de-Vence, La Colombe d'Or...

— J'attends quelqu'un, donc si tu n'as plus rien à me dire, tu peux aller terminer ton apéro au bar.

— Minute papillon, j'ai jeté un coup d'œil à ton article. Plutôt intéressant...

Azéma n'était pas idiot. Malgré les années, il restait à l'affût, flairant le scoop, le sulfureux, les odeurs pestilentielles de l'âme. Tout en habillant ses basses œuvres des oripeaux de la «quête de la vérité».

— Explique-moi pourquoi les flics s'intéressent à cette histoire.

— Ça, c'est la question à mille balles, Jeangégé, mais si j'ai besoin de faire sortir une info, tu seras le premier au courant.

— Promis?

— Juré, craché, allez barre-toi, maintenant, mon rendez-vous ne va pas tarder. Et demande au bar qu'on mette ton pastis sur ma note.

12 h 55. Roxane passa un coup de fil pour vérifier l'info. Le photographe avait presque tout bon. Gaétan

Yordanoff était bien flic, non pas à la Brigade financière proprement dite, mais à la BRIF, la Brigade de recherches et d'investigations financières. Elle appela le service, déclina son identité et demanda le poste de Yordanoff sans toutefois se faire trop d'illusions vu la date et l'heure. Une femme décrocha, une collègue du flic, qui lui apprit que Yordanoff avait posé des congés jusqu'au 3 janvier. Comme la fille était sympa, Roxane essaya de gratter le numéro du flic, mais sans succès.

— On a eu une fin d'année infernale. Gaétan le prendrait très mal. Il me parle de ses vacances depuis des mois.

Les Français et les vacances, une histoire d'amour inoxydable.

— Envoyez-lui au moins un SMS avec mes coordonnées en précisant que je souhaite lui parler de Marc Batailley.

Elle raccrocha sans attendre grand-chose de cet hameçon.

2.

— J'étais la troisième de groupe de Marc Batailley à la Crim au début des années deux mille. C'est lui qui m'a tout appris.

Tailleur pantalon, coupe au carré, sneakers de marque, Valérie Janvier avait une allure chic et dynamique. Vacances obligent, elle était venue accompagnée de sa fille, une gamine de sept ou huit ans, un peu ailleurs, plongée dans sa lecture d'un gros volume de *Geronimo Stilton*.

Contrairement à ce que Roxane craignait, le courant était passé tout de suite avec Janvier. La haut gradée était non seulement sympathique, mais détendue, presque détachée, comme si rien de ce métier ne pouvait plus l'atteindre. Après avoir pris des nouvelles de la santé de Batailley, elle évoquait à présent ses débuts sous la houlette du vieux lion.

— À cette époque, reprit-elle, Marc était toujours traumatisé par la mort de sa fille. Il avait des hauts et des bas, mais c'était un bon chef d'équipe malgré ce qu'en pensait la hiérarchie. On n'a pas sorti beaucoup d'affaires spectaculaires parce qu'on ne nous les confiait pas en priorité, mais on a fait notre boulot sans avoir à rougir des résultats.

Roxane laissa la divisionnaire picorer quelques bouchées de son *ceviche*, avant de la relancer.

— Vous êtes restée en contact avec lui par la suite ?

— Oui, on peut dire qu'il m'a accompagnée de loin dans mon ascension. Il est de bon conseil, et même quand il a été mis au placard, il m'a toujours rendu service.

— La dernière fois qu'il vous a contactée, c'était quand ?

— Il y a une dizaine de jours. Je ne l'avais jamais vu comme ça : à la fois excité et soucieux. Il m'a dit qu'il travaillait sur une enquête en solo et hors cadre juridique.

— Il ne vous a pas dit sur quoi ?

— Disons qu'au début il est resté très vague. Un moyen de ne pas m'effrayer et de me protéger si les choses tournaient mal.

Valérie Janvier piqua quelques frites dans l'assiette de sa fille. Roxane continua sur sa lancée.

— Qu'est-ce que Marc attendait de vous ?

— La première chose qu'il m'a demandée, c'est de le brancher avec un gars de confiance du DSC.

Anciennement situé au fort de Rosny-sous-Bois, le Département des sciences du comportement, désormais installé à Cergy, se composait d'une petite équipe d'officiers spécialisés regroupant des analystes et des enquêteurs de terrain. On les appelait pour travailler en liaison avec les enquêteurs locaux lorsqu'un crime présentait un mode opératoire violent particulier.

— Vous savez ce qu'il cherchait ?

— D'après ce que j'ai compris, il était en quête d'informations sur des meurtres passés liés de près ou de loin à une mise en scène mythologique. Il voulait consulter les bases de données pour voir si on pouvait rapprocher certains modes opératoires.

— Il a évoqué Dionysos ?

— Vous êtes très au courant ! Dans un second temps, oui il en a parlé. Sa petite virée à Cergy dans les entrailles du Salvac avait été fructueuse. Deux affaires l'intéressaient particulièrement, l'une sur le territoire français et l'autre en Angleterre.

Roxane sortit un stylo de sa poche pour prendre des notes. Valérie Janvier se concentra un instant pour bien formuler les choses.

— Vous avez sans doute entendu parler de la première affaire, car les médias français l'ont évoquée. En 2017, le cadavre d'un militaire a été retrouvé dans un conteneur près du palais des Papes, à Avignon.

Roxane écrivait sur son avant-bras comme une lycéenne.

— Et la deuxième affaire ?

— Un an plus tard, le meurtre d'un juge à Stratford. Je vous laisse chercher les détails sur le Net.

— Et quel était le lien entre les deux affaires ?

— Dans les deux cas, le cadavre était recouvert d'une peau de bouc cousue à même le corps.

La gamine leva les yeux de son livre à l'évocation des détails des meurtres. Janvier lui fit un sourire pour la rassurer.

— Batailley pensait être sur la piste d'un tueur en série ?

— Pas forcément, mais peut-être une série de meurtres. Un truc bandant en tout cas. Un des trucs pour lesquels on a tous choisi ce métier à l'aube de notre carrière.

Finalement, Batailley n'avait pas baratiné la libraire.

— C'était risqué pour vous de l'aider, non ?

— Marc est un excellent flic. Il ne menait pas cette enquête pour le plaisir ou pour se changer les idées. Je sentais bien qu'il chassait du gros gibier. Alors quand un pro de ce calibre vient potentiellement vous offrir une affaire de meurtres en série sur un plateau, vous seriez bien bête de ne pas lui donner un coup de main.

— Votre pacte tacite, c'était quoi ?

Janvier haussa les épaules.

— Qu'il me refilerait l'affaire lorsqu'elle serait mûre.

— Pourquoi vous me racontez tout ça ?

Au lieu de répondre, Janvier termina sa daurade.

— Je me suis un peu renseignée sur vous, Mont-chrestien. Pourquoi Sorbier vous a mise sur la touche ?

Roxane resta de marbre, comme si la question ne la concernait pas.

— Je vais être honnête avec vous, reprit la division-naire. Je quitte la police au printemps prochain. On m'a proposé de diriger la sécurité d'une grosse boîte de luxe.

Roxane ne put s'empêcher de marquer son étonnement.

— Aujourd'hui, dans ce métier, il n'y a que des coups à prendre et des salaires de merde, se justifia Janvier. À terme, il ne restera que les plus médiocres.

— Mais vous ne seriez pas contre terminer votre carrière sur une belle affaire, devina Roxane.

Le visage de la divisionnaire se fit plus dur, sa voix presque menaçante.

— Je vous ai mise dans les rails de Batailley. En échange, j'attends que vous...

Sur la table, le téléphone vibra. Liêm Hoàng Thông. D'un signe de la main, Roxane indiqua qu'elle était obligée de prendre l'appel.

— Salut Liêm.

— J'ai une info pour vous, patron. Faites-en ce que vous voulez.

— Balance.

— On vient d'essayer de tuer Raphaël Batailley.

3.

Par les caprices du hasard, Roxane était proche du lieu de l'accident. Après avoir réglé la note, elle rejoignit le Liberty Bar en empruntant la rue Vavin. Devant le café, le déploiement des forces de l'ordre et des pompiers entravait la circulation et rameutait tous les curieux.

La scène était impressionnante. Une voiture – un coupé Mercedes – s'était encastrée dans la devanture du débit de boissons dont toutes les vitres avaient volé en éclats. Roxane resta un moment avec les badauds derrière le cordon de policiers, laissant traîner l'oreille pour récolter une première salve d'infos. Apparemment, il y avait une victime, mais pas la conductrice, que les pompiers avaient bataillé longtemps pour désincarcérer. Une ambulance venait de la conduire à l'hôpital. L'airbag s'était déclenché et lui avait sauvé la vie. Roxane aperçut Botsaris en pleine discussion avec le major Gallonde qui dirigeait la brigade de jour du STJA, le Service de traitement judiciaire des accidents, chargé d'intervenir et d'enquêter sur les accidents de la route ayant causé des dommages corporels importants. Le visage de son ancien lieutenant était décomposé : le teint livide, les traits figés dans un rictus de malaise.

Roxane brandit sa carte pour franchir le barrage. Si les flics du commissariat du 6ᵉ avaient sécurisé les lieux, c'étaient les mecs de Gallonde et de l'IJ qui avaient à présent la main, se déployant pour prendre des photos, évaluer les distances, relever des empreintes sur le volant et auditionner les témoins. Alors qu'elle s'avançait aussi près que possible de la carcasse de la voiture, une vision d'horreur la glaça : le trottoir était recouvert de sang. Des grandes traînées rouge foncé aux reflets noirâtres comme si on venait d'égorger quelqu'un sur place.

— Ce n'est pas beau à voir, patron...

Roxane reconnut la voix de Liêm Hoàng Thông derrière elle.

— Briefe-moi, Liêm. Qu'est-ce qu'on sait au juste ?

— La conductrice a perdu le contrôle de sa Merco avant de chevaucher le trottoir à grande vitesse et de défoncer la terrasse et la devanture du café. C'est un miracle qu'il n'y ait pas eu plus de victimes.

— Justement, quel est le bilan ?

— Une jeune femme qui prenait un café en terrasse à côté de son bébé en poussette a été percutée de plein fouet et projetée à l'autre bout du café. Elle était morte à l'arrivée des pompiers.

— Putain... Et le môme ?

— Grâce à Dieu, il n'a rien.

Roxane n'arrivait pas à détacher les yeux du trottoir. La bagnole avait défoncé tous les potelets censés servir de garde-fous. Pour terminer sa course folle ici, il avait fallu que la voiture grille le feu ou accélère comme une folle. Elle se souvenait d'un accident semblable deux ans auparavant dans lequel un papy avait confondu les pédales de frein et d'accélérateur.

— Tu as vu la conductrice ?

— Oui, lorsque les pompiers l'ont désincarcérée.

— Quel âge ?

— Entre trente et quarante. Type asiatique. Plutôt jolie.

— Elle était seule dans la bagnole ?

— Tout laisse à penser que oui.

— Et Raphaël Batailley ?

— Il souffre de coupures causées par les éclats de verre, mais il va s'en tirer. Il a déjà été évacué à Cochin.

Botsaris les rejoignit, les yeux rouges, l'air épuisé, se frottant les paupières comme s'il n'avait pas dormi depuis deux jours. Hors de lui, il désigna la chaussée avec rage.

— Ce n'est pas un accident, bordel ! Il n'y a aucune trace de freinage.

— La fille a peut-être fait un malaise, hasarda Roxane.

— Elle a trente berges, j'y crois pas une seconde. C'est ton copain qui était visé.

— Batailley n'est pas « mon copain ». Tu as l'identité de la conductrice ?

D'un geste du menton, Botsaris pointa les deux flics et le technicien de l'IJ qui entouraient la voiture.

— Gallonde est allé aux nouvelles. Je le laisse faire pour ménager les susceptibilités.

— En parlant de nouvelles, on n'a toujours pas repéré la camionnette du satyre ?

— Si, et c'est la merde : un retraité a retrouvé la bagnole abandonnée dans une forêt près de Chartres. Le mec a dû continuer sa cavale avec un autre véhicule.

— Il a brûlé sa caisse ?

— Non, d'ailleurs ça m'étonne. Le type ne doit pas être fiché, car il va y avoir des tonnes d'empreintes.

— Et ce matin chez Batailley ? L'IJ a relevé des traces exploitables ?

— On attend les résultats, mais on est la veille du réveillon et tout marche au ralenti, tu sais bien.

Accroupi près de la voiture, le major Gallonde se releva d'un air sévère et leur fit signe d'avancer.

— On a trouvé le passeport de la conductrice, annonça-t-il en leur tendant un carnet bleu marine aux lettres d'or.

Yukiko Takahashi. Ressortissante américaine. Née au Japon en 1989. Rangées entre les pages du document d'identité, l'impression d'un billet d'avion et d'un contrat de location de voiture, ainsi que la carte magnétique d'une chambre d'hôtel. La fille était arrivée à Paris la veille en provenance de Berlin. Elle avait loué la Mercedes à Roissy et passé la nuit à l'hôtel Lenox, rue Delambre, pas très loin d'ici.

— On a retrouvé ça dans la boîte à gants, annonça Gallonde en dépliant une photocopie de l'article de *Week'nd* sur Raphaël et Milena.

— Au cas où on aurait encore un doute sur le lien avec Batailley, grinça Botsaris.

Roxane gardait les yeux fixés sur le passeport. La photo était celle d'une jolie brune : grands yeux, pommettes hautes et saillantes, longs cheveux sombres rejetés en arrière. Yukiko Takahashi. Elle avait déjà rencontré ce nom dans son enquête. Mais où ?

Téléphone. Google. Résultat de la recherche : Takahashi était une violoniste qui avait souvent joué en duo ou en trio avec Milena Bergman. C'était même sa partenaire attitrée lors des enregistrements de musique de chambre. Pas une star de la discipline, mais plutôt un second couteau de luxe. Et sans doute une amie de Milena. Pendant des années, les deux femmes avaient donné des concerts ensemble aux quatre coins du monde. Ce qui signifiait une véritable proximité. Mais pourquoi en voulait-elle à Batailley au point de chercher à le tuer ?

— Il faut qu'on aille interroger l'écrivain dès que possible, trancha Roxane en rangeant son portable. Botsa, allons le voir tous les deux à Cochin.

Le lieutenant secoua la tête.

— On ne peut pas s'asseoir sur les procédures comme ça, Roxane. Tu n'es plus en poste à la BNRF et tu n'as rien à faire ici.

— Ne joue pas au con, Botsa. Tu n'as pas les épaules pour sortir une affaire comme celle-là.

— Ah bon ? Et pourquoi ?

— Tu manques d'expérience, de flair, de sang-froid, d'intelligence, de couilles. Tu es un flic aux trente-cinq heures qui s'inquiète pour ses petites vacances.

— Bon, ça suffit comme ça. Liêm, tu rentres à Nanterre pour garder la baraque. Roxane, je ne te retiens pas.

— Tu vas perdre l'affaire, Botsa. On a une morte sur les bras, un bébé orphelin, un enlèvement, l'implication d'une ressortissante américaine, une femme revenue d'entre les morts, un écrivain renommé, les médias en embuscade. Tu seras le premier fusible à sauter.

Le flic avait déjà tourné les talons et lui adressa un doigt levé.

— Tout ça va te péter à la figure. C'est écrit d'avance. Et ça sera bien fait pour ta gueule.

4.

— Allez, patron, calmez-vous, ça ne sert à rien.

À son habitude, Liêm tentait de jouer la conciliation.

— Quel abruti ! Tu sais que j'ai raison, n'est-ce pas ?

— Il faut se mettre à sa place...

— À la place du con, non merci !

— Vous voulez que je vous ramène quelque part ?

Il désigna l'une des Peugeot du service qu'il avait garée un peu plus haut à cheval sur le trottoir.

— Non, je vais marcher. Ce crétin m'a mis les nerfs en boule.

— Patron, j'insiste. J'aimerais vous parler de quelque chose.

Elle le suivit sans entrain jusqu'au véhicule.

Liêm prit le volant et fit un demi-tour sur Assas.

— Je vous conduis où ?

— Roule, je t'indiquerai. De quoi voulais-tu me parler ?

— D'abord il faut que je vous explique, commença-t-il d'un ton énigmatique.

Elle poussa un long soupir d'exaspération.

— Putain, Liêm, accouche. Je ne suis pas d'humeur.

— Ce matin, chez Raphaël Batailley, pendant que les types de l'IJ envahissaient le jardin et les abords de la maison, j'ai fait un petit tour dans le salon.

Roxane ouvrit sa fenêtre, comme si elle manquait d'oxygène. Liêm continua.

— Tout le monde était obnubilé par la scène de crime, mais personne ne s'est précipité pour fouiller la baraque alors qu'en cas de flagrance on n'a pas besoin de commission rogatoire.

— Toi tu l'as fait, si je te suis bien ?

— C'est presque un coup de chance. J'étais en train de regarder les livres dans la bibliothèque lorsque j'ai remarqué ça.

Il fouilla dans la poche de sa chemise et tendit à Roxane un petit cube noir, d'à peine un centimètre et demi de côté.

— C'est quoi ? Un micro ?

— Une caméra espion ultracompacte. Celle-là était clipsée à une étagère, mais il y en avait cinq autres disséminées dans le salon. De quoi couvrir tous les angles de champ.

— Tu es sérieux ?

Il hocha la tête.

Roxane soupesa l'appareil : même pas cinquante grammes.

— C'est du matos de pro, non ?

— Aujourd'hui, tout le monde peut se le procurer sur le Net, mais ça coûte encore assez cher, oui.

— Donc, Batailley était surveillé sous toutes les coutures, vingt-quatre heures sur vingt-quatre ?

— Oui et non.

— Explique.

— Les caméras fonctionnent grâce à une batterie qui n'a pas une autonomie gigantesque. Je dirais, deux heures à tout casser.

— Il n'y a pas de carte mémoire dans l'appareil ?

— Non.

Roxane chercha à comprendre.

— Mais qui a accès à ces images ?

— Celui qui a installé les caméras les a connectées au réseau Wi-Fi de la maison qui n'est pas franchement sécurisé.

— Donc… ?

— Donc il peut y avoir accès en temps réel sur son téléphone où qu'il se trouve.

— Même à l'autre bout de Paris ?

— Même à l'autre bout du monde.

— Comment se déclenche la caméra ?

— Grâce à un capteur de mouvement, mais on peut aussi l'allumer et l'éteindre à distance.

Sur le boulevard Raspail, elle fit signe à Liêm d'enclencher son clignotant pour prendre la rue de Grenelle.

— C'est pas tout, patron. Quand je les ai découvertes, les caméras fonctionnaient encore. À mon avis, tout a été filmé : l'arrivée de la fille, l'attaque du satyre, l'intervention des flics…

Roxane resta sans voix. Encore un élément qui faisait glisser cette enquête vertigineuse un peu plus profondément dans l'inconnu.

— Que dois-je faire de cette info ? demanda Liêm en tournant rue du Bac.

— Intègre-la à la procédure. Dis à Botsaris que tu es retourné chez Batailley et que c'est à ce moment-là que tu les as remarquées.

Elle lui fit signe de s'arrêter devant le square des Missions-Étrangères.

— Et surtout, tiens-moi au courant de tout ce que tu peux glaner. Balance-moi chaque info sur Telegram.

Elle déboucla sa ceinture, fit un salut de la main à son coéquipier et remonta le trottoir jusqu'à la porte cochère. Elle composait le code lorsqu'un coup de klaxon prolongé lui fit lever la tête. Liêm était en train de lui faire des appels de phares. Elle retourna vers sa voiture.

— Venez voir ça ! lui dit-il en baissant sa vitre.

Roxane retrouva sa place à côté du flic qui avait sorti son téléphone pour vérifier ses messages.

— J'avais laissé mon numéro au gardien du musée Zadkine ce matin, expliqua-t-il.

— Le type qui a filmé l'enlèvement ?

— Oui, eh bien il n'était pas le seul. Sa femme aussi a capté des images, depuis l'étage et sous un autre angle.

Roxane fit défiler la scène. Elle était cadrée plus large et avec plus de hauteur.

— Il n'y a rien qui vous trouble ? demanda Liêm.

Elle fronça les sourcils. Si les images étaient toujours aussi violentes, elle n'y vit rien de fondamentalement nouveau. Mais soudain elle distingua quelque chose et écarta les doigts sur l'écran tactile pour zoomer.

— C'est quoi ça ? demanda-t-elle en désignant un gros point orangé en mouvement.

— C'est un drone, répondit Liêm. Je suis prêt à parier que celui qui a installé les caméras dans la maison filmait *également* la scène de l'extérieur.

5.

Il n'était pas 16 heures, mais le soleil s'était déjà fait la malle. Depuis la fin de la matinée, le ciel était gris-blanc. Même du haut de son nid d'aigle, Roxane n'avait pour horizon qu'un épais voile de nacre, prélude à la tombée de la nuit. Elle s'était douchée, mise en pyjama et avait enfilé le vieux cardigan en cachemire gaufré qu'elle avait trouvé chez Batailley. Malgré son envie d'un verre de vin, elle avait décidé d'attendre une heure plus acceptable et s'était préparé un mug de thé brûlant. Un noir-noir sud-coréen à la tangerine de Jeju, qu'elle avait posé contre sa jambe pour qu'il lui serve de bouillotte. À présent, elle était en hibernation sous une double couverture, allongée sur le canapé, la tête dans son oreiller, les lumières tamisées, le chat ronronnant assoupi à côté d'elle.

Elle était prête. Non pas à aller se coucher, mais à continuer son enquête, iPhone à la main. Première étape, Internet. Trouver des infos sur les deux affaires dont lui avait parlé Valérie Janvier.

Elle commença par la plus facile, celle qui s'était déroulée en France. En matière de faits divers, la presse régionale était souvent mieux informée que les médias nationaux. Elle se connecta au site de *La Provence*, tapa quelques mots clés et descendit le fil des articles consacrés au meurtre d'Avignon. Le 18 octobre 2017, le corps d'un ancien militaire, Jean-Louis Crémieux, soixante-deux ans, avait été retrouvé dans un conteneur-poubelle rue Banasterie, à deux pas du palais des Papes. Dans la période post-attentats que connaissait la France, le meurtre d'un militaire faisait planer la crainte d'un acte terro-riste, mais la menace fut semble-t-il rapidement écartée. Crémieux avait servi en tant que capitaine au 21ᵉ régiment d'infanterie de marine à Fréjus, mais il avait quitté l'armée depuis longtemps. La cause de sa mort était claire : le militaire avait été égorgé. Son cadavre était à moitié nu, habillé et maquillé comme s'il avait été travesti : talons aiguilles, guêpière, étole de fourrure agrafée à même la peau.

L'enquête s'était éternisée. Roxane n'avait qu'une infime partie des éléments – un article de journal n'est pas un dossier d'enquête – mais elle devinait entre les lignes qu'aucune direction convaincante n'avait jamais émergé. Dans les deux premières semaines, *La Provence* avait consacré presque un article par jour à l'affaire : la personnalité du militaire, les milieux travestis, la piste du règlement de comptes, etc. Mais derrière les gros titres, les vraies infos étaient rares. Avec le temps les articles s'étaient raréfiés et, en cette fin de décembre, cela faisait déjà un an que le canard n'avait plus informé ses lecteurs sur l'affaire. Pour en apprendre davantage Roxane aurait dû essayer d'appeler l'un des flics chargés de l'enquête à l'époque. À vingt-quatre heures du réveillon et sans recommandation c'était voué à l'échec. Des heures de palabres au téléphone qui ne déboucheraient sur rien.

Elle bascula sur l'autre affaire. Le juge tué dans le comté de Warwickshire, au centre de l'Angleterre. Là encore, elle entama sa recherche par la presse locale, jonglant entre les sites du *Harborough Mail* et du *Warwick Courier*, mais elle s'aperçut très vite que l'affaire avait intéressé la presse nationale. Stratford-upon-Avon était la ville de naissance de Shakespeare. Un meurtre dans ce haut lieu touristique avait forcément eu des répercussions médiatiques. De quoi s'agissait-il ? Terence Bowman, juge au tribunal de commerce, avait été retrouvé la tête fracassée et les poches vides dans les jardins de l'église de la Sainte-

Trinité. L'enquête n'avait pas traîné. Sa montre, son téléphone et son portefeuille avaient été découverts dans le local des jardiniers de la paroisse. S'étaient ensuivies plusieurs arrestations et les aveux en garde à vue de l'un d'eux, James Deller, un drogué notoire de vingt et un ans, habitué des centres de désintox.

À la lecture de cette revue de presse, Roxane fut parcourue par un mélange d'excitation et de frustration. L'excitation de travailler, même indirectement, sur une série de meurtres et la frustration de ne pas avoir accès au dossier d'enquête. Contrairement à ce que lui avait dit Janvier, on ne parlait pas de peau de bouc dans ce deuxième meurtre. La divisionnaire s'était-elle emmêlé les pinceaux ? Ou l'élément n'avait-il pas transpiré dans la presse ? En tout cas il n'était pas évident de comprendre pourquoi ces meurtres fascinaient Batailley ni de faire un lien direct avec le culte de Dionysos.

La vibration de son téléphone réveilla le matou collé contre sa jambe. Un appel en numéro masqué.

— Gaétan Yordanoff.

Le mec de la Financière !

Roxane se redressa sur son coussin.

— Roxane Montchrestien, BNRF.

— Je suis en vacances, commença-t-il d'un ton de reproche.

— J'avais cru comprendre, merci de m'appeler.

— C'est quoi cette histoire avec Marc Batailley ?

— Vous avez été en contact, récemment ?

— Non, je n'ai plus entendu parler de lui depuis cinq ou six ans.

— Votre numéro perso apparaît pourtant dans l'historique de ses appels ces derniers jours.

— Mais vous enquêtez sur quoi, là ?

— Batailley est dans le coma. Je reprends une de ses enquêtes.

Yordanoff marqua une longue pause.

— Dans le coma ? C'est grave ?

— Son pronostic vital est engagé, oui.

— Il... Il m'a téléphoné la semaine dernière. Il voulait que je l'aide à tracer un mouvement de fonds.

— Lequel ?

— Je n'en sais rien. Je lui ai dit d'aller se faire foutre. J'ai pas l'habitude de travailler hors des clous.

— Allons, Batailley ne vous a pas appelé au petit bonheur la chance. S'il l'a fait c'est qu'il savait que vous l'aideriez.

— C'en est resté là, je vous dis !

— On peut la jouer comme ça, Yordanoff, et vous finirez par être convoqué officiellement. On peut aussi en avoir terminé ce soir et votre nom restera hors procédure.

— Bien tenté, mais ça ne marche pas comme ça. Moi, je pense que c'est *vous* qui enquêtez hors procédure. Allez, *ciao*.

Il raccrocha avant qu'elle n'ait pu ajouter un mot.

Elle soupira, ferma les yeux et s'abandonna à la chaleur de son lit improvisé en écoutant le bruit de la pluie qui fouettait les vitres de son beffroi. Il n'était pas encore 18 heures. On était l'avant-veille de Noël, elle avait été virée de son job, sa vie sentimentale était un désert, elle indisposait tout le monde et tout le monde l'indisposait. Elle ne supportait plus cette ville, ce pays, cette époque, ces gens, ce dégueulis de bêtises qu'on entendait en ouvrant la radio, les journaux, les réseaux. Cette grande victoire de la médiocrité. Tout le temps. Partout.

« *Je suis triste, et je voudrais m'éteindre.* [...] *N'écris pas. N'apprenons qu'à mourir à nous-mêmes* »... Les mots de Marceline Desbordes-Valmore lui trottaient dans la tête. Voilà, c'était ça, elle avait envie de *s'éteindre*. La flamme qui l'animait autrefois avait faibli et vacillait chaque jour davantage. Plus rien en elle n'était capable de briller, d'éclairer, de réchauffer. Sa flamme se contentait d'attendre le souffle qui viendrait définitivement l'étouffer.

Jamais elle ne serait un grand flic. Dans la mémoire collective, les grands flics étaient associés à des enquêtes d'exception ou étaient parvenus à arrêter de grands criminels. Broussard et Mesrine, Borniche et Émile Buisson, Monteil et Guy Georges. Batailley et l'Horticulteur... Elle sombra doucement dans le sommeil, bercée par le ronron de Poutine. Lorsqu'elle rouvrit les yeux, il était 23 heures passées. Le visage de Liêm s'affichait sur son écran.

— Bonsoir, Liêm.

— Je vous réveille, patron ?

— Tu rigoles, j'étais en train de bosser. Et toi ?

— Je rentre chez moi.

Liêm était dans sa voiture, son téléphone ventousé à côté du tableau de bord.

— Tu as du nouveau ?

— Je viens d'avoir longuement Botsa. Il sortait de Cochin.

— Il a pu voir Raphaël Batailley ? Comment va-t-il ?

— Il a des coupures partout, mais rien de très grave.

— Il l'a interrogé ?

— Oui, mais l'écrivain n'a rien lâché. Il confirme que la voiture lui a foncé dessus, il prétend ne pas connaître la conductrice.

— Et la Japonaise ? Yukiko Takahashi ?

— Elle est sonnée, vous imaginez bien. Lorsqu'on lui a dit qu'elle avait tué une mère de famille, elle a fait une crise de nerfs et elle est devenue incontrôlable. Les médecins ont été obligés de la charger à mort pour la calmer.

— Elle a parlé ou pas ?

— C'était décousu, mais en substance, elle a répété plusieurs fois que c'est l'article de *Week'nd* qui l'a fait disjoncter.

— Comprends pas.

— Elle dit que Raphaël Batailley lui a volé son histoire. Que c'est un imposteur.

— Liêm, fais un effort. Je pige que dalle.

Le lieutenant se racla la gorge.

— Ce qu'elle prétend, c'est que Milena Bergman a toujours préféré les femmes. Enfin, vous comprenez.

— Milena était lesbienne…

— … et Takahashi prétend qu'elle était en couple avec elle.

— Donc elle était jalouse de la relation de Raphaël et Milena ?

— Non, elle n'était pas jalouse. Pour elle cette relation n'a tout simplement jamais existé.

Jeudi 24 décembre

12

La raison cachée

*Ne cherchez pas en vous, il n'y a
rien. Cherchez dans l'autre qui est
en face de vous.*

Constantin STANISLAVSKI

1.

Roxane évoluait dans un paysage de neige qui
s'étendait à l'infini. Un désert immaculé, silencieux,
inquiétant. Une prison de glace, sans murs ni gardien.
Chacun de ses pas résonnait dans un crissement aigu
dont l'écho, amplifié par le silence, créait une nappe
sonore angoissante. Des grincements qui devenaient
gémissements, geignements, sanglots étouffés. Pour
les faire taire, elle avait stoppé sa progression dans la
neige. Mais les lamentations ne s'étaient pas arrêtées.
Elles bourdonnaient dans sa tête jusqu'à saturation. Et
ses mains plaquées sur les oreilles n'y changeaient rien.
Soudain, un craquement sous sa semelle. Elle remarqua
une forme noire à ses pieds affleurant la surface
crayeuse. Elle se baissa pour balayer la poudreuse. Il
s'agissait d'un téléphone en train de carillonner.

La sonnerie l'arracha à son sommeil.

Putain...

Pendant la nuit, son portable était tombé du canapé. Elle le retrouva sous le Chesterfield et décrocha sans même consulter le numéro.

— Allô?

— Gaétan Yordanoff, je vous réveille?

Roxane vérifia l'heure : 9 h 10 du matin.

— Vous plaisantez, je suis à mon bureau depuis une heure.

— J'ai réfléchi : je suis d'accord pour vous raconter ce que Batailley m'a demandé.

— Je vois que la nuit porte conseil.

— Je n'ai rien à cacher, c'est tout.

— Je vous écoute.

— Marc cherchait à tracer un paiement versé le 14 décembre sur le compte d'une boutique parisienne.

— Quelle boutique?

— Memorabilia. Un antiquaire du passage des Panoramas, d'après ce que j'ai compris.

Roxane se leva du canapé. L'évocation du lieu venait de la réveiller tout à fait. Le passage des Panoramas se situait à côté du 14, boulevard Montmartre ! L'adresse du café des Trois Licornes.

— Un paiement émanant de qui?

— Ça fait partie des choses ce que Marc voulait savoir.

— Et alors?

— Je n'ai rien trouvé. Ce versement n'existe pas. Si l'achat a bien eu lieu, il a dû s'effectuer en liquide.

— L'achat portait sur quoi?

— Marc ne me l'a pas dit. Et c'est tout ce que je sais sur cette affaire. Alors joyeux Noël et bonjour chez vous.

C'était la deuxième fois qu'il lui raccrochait au nez. Mais peu lui importait. Mine de rien, en cette veille de Noël, le père Yordanoff lui avait apporté un joli cadeau. Roxane s'habilla en quatrième vitesse, nourrit le chat et descendit l'escalier, le nez dans son portable. Memorabilia ne disposait pas d'un site Internet, seulement d'une page Facebook en jachère qui indiquait néanmoins que le magasin serait ouvert de 9 à 19 heures ce 24 décembre.

Arrivée dans la rue, elle fut saisie par le froid glacial qui lui rappela son rêve de la nuit. Elle leva les yeux au ciel: il neigeait! De gros flocons duveteux saupoudraient les rues et les trottoirs d'une pellicule blanche qui commençait à tenir au sol. La sensation de froid aiguisa sa faim. Elle avait remarqué que l'intensité d'une enquête faisait perdre à certains collègues «le boire et le manger». Ça n'avait jamais été le cas pour elle. L'excitation d'une affaire se doublait toujours d'une couche de stress qui lui donnait envie de dévorer tout ce qui lui tombait sous la main. De préférence si c'était gras et sucré. Elle s'engouffra dans la galerie marchande à ciel ouvert qui reliait la rue de Grenelle, la rue du Bac et le boulevard Raspail. Elle avait repéré une boulangerie où elle acheta des croissants et un café à emporter. Elle se dirigeait vers la station de taxis de Saint-Germain lorsque trois coups de klaxon lui firent ralentir sa course. Elle se retourna et aperçut à l'angle du boulevard la petite voiture bleu glacier de Valentine Diakité.

2.

Maquillage léger, chevelure indomptée, tee-shirt gothique et parka enfilée à la hâte. Pour une fois, Valentine ne donnait pas l'impression de sortir d'un magazine de mode. Mais un air de victoire s'affichait sur son visage radieux.

— J'ai une info! C'est de la bombe!

— Prends à droite, indiqua Roxane en coupant la musique de la radio, on retourne vers le boulevard Montmartre, plus exactement passage des Panoramas.

Au feu rouge, l'étudiante attrapa un iPad coincé derrière le tableau de bord. Sur l'écran, la version PDF de l'article de *Week'nd* évoquant la relation entre Raphaël et Milena.

— Ça s'est passé comment, ton petit dîner avec Corentin Lelièvre?

— J'ai réussi à lui faire cracher le morceau! Je sais pourquoi il enquête sur Batailley!

— Dis-moi.

— Parce que Milena n'est pas Milena ! s'exclama-
t-elle, les yeux brillants.

— C'est-à-dire ?

Elle tendit la tablette à Roxane lorsque le feu passa
au vert.

— Regardez cette photo dans l'article.

— Laquelle ?

— Celle de Milena et Raphaël à Courchevel. Elle
a été prise devant l'hôtel Les Airelles, l'un des plus
chics de la station.

— Ouais, et alors ?

— Jetez un coup d'œil aux décorations à l'entrée du
bâtiment.

Roxane plissa les yeux et zooma sur le cliché.

— Ce sont des poupées russes.

— Exact. Vous êtes déjà allée à Courchevel ?

— Tu sais combien ça gagne, un flic ?

— Vous ne croyez pas si bien dire. Au fil des années,
la station savoyarde est devenue l'un des spots les
plus prisés des riches touristes slaves. Début janvier,
ils représentent près des trois quarts de la clientèle,
notamment lors du Noël orthodoxe. Pour fêter l'événement, il y a beaucoup d'animations à Courchevel.
Les moniteurs de l'École de ski français réalisent une
descente aux flambeaux et, surtout, les hôtels jouent
pleinement le jeu côté déco.

— OK, où veux-tu en venir ?

— Aux Airelles, les décorations du Noël orthodoxe sont déployées du 2 au 23 janvier.

— Et donc ?

— Donc cette photo a été prise au mois de janvier 2019.

— De toute évidence.

— Le problème, c'est que ce n'est pas possible. Pendant tout le mois de janvier 2019, Milena Bergman a donné une série de concerts au Japon.

— Des concerts pendant un mois ? s'étonna Roxane.

Valentine hocha la tête.

— Je me suis renseignée. Le Japon est peut-être le seul pays au monde où la musique classique continue à bénéficier d'une ferveur populaire. La culture musicale des gens y est réelle. Dès leur plus jeune âge, les Japonais ont plusieurs heures par semaine d'enseignement musical. Les universités possèdent leur propre orchestre et les salles de concert sont nombreuses et renommées pour leurs qualités acoustiques. Certains interprètes occidentaux sont considérés comme des stars. C'est le cas de Milena, qui y connaît un succès phénoménal depuis son premier disque.

— Et comment ton pote journaliste explique-t-il ça ?

— Justement, il ne l'explique pas. Milena Bergman ne pouvait pas être à deux endroits en même temps. C'est pour comprendre ce mystère qu'il enquête sur Rapha.

Contrariée, Roxane envoya valser l'iPad sur le tableau de bord. Elle le savait, elle aurait dû insister pour interroger elle-même Raphaël et la Japonaise après l'accident.

— Eh! mollo avec mes affaires! se plaignit Valentine.

Roxane appela Liêm dans la foulée. Sans autre forme de procès, elle lui reprocha de ne pas avoir relancé les mecs du quai de l'Horloge.

— Appelle le labo pour les secouer, putain! Batailley nous a dit que la fille avait tambouriné sur la vitre avec sa main. L'IJ a dû relever des dizaines d'empreintes. Il nous faut les résultats CE MATIN, MAINTENANT! J'en ai rien à foutre de la mauvaise excuse de Noël. Il faut que l'on sache si…

— Calmez-vous, patron, la coupa Liêm avec flegme. On a eu certains résultats partiels des empreintes génétiques. Je vous les ai envoyés il y a vingt minutes.

Merde. Elle avait checké ses SMS et ses mails, mais avait oublié le canal Telegram.

— Je vous *spoile* le résultat, continua le lieutenant. La fille qui a été enlevée devant le domicile de Raphaël Batailley n'est pas Milena Bergman.

3.

Dix heures. Passage des Panoramas.

À la recherche de la boutique que lui avait indiquée Yordanoff, Roxane jouait des coudes, bousculant les passants, écartant sans ménagement tous les obstacles qui se dressaient sur sa route.

Le passage était l'une des plus anciennes galeries couvertes de la capitale. Il s'étendait du boulevard Montmartre au nord, à la rue Saint-Marc au sud, et était connu pour avoir été le premier lieu public parisien éclairé au gaz. À cette heure de la matinée, l'endroit grouillait déjà de monde. Les forçats de Noël et les touristes se pressaient le long des allées étroites alternant bistrots, restaurants et boutiques vieillottes : philatélistes, marchands de cartes postales, numismates et artisans d'art. Américains et Japonais adoraient ce charme suranné. Ils y trouvaient enfin une vision de Paris conforme à ce qu'ils souhaitaient qu'elle soit. Tout était là pour parfaire le tableau et l'ambiance Belle Époque : dorures, bois sculpté, carrelage en mosaïque, verrière distillant une lumière triomphante, miroirs qui se reflétaient à l'infini.

Le passage était un véritable labyrinthe. L'allée centrale se divisait en ramifications multiples. Des artérioles abritant d'autres marchands de timbres, bouquinistes ou cafés. Enfin, Roxane aperçut une plaque émaillée, semblable à un *azulejo*, qui annonçait : «Memorabilia depuis 1956». Avec Valentine dans son sillage, la flic pénétra dans la minuscule échoppe qui sentait un mélange de cire et de poussière.

La première image qui lui vint à l'esprit fut celle d'un cabinet de curiosités. Sur des étagères en vieux noyer s'entassait tout un attirail hétéroclite allant des animaux naturalisés ou fossilisés aux autographes, lettres et manuscrits. Le point commun de ces objets : ils avaient tous appartenu à des célébrités.

Au centre de ce petit royaume régnait une femme sans âge, au visage momifié, vêtue d'une robe à lamelles qui ressemblait à un costume d'écailles. Des cheveux roux à la teinture fatiguée s'échappaient de son turban turquoise.

— Capitaine Montchrestien, se présenta Roxane.

— Encore la police ? Vous m'ennuyez !

Roxane comprit qu'elle avait frappé à la bonne adresse.

— J'ai déjà dit à votre collègue que je ne donnais pas d'informations sur mes clients.

— La situation a évolué, madame. La personne que vous essayez de protéger est suspectée de meurtre et de tentative d'enlèvement.

La femme porta à sa bouche un fume-cigarette en ivoire à la Alice Sapritch et tira une bouffée imaginaire.

— Ce n'est pas mon problème.

— Ça va le devenir très vite si je vous place quarante-huit heures en garde à vue. Vous allez perdre une grosse journée de chiffre d'affaires, dire adieu à votre réveillon et…

— Mais que voulez-vous savoir au juste ?

Roxane avança au bluff et à tâtons.

— Ce que vous auriez dû dire à mon collègue.

— Le client en question m'a acheté la mèche de cheveux d'une pianiste allemande.

La mèche de cheveux... Roxane sentit l'excitation l'envahir.

— Reprenez tout du début, s'il vous plaît.

La commerçante soupira, tripotant la dizaine de longs colliers qui pendaient jusqu'à sa taille.

— Soit, mais asseyez-vous. Ça me fatigue de vous voir debout, lança-t-elle de sa voix grave et rocailleuse éraillée par la cigarette.

Roxane et Valentine prirent place dans deux fauteuils en bronze doré dont le dossier représentait un crocodile figé dans une contorsion douloureuse.

— Il y a environ quatre mois, commença-t-elle, un homme s'est pointé dans ma boutique. Très bien renseigné, il cherchait un objet précis dont on lui avait parlé : une longue mèche de cheveux de Milena Bergman.

Roxane tressaillit. Elle approchait de la vérité. Il lui avait fallu quatre jours, mais elle était sur le point de démonter la supercherie. Jamais elle n'avait cru à cette fable de la résurrection de Milena Bergman. Jamais elle n'avait cru à l'irruption de ce *Doppelgänger*. La vraie Milena était morte. Tout le reste n'était que mise en scène et imposture.

— Vous vendez *vraiment* des cheveux ? demanda Valentine.

Le magasin était surchauffé. Sapritch agita un éventail en corne sculptée devant son visage.

— C'est exact. Le commerce des cheveux de célébrités et de personnalités historiques est un marché de niche très actif et très rentable.

— Mais qui sont les acheteurs ?

— Il existe deux types de collectionneurs, expliqua la patronne. Les compulsifs qui accumulent leurs trésors comme des enfants collectionnant leurs vignettes Panini. Et ceux qui cherchent à établir une connexion particulière avec leur idole.

— Une connexion ?

Nouveau coup d'éventail agacé.

— Les cheveux vous donnent accès à une intimité qui n'a rien à voir avec les autographes, les manuscrits ou même les vêtements portés. C'est quelque chose de très personnel, d'organique. Vous possédez un petit bout de la personne, elle devient un peu vôtre.

Pour appuyer sa démonstration, elle se leva et rassembla des cadres protégés par un verre filtrant.

— Je détiens quelques belles pièces. Regardez celles-ci : David Bowie, Charles Trenet, Nathan Fawles... Dans ma carrière, j'ai été partie prenante de plusieurs belles ventes d'échantillons capillaires parmi les plus recherchés : les Beatles, Elvis, Marilyn, Napoléon, JFK, Churchill ...

— Mais quelle est la provenance de ces pièces ?

— Il y a beaucoup de fournisseurs possibles. Les coiffeurs personnels, les domestiques, les perruquiers de studio...

— Justement, d'où provenait celle de Milena Bergman ?

— D'une vente aux enchères caritative organisée par la Croix-Rouge suisse il y a plus de trois ans. Les personnalités étaient invitées à faire don d'objets personnels. Yannick Noah avait mis en vente une raquette, Soulages une litho, Le Clézio un stylo, etc. La pianiste avait eu l'idée d'une partition dédicacée et d'une mèche de cheveux. J'avais récupéré le lot pour deux cents dollars. C'était un article assez banal, car la notoriété de Bergman était alors relative en Europe. C'est surtout après sa mort qu'on a davantage parlé d'elle.

— Et un homme vous a donc racheté la mèche de cheveux ?

— Oui, et il voulait aussi que je la fasse tresser en bracelet. C'est pour ça que ça a pris du temps.

— En bracelet ?

Roxane sentit son sang se glacer. « La fille portait une montre et un bracelet » : les propos de Bruno Jean-Baptiste, le plongeur de l'expédition de la Brigade fluviale, lui revenaient en boomerang. Pourquoi n'avait-elle pas creusé cette piste ? Elle avait voulu poser la question au médecin des UMJ mais il lui avait raccroché au nez. L'affaire de l'inconnue de la Seine n'avait pas commencé le samedi précédent. C'était une machination qui prenait sa source des mois plus tôt. Une machination dont elle avait été à la fois le jouet et l'un des rouages actifs. Elle s'était crue maligne en récoltant les touffes de cheveux à l'I3P. Mais elles n'étaient pas là en abondance par hasard. Elles n'étaient là que pour *qu'elle les trouve.*

— Ça peut nous paraître dérangeant aujourd'hui, poursuivit Sapritch, mais avant les photographies, les cheveux étaient un symbole très fort d'attachement. On coupait une mèche de cheveux aux morts avant de les enterrer, on portait sur soi ceux de son amant, de sa maîtresse ou de ses enfants. Le plus souvent on les conservait dans des médaillons, mais on les enchâssait aussi fréquemment dans certains bijoux.

— Le type qui vous a demandé ça, il était comment ?

— La quarantaine, cheveux châtains, quelconque.

Roxane haussa le ton.

— Faites un effort, madame. Il s'agit d'une affaire criminelle.

— Je ne peux pas inventer ! Ni petit ni grand. Ni gros ni maigre. Ni moche ni beau. Banal, transparent. Comme le Mister Cellophane de la comédie musicale.

Roxane eut une inspiration soudaine. Sur son téléphone, elle chercha une photo de Raphaël Batailley et la montra à la femme.

— Cet homme, c'était lui ?

Elle haussa les épaules.

— Pas du tout, lui je m'en serais souvenue.

Roxane resta un moment sans voix. Soudainement abattue. Honteuse de s'être fait berner par un procédé certes ingénieux, mais artisanal. Aveuglée par la croyance que l'ADN était la reine des preuves. Mystifiée par une simple mèche de cheveux.

La sonnerie de son téléphone la tira de ses ruminations. *Liêm again.*

— Oui ?

— J'ai dix secondes pour vous parler, patron. Je sors de Cochin avec Botsa. Batailley s'est fait la malle !

— Quoi ? Mais quand ?

— Il y a quelques minutes à peine à en croire les soignants. Il s'est barré par la fenêtre.

— J'en étais sûre !

Quelle bande de branques…

— On va essayer de le choper, reprit Liêm. Je vous tiens au courant.

4.

— Accélère et prends la voie des bus !

— Mais pour aller où ? demanda Valentine.

— Je n'en sais rien encore. Pour l'instant, descends vers le Louvre et Rivoli.

C'était le genre de moment où un deux-tons et un gyrophare leur auraient été bien utiles. Roxane ferma les yeux, se prit la tête entre les mains et essaya de faire abstraction de l'agitation et du bruit qui l'entouraient. Quel était le rôle de Batailley dans toute cette histoire ? Victime ou coupable ? Qu'avait-il à l'esprit à présent ? Et surtout, où était-il ? Mentalement, elle visualisa les bâtiments de Cochin. Elle connaissait le site pour avoir fréquenté pendant un moment leur clinique de la fertilité. L'endroit n'était pas très éloigné de la rue d'Assas, mais l'écrivain n'allait pas prendre le risque de retourner chez lui. *Où, alors ?* Il avait peut-être tout simplement pris un taxi à la station de Port-Royal, à sa sortie de l'hôpital. Ou plus sûrement allait-il chercher à récupérer *sa propre voiture.* Elle se souvenait de la carte de parking qu'elle avait trouvée chez lui. Batailley avait un abonnement au parc de stationnement souterrain André-Honnorat, près du jardin du Luxembourg.

— Traverse la Seine et prends la rue Saint-Jacques.

Elle avait toujours les yeux clos. Depuis combien de temps Batailley avait-il quitté l'hôpital ? Vingt minutes ? Une demi-heure ? Même à pied, il devait déjà être au Luxembourg. Il allait leur échapper.

— Prends à droite, ça ira plus vite sur le Boul'Mich'. Grille le feu, on s'en fout !

Hôtel de Vendôme, le bâtiment de l'École des mines puis, plus loin, le lycée Montaigne. Pour les véhicules, l'accès au parking Honnorat se faisait rue Auguste-Comte, celui des piétons de part et d'autre du jardin du Luxembourg. En arrivant au coin de

la rue, elles repérèrent l'une des 308 banalisées de
la BNRF. Botsaris et Liêm avaient eu la même idée
qu'elle ! Mais ils manquaient de renforts pour investir
les étages et avaient décidé d'attendre que l'oiseau
quitte la cage.

— La rampe, vite ! cria Roxane. Prends un ticket et
entre dans le parking.

La Mini parcourut les quatre premiers niveaux.
L'accès au cinquième était protégé par une
barrière automatique qui s'ouvrait avec une carte
d'abonnement.

— Attends-moi là, demanda Roxane en quittant le
véhicule.

Elle enjamba la barrière et se plaqua contre le
mur pour descendre au niveau inférieur. Là, elle se
glissa entre les colonnes en béton, les pare-chocs et
les carrosseries. Éclairé d'une lumière jaunâtre, le
parking était, à cet étage, désert et silencieux. Elle jeta
un regard circulaire sur les véhicules. Pas le moindre
bruit de moteur ou crissement de pneus. Batailley
n'était pas là, ou alors, elle l'avait loupé. La minuterie
s'éteignit. Roxane demeura un moment immobile dans
la pénombre. Elle ferma les yeux pour faire appel à
ses souvenirs. La carte de parking qu'elle avait découverte dans le bureau de l'écrivain était dans un tiroir
près de son passeport, de son téléphone et de ses clés
de voiture. *Le porte-clés.* Elle s'en souvenait vaguement. *Un médaillon émaillé blanc et bleu. Une lettre A*

stylisée barrée d'une flèche... Le logo de la marque Alpine !

Elle ralluma l'éclairage et avança dans la travée, parcourant encore une fois les rangées de véhicules. L'A110 bleue qu'elle cherchait était garée au fond de l'allée, entre deux gros SUV. En s'approchant, elle distingua une forme sur le siège avant. Raphaël était effondré, la tête enfouie entre ses bras posés sur le volant. Un moment, elle crut qu'il était mort, mais en collant son visage contre la vitre elle se rendit compte qu'il pleurait.

Elle toqua pour se signaler. Le romancier sursauta, mit un moment à la reconnaître et finit par lui ouvrir.

— Il faut qu'on ait une conversation très sérieuse, Raphaël, annonça-t-elle en prenant place sur le siège passager.

Abattu, il essuya ses larmes.

— Tout est ma faute. Cette femme qui est morte hier dans l'accident, c'est *ma faute...*

— Si vous voulez que je vous aide, il faut tout me raconter.

— C'est un engrenage, un mensonge qui a mal tourné et qui a fini par provoquer un mort.

— Je sais à présent que la jeune femme après laquelle je cours depuis le début de la semaine n'est pas Milena.

— Non, confirma-t-il. Elle s'appelle Garance de Karadec.

— Pourquoi vous ne me l'avez pas dit avant, bordel ?

— Parce que je croyais pouvoir arranger les choses. C'est une histoire compliquée.

Elle soupira et lui secoua l'épaule.

— Il faut TOUT me raconter, répéta-t-elle. En détail. MAINTENANT.

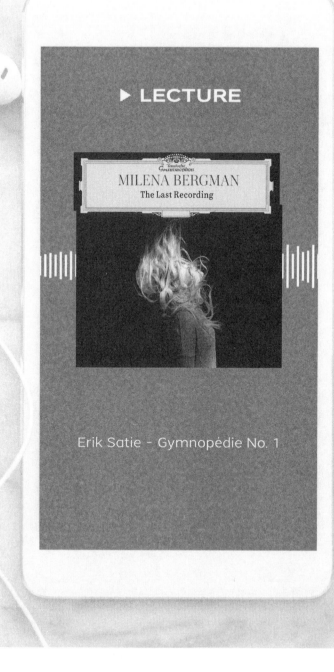

13

Le fils de Bébel

C'est même comme ça qu'on sait qu'on est vivant: on se trompe. Peut-être que le mieux serait de renoncer à avoir tort ou raison sur autrui, et continuer rien que pour la balade. Mais si vous y arrivez, vous... alors vous avez de la chance.

Philip ROTH

1.

Il est facile de dater avec précision le début de cette histoire. Le moment où tout a commencé à dérailler. C'était un samedi matin d'octobre, il y a un peu plus de deux ans. À cette époque, mon père habitait encore dans son pavillon de Moret-sur-Loing, en Seine-et-Marne, à une heure de Paris. Il était 10 heures du matin. J'avais longuement sonné au portail, mais personne n'avait répondu. Comme sa voiture était dans le jardin, j'avais escaladé le portail et j'étais entré dans la maison en passant par le garage.

Mon père, Marc Batailley, était étendu ivre mort au milieu de la cuisine. Le tableau m'était familier. Depuis mes dix ans, depuis la mort de Vera, ma petite sœur, la même scène s'était souvent répétée, suivant peu ou prou le même scénario. À intervalles plus ou moins réguliers, mon père exhumait les albums photo et les peluches de ma sœur qu'il avait gardées. Il poussait le tragique jusqu'à installer face à lui la chaise haute en bois sur laquelle elle avait l'habitude de prendre ses repas et se bourrait la gueule en parlant à son fantôme, en lui demandant pardon et en refaisant le film de nos vies. Venait aussi un moment où il sortait son Manurhin 73 de son holster et jouait avec l'idée de se mettre une balle dans la tête pour aller la rejoindre.

Comme chaque fois, j'avais suivi mon protocole bien rodé : je l'avais déshabillé, traîné sous la douche – eau chaude d'abord puis jet froid – et l'avais mis au lit avec, posés sur sa table de nuit, une tasse de pu-ehr brûlant et un grand verre de jus de citron et de gingembre.

Jamais je ne lui en avais voulu. Bien au contraire. Je savais que ces plongées dans le gouffre de la tristesse étaient des soupapes de sécurité. Des sas de décompression nécessaires qui l'avaient maintenu en vie jusqu'à aujourd'hui. Et puis, j'avais eu moi aussi mes propres passages à vide, mes heures moins glorieuses, mes démons familiers. Et mon père avait toujours été là, sans me faire la morale. Il était venu me chercher plusieurs fois au commissariat après des bagarres; il m'avait accompagné à deux reprises lors d'hospitalisations en HP lorsque, à mon tour, l'appel du vide m'avait emporté. Nous avions toujours été là l'un pour l'autre. Nous nous étions toujours soutenus dans les périodes de gros temps. Mon père était l'homme de ma vie. Et j'étais l'homme de la sienne.

J'étais redescendu dans le salon et j'avais fait un peu de ménage. J'avais rangé la chaise haute, les peluches, dont le fameux «Bébéléfan» que Vera emportait partout avec elle et qui avait été témoin de son agonie dans la voiture de ma mère. Son dernier compagnon. La dernière image qu'elle avait dû emporter. C'est sûr, chaque fois que je vois la peluche, moi aussi je pleure et j'ai envie de me foutre en l'air. À mon tour, j'avais caressé le canon du MR 73 et j'avais joué avec l'idée de me faire sauter la cervelle pour aller la rejoindre au ciel. Je savais qu'il était très probable qu'un jour ou l'autre les choses se terminent ainsi. Une partie de moi s'y était préparée depuis longtemps. Mais pas aujourd'hui et pas comme ça.

J'avais finalement remis le flingue à sa place dans son étui. Mon père et moi avons ça en commun: nous sommes des raisonnables déraisonnables. Des mesurés de la démesure. Nous fréquentons la folie et le chaos sans nous y fondre tout à fait. Une faim de vie finit toujours par nous ramener vers la lumière.

J'avais achevé mon ménage en rangeant les photos à leur place dans les albums et je m'étais pris sans surprise ma propre décharge de chair de poule. Je regrette que ma mère soit présente sur la plupart des clichés. Ivre de sa propre image, elle trouvait toujours le moyen de s'incruster dans le cadre, à l'inverse de mon père qui officiait comme photographe. En tournant les pages, je n'en avais trouvé que quatre où ma sœur et moi ne figurions qu'avec lui. Quatre photos qui me rappelaient que j'avais eu une enfance heureuse jusqu'à mes dix ans. L'innocence n'a pas duré plus longtemps, mais cette décennie m'a donné une charpente et des fondations sur lesquelles je peux m'appuyer et qui, *in fine*, me protègent de beaucoup de choses. Mais pas de tout.

2.

Dans l'un des albums, j'avais relu de vieilles coupures de presse que je n'avais pas vues depuis longtemps. Des articles de *La Provence* et de *La Marseillaise* publiés dans les jours qui avaient suivi l'arrestation de Raynald Pfefferkorn, l'Horticulteur. C'était le point d'orgue de la carrière de mon père. Quelques mois à peine avant la mort de Vera, le groupe de la Crim marseillaise qu'il dirigeait avait identifié et arrêté l'un des premiers tueurs en série français de l'ère moderne. Surnommé l'Horticulteur, Pfefferkorn était un pervers psychopathe qui avait séquestré et assassiné huit personnes – six femmes et deux hommes – dans l'agglomération marseillaise entre 1987 et 1989. En février 1990, se sachant démasqué, l'Horticulteur avait essayé de prendre un train vers la Belgique. Mon père et deux de ses hommes, Nucerra et Albertini, l'avaient serré « à l'ancienne », sur les marches du grand escalier de la gare Saint-Charles. Un peu comme Belmondo période *Peur sur la ville.*

La référence à Bébel était présente dans l'article de *La Provence.* Trente ans après, elle continuait à me remplir de fierté. C'est cette image que je gardais de mon père. Ineffaçable. Celle qui avait permis de supporter toutes les autres. Après ce coup d'éclat et sa mutation à Paris, sa carrière avait en effet connu des bas et des très bas au gré de son état psychologique et de ses affectations. À plusieurs reprises il avait eu l'IGPN sur le dos. J'avais craint pour lui chaque fois qu'ils avaient essayé de le faire tomber, mais l'adversité avait plutôt comme effet de le remobiliser. Trois ans plus tôt, il était passé très près d'une révocation après avoir écarté deux savonnettes de shit pour rémunérer un indic. Heureusement, le ténor du barreau que je lui avais trouvé avait réussi à faire capoter la procédure avant qu'elle ne parvienne à son terme.

Aujourd'hui, il était proche de la retraite. Je savais qu'on l'avait placardisé depuis longtemps. Les services se refilaient l'épave comme un mistigri et ses soutiens avaient presque tous disparu. Ça me faisait mal au bide. J'y pensais souvent, animé par un mélange de rage et de douleur dont lui-même ne soupçonnait pas l'existence.

Cette rage était d'abord tournée contre ma mère, Élise Batailley. Après la mort de ma sœur, et alors que mes parents demandaient tous les deux ma garde exclusive, il s'était trouvé une juge aux affaires familiales pour trancher en faveur de ma mère ! Notre cohabitation n'avait pas duré deux mois. Je ne lui adressais pas la parole sauf pour l'agonir d'injures. Je faisais fugue sur fugue pour aller rejoindre mon père et, pour finir de la discréditer, je racontais à l'école qu'elle m'enfermait nu dans notre cave et qu'elle faisait venir des mecs la nuit pour dormir dans son lit. Et puis, un matin, j'avais appris que son amant, le dentiste Joël Esposito, écrasé par le scandale qui avait suivi la mort de ma sœur, s'était suicidé en se pendant à un arbre dans son jardin. La mort d'Esposito accéléra sa capitulation. Elle accepta d'abord une garde partagée, mais peu de temps après, mon père partit travailler à Paris et elle ne s'opposa pas à ce que je le suive.

Pendant des années Élise continua à me téléphoner et à m'écrire, mais je ne répondais jamais à ses appels et n'ouvrais jamais ses lettres. Quand j'atteignis mes quinze ans, elle se lassa et je n'eus plus de nouvelles. Lorsque mon premier roman fut publié, elle chercha de nouveau à me contacter en passant par ma maison d'édition, mais je demandai qu'on lui renvoie ses lettres. Le dernier essai en date remontait à une dizaine d'années, à l'occasion d'une dédicace au Virgin Megastore des Champs-Élysées. Je l'avais reconnue, de loin, et lui avais adressé un doigt d'honneur qui l'avait dissuadée de s'approcher davantage.

J'avais remisé les albums photo sur les étagères de la bibliothèque, à côté des centaines de disques de musique classique. Autodidacte, mon père avait toujours nourri une passion pour le piano. J'avais mis un CD sur la platine, un peu au hasard, uniquement parce que j'avais aimé sa pochette – les *Gymnopédies* d'Erik Satie interprétées par Milena Bergman –, pendant que je faisais la vaisselle et passais un coup de balai. Le ménage terminé, je m'étais préparé un café que j'étais sorti boire dehors. Sur la table en teck de la terrasse, mon père avait oublié son paquet de clopes et son Zippo, gravé d'une tête de lion à la crinière flamboyante. Moi qui ne fume jamais j'avais allumé une cigarette. Un moyen pathétique de rester proche de lui. De commencer à me tuer à petit feu pour l'accompagner dans la mort. Pour qu'il s'y sente moins seul. Car depuis quelques jours l'échéance s'était rapprochée dangereusement. En début de semaine, un scanner des poumons et une biopsie avaient révélé qu'un cancer à un stade déjà bien avancé se développait dans les poumons du vieux lion.

J'avais accompagné mon père faire ses examens. À l'hôpital, un médecin lui avait proposé de l'inclure sans tarder dans un protocole de chimiothérapie, seul moyen de contenir le développement de la maladie. Après l'avoir remercié, mon père avait répondu qu'il ne souhaitait pas y participer. Il s'était levé de son siège puis, davantage par dérision que par défi, il avait allumé une cigarette avant de quitter le bureau.

3.

— Salut champion.

Mon père était réapparu vers 13 heures, pas trop déglingué vu les circonstances. Il m'avait ébouriffé les cheveux comme il le faisait depuis que j'étais môme. Il s'était rasé, avait enfilé une chemise blanche, un jean et un blazer Kenzo qui devait avoir une quinzaine d'années, mais qui faisait toujours illusion.

— On va manger un bout ? m'avait-il proposé comme s'il ne s'était rien passé.

— D'accord.

— À La Belle Équipe ?

— Allez.

La Belle Équipe était une guinguette au bord de la rivière où il avait ses habitudes. Malgré le taux d'alcool qu'il devait encore avoir dans le sang, il avait insisté pour conduire son roadster Caterham. C'est moi qui lui avais offert le biplace britannique cinq ans plus tôt, parce que c'est le modèle que conduisait Belmondo dans *Flic ou voyou*. Arrivé au restaurant, il avait fait son petit numéro à la gérante pour nous avoir une table « en bord de mer ».

On avait commandé des huîtres et de la petite friture. Je buvais du pessac-léognan, il carburait au Coca Zéro. C'était le week-end. Le décor était kitsch, mais le cadre bucolique : nappes à carreaux rouges et blancs, jardinières de fleurs. Un type habillé en canotier jouait de l'accordéon... Autour de nous, les gens semblaient s'amuser. Ce n'était pas forcément ma tasse de thé, mais l'endroit avait son charme si vous aimiez les menus moules frites à dix-neuf euros quatre-vingt-dix et le petit vin blanc qu'on boit sous les tonnelles.

— J'ai pensé à quelque chose : ça serait plus pratique pour toi si tu venais habiter chez moi, rue d'Assas, pendant ta chimio.

— Je ne vais pas faire de chimio, je te l'ai déjà dit, Rapha.

— Enfin, c'est stupide : tu ne vas pas te laisser mourir sans rien tenter !

— Si, je suis fatigué. J'en ai marre de tout ça.

— Je t'ai connu plus combatif.

— Écoute, « se battre contre la maladie », « être fort », « positiver », c'est de la parlote. Ça n'a aucune conséquence sur la propagation des cellules cancéreuses.

— Et tu n'as pas peur de mourir ?

— Pas plus que ça. (Il chercha mon regard.) Et on sait très bien tous les deux qu'une bonne partie de moi est morte depuis longtemps.

— « Une partie de moi est morte depuis longtemps », ça aussi c'est de la parlote.

Il ne put réprimer un demi-sourire.

— J'en conviens, même si c'est la vérité.

— Donc, tu vas te laisser mourir ?

Il se gratta la barbe en grimaçant.

— Ça ne devrait pas être très long.

— Et moi ?

— Quoi, toi ?

— Tu t'en fous de me laisser seul ?

— Je ne peux plus rien t'apporter, Rapha.

Il n'avait pas cherché à fuir mon regard et ce que j'y avais vu m'avait anéanti. La certitude qu'il avait rendu les armes.

— Je suis *vide*, avait-il confirmé.

Puis il s'était levé en maugréant quelque chose comme : « Encore envie de pisser. Prostate de merde. Fait chier. »

J'étais resté assis à ma place, désemparé, l'esprit embrumé. Pendant toute la conversation, j'avais essayé de ne pas tourner la tête, mais je savais très bien qu'*elle* était là depuis un moment et qu'*elle* avait suivi notre échange. Vera, ma sœur. Ou plutôt son fantôme. Ou plutôt la représentation que je me faisais mentalement de son fantôme. Je me tournai vers elle, décidé à l'affronter. Aujourd'hui, elle était âgée de sept ou huit ans. Elle portait des lunettes de soleil en forme de cœur, deux longues couettes et suçait un Mr. Freeze à la menthe.

— Cette fois, ça y est, me dit-elle, papa va bientôt venir me voir.

— Non, je ne crois pas.

— Il a été clair, non ?

— Je ne vais pas le laisser partir.

Elle baissa ses lunettes sur son nez retroussé.

— Et toi, pourquoi tu ne viens pas avec nous ? On sera heureux là-haut, tous les trois.

— Non, ça ne marche pas comme ça.

— Il y a un trampoline géant et des chevaux. On s'amusera bien.

— Va-t'en, maintenant.

Elle m'avait tiré la langue, mais elle s'était évaporée lors du retour de mon père. Le visage toujours fermé, il avait commandé un verre de rosé et allumé un cigarillo.

— Et toi, comment ça va ? Ta vie, les livres, les femmes...

C'est à cet instant que le scénario avait pris forme. À la manière d'un projet de roman : un flash qui fuse, des idées qui s'y agrègent pour former une trame cohérente. D'où venait cette étincelle ? Sans doute de la culpabilité que j'avais toujours éprouvée de ne pas avoir donné à mon père la seule chose qui l'aurait de nouveau rendu heureux. Une belle-fille et des petits-enfants qui auraient recréé la famille torpillée par ma mère. Pendant des années, il m'avait parlé de son désir de devenir grand-père, mais jamais je n'avais envisagé d'avoir un enfant. C'eût été vivre constamment avec la peur de le perdre. Comme nous avions perdu Vera.

— Ça va bien, justement. J'ai rencontré une fille formidable !

— À Paris ?

— Non, en Suisse, le mois dernier. On était dans le même hôtel à Lausanne.

— Qu'est-ce que tu foutais là-bas ? Des repérages pour un roman ?

— Non, une séance de dédicace chez Payot.

— Et c'est qui cette fille ? Une banquière ?

La pochette du CD que j'avais vue chez lui s'imposa dans mon esprit.

— Une pianiste allemande. Peut-être que tu la connais d'ailleurs : Milena Bergman.

Comme je l'avais espéré, une lueur s'était allumée dans son regard.

— Bien sûr que je sais qui c'est ! J'ai la plupart de ses disques. Schubert, Debussy, Satie…

J'aimais le mélange d'incrédulité, de curiosité et d'amusement que je lisais dans ses yeux.

— Mais, vous… sortez vraiment ensemble ?

— Depuis un mois, oui.

— C'est formidable, ça. Raconte-moi ! Comment elle est en vrai ?

Voilà comment la bombe avait été lâchée. Une phrase anodine lors d'un déjeuner au bord de l'eau pour capter l'attention de mon père. Pour remettre quelques gouttes d'essence dans son moteur. Et la machine était partie. On avait commandé et recommandé des cafés en discutant pendant plus d'une heure. J'étais lancé dans ce que je sais faire de mieux : inventer, mystifier, mentir. Et j'étais dans un grand jour. Son sourire alimentait ma profusion de détails. Peu à peu, je me prenais au jeu. Mon récit gagnait en consistance et en détails. Je sculptais ce personnage de Milena Bergman tel que je savais qu'il plairait à mon père : entre blondeur scandinave et chaleur méditerranéenne. Une femme discrète, maternelle, toujours dans le partage et la complicité. L'antithèse de ma mère. Plus je parlais, plus je le voyais se transformer. Je poussai mon avantage : j'esquissai la possibilité d'un mariage et celle peut-être pas si lointaine d'une famille. Et en une heure, je réussis à le retourner. À la fin du repas, en remontant dans la voiture, l'affaire était pliée : il allait vendre son pavillon, venir s'installer chez moi et commencer ses séances de chimio le plus tôt possible.

4.

En 1971, la petite commune d'Illiers, en Eure-et-Loir, demanda à changer de nom pour prendre celui de Combray, toponyme sous lequel Proust l'avait décrite et rendue célèbre dans *À la recherche du temps perdu*. J'aime cette anecdote. Elle témoigne de la puissance de la fiction : parvenir à créer un univers qui se substitue parfois à la réalité.

Je m'étais inventé cette relation avec Milena Bergman et, à présent, je devais la faire vivre. Avec une contrainte de taille : mon père était flic. Je ne pourrais pas le mener longtemps en bateau si je ne bétonnais pas mon mensonge.

En choisissant Milena Bergman – dont je ne connaissais pas grand-chose – j'avais eu beaucoup de chance : l'artiste était d'une discrétion absolue sur sa vie privée. Elle avait bien un compte Instagram, mais il n'était que très partiellement alimenté et sans doute uniquement par sa maison de disques. Les rares interviews que je pus lire me permirent d'extraire quelques informations dont je me servis pour meubler les conversations avec mon père.

Bien conscient qu'il me fallait plus de munitions, j'allai trouver Julien Hoarau, le graphiste free-lance qui faisait les couvertures de mes romans. Passionné par l'image, Hoarau était un touche-à-tout : ancien pubard, il s'était reconverti dans la conception de sites Web, la réalisation de courts métrages et de bandes annonces de romans. Sans entrer dans les détails, je lui demandai de bidouiller, à l'aide de photos de la pianiste récupérées *on line*, quelques montages me mettant en scène avec Milena. Le résultat était plutôt bluffant et me fut très précieux pour tenir quelques semaines, mais mon père ne voulait désormais qu'une chose : rencontrer la musicienne.

Dos au mur, je cherchai une solution pour échapper aux conséquences de mes mensonges. Il n'y en avait aucune. Je décidai de tout révéler à mon père, mais devant lui, je me dégonflai. Le protocole médical l'épuisait. J'avais l'impression que lui avouer la vérité allait le précipiter dans la tombe. La seule personne que j'avais aimée dans ma vie et dont le regard m'importait allait crever en emportant de son fils l'image d'un misérable traître. Il fallait que je sauve les apparences jusqu'au bout. C'est Hoarau, à qui j'avais fini par raconter toute l'histoire, qui lança le premier l'idée décisive, sous forme de boutade : « T'as qu'à engager une comédienne pour jouer le rôle de Milena devant ton paternel ! » Ce scénario absurde trotta quelques jours dans ma tête. J'avais un agent qui s'occupait de la gestion des droits audiovisuels de mes livres. Je lui demandai de me faire rencontrer une directrice de casting. Il me parla d'Adrienne Koterski, qu'il considérait comme l'une des meilleures à Paris.

— J'ai en tête la personne qu'il vous faut, m'assura Koterski au téléphone.

Elle m'organisa un rendez-vous avec une certaine Garance de Karadec que je retrouvai une fin d'après-midi à la terrasse du Zimmer, à côté du théâtre du Châtelet. J'arrivai en retard et passai cinq minutes à la chercher tant elle ne ressemblait pas à Milena. Ni blonde, ni brune, Garance de Karadec se fondait dans la masse. Taille moyenne, visage anguleux, traits indéterminés, regard clair mais flottant, cheveux demi-longs ternes et pleins de nœuds. Côté fringues, on était à mi-chemin entre la caricature de l'étudiante en socio, l'instit gauchiste de mon enfance et la zadiste de Notre-Dame-des-Landes. Tout y passait : sarouel froissé, keffieh palestinien, gilet en peau de mouton *made in Larzac* et pataugas kaki.

J'avais du mal à masquer ma déception, mais, par politesse, j'engageai néanmoins la conversation. Elle me présenta brièvement sa situation : elle donnait des cours d'improvisation dans les écoles, faisait un peu de figuration, avait été costumière sur des projets amateurs et participait à des spectacles avec une troupe de théâtre. Au bout de trois minutes, j'avais envie de repartir. Avec sa besace en tricot j'imaginai facilement Garance de Karadec à la sortie des amphis de Nanterre distribuer des tracts de l'UNEF ou de LFI appelant à la «convergence des luttes». Mais pas un instant je ne vis comment elle pourrait incarner Milena Bergman.

— Je ne vais pas vous faire perdre votre temps, dis-je en levant la main pour réclamer la note. Je pense qu'Adrienne Koterski n'a pas compris ce que je recherchais.

— On pourrait au moins essayer !

— Non, ça ne sert à rien. Sans vous vexer, on est au-delà du rôle de composition, là.

Je posai un billet sur la table et la laissai en plan sur cette saillie dégueulasse. Dans les jours qui suivirent, j'oubliai ce projet loufoque. La santé de mon père s'était encore détériorée. La chimio était un échec et la mort gagnait inexorablement du terrain. Mais une semaine plus tard, en rentrant chez moi un soir, je trouvai mon père tout sourire en train de prendre l'apéro sur la terrasse avec celle qu'il pensait être... Milena Bergman. Ce n'était pas une imitation. C'était une incarnation. La métamorphose de Garance de Karadec était presque effrayante. Tout y était : le léger accent, les inflexions de voix, le port de tête, les cheveux lisses et blonds, l'aisance des biennés mâtinée d'attention à l'autre. Même les vêtements étaient raccord : bracelet émaillé, cachemire Loro

Piana, parfum discret, trench Heritage. Comment une actrice de seconde zone avait-elle été capable de réaliser une telle transformation ? Où avait-elle trouvé l'argent pour acheter ces vêtements ? J'étais tellement surpris – et heureux de voir mon père aux anges – que je remisai ces questions sous le tapis.

À mon arrivée, mon père proposa de préparer à dîner. Nous passâmes une excellente soirée qui lui redonna le moral. La situation se reproduisit plusieurs fois les semaines suivantes. Garance prenait son rôle à cœur. Nous avions trouvé un accord financier, mais la comédienne restait pour moi un mystère. En septembre, dévoré par son cancer, mon père fut hospitalisé et un médecin m'assura froidement que « tout serait terminé avant dix jours ». Alors, pour alléger son départ, je m'enfonçai encore plus loin dans le mensonge. Et je prétendis que Milena et moi attendions un enfant.

5.

Mon père ne mourut pas dans les dix jours. Deux mois après cette funeste prophétie, il était rentré à la maison, maintenu en vie par un nouveau traitement à base d'immunothérapie auquel il réagissait bien.

— Le vieux lion rugit encore, constata-t-il. Je vais avoir la chance de connaître ma petite-fille.

Il s'était mis en tête que «Milena» était enceinte d'une fille et attendait la confirmation de l'échographie du deuxième trimestre. De nouveau, je me retrouvais déchiré. À la fois heureux et soulagé de voir mon père s'accrocher à la vie et terrifié à l'idée des conséquences de mon mensonge. Je n'en dormais plus. J'étais dos au mur. Le couteau sous la gorge. Non seulement je savais qu'il n'y aurait jamais aucune solution pour me sortir de ce pétrin, mais la fable de cette grossesse ajoutait une *deadline* insoutenable à mes mensonges.

Pourtant, cette fois encore, quelque chose me sauva. Un événement tragique. L'un des plus grands drames de l'histoire aérienne moderne. Le 8 novembre, le vol AF 229 s'écrasa dans l'Atlantique, tuant tous ses passagers dont la pianiste Milena Bergman. En quelques heures, ma situation se rétablit grâce à ce crash atroce.

Je congédiai Garance de Karadec et me retrouvai, malgré moi, devant mon père, dans le rôle du fils qu'il fallait protéger. Je devenais «le ténébreux, le veuf, l'inconsolé». Requinqué par son immunothérapie, le patriarche ne se laissa pas abattre. Il reprit son rôle de chef de famille et veilla sur moi comme lorsque j'avais dix ans. Sa rémission fut spectaculaire. Les mois passèrent, me permettant peu à peu de quitter mon costume de deuil. Notre entente était au beau fixe.

La vie continuait. Mon père reprit son travail ; je me lançai dans un nouveau roman.

Plus jamais je n'entendis parler de Garance de Karadec. J'avais presque oublié son existence. Jusqu'à ce qu'une flic vienne me trouver dans mon repaire secret pour me rendre la montre que Garance avait emportée avec elle.

III.

LES BALADINS
DE DIONYSOS

14

Les quatre vérités

Tu es écrivain parce que être seulement toi ne suffit pas. J'ai besoin d'être actrice parce que être seulement moi ne suffit pas.

Joyce Carol OATES

ROXANE

1.

Les bureaux d'Adrienne Koterski étaient situés rue Lincoln, dans le 8e arrondissement, au troisième étage d'un immeuble qui donnait à la fois sur la rue et sur une courette tapissée de neige en train de fondre. Le soleil était revenu de façon un peu impromptue pour mettre un terme aux fantasmes de «Noël blanc». Roxane s'apprêtait à sonner lorsqu'une jeune femme – allure de mannequin, lunettes fumées et écouteurs greffés aux oreilles – avait poussé la porte de l'agence, évoquant au téléphone le déroulement de son casting dans un mélange d'hébreu et d'anglais.

La flic avait profité de l'ouverture pour s'engouffrer dans le local.

À l'heure du déjeuner, ce 24 décembre, il n'y avait personne à l'accueil. Dans l'étage désert, Roxane avait suivi un couloir en parquet blond aux murs balisés d'affiches de cinéma d'auteur : Leos Carax, Philippe Garrel, Bruno Dumont et autres bons élèves de *Télérama* et du *Masque et la Plume*. Au bout du dédale se trouvait un studio photo d'où s'échappaient des éclats de voix. Roxane poussa la porte entrouverte. L'espace était vaste, encadré de parois gris clair qui abritaient des projecteurs, des réflecteurs et une table de mixage. Une équipe réduite faisait passer des auditions pour un rôle féminin. Assise sur un tabouret au centre de la pièce, Adrienne Koterski, longue flamme blonde, donnait la réplique à une actrice. Deux techniciens l'assistaient, l'un dirigeant la caméra, l'autre derrière une console.

— C'est la police, les gars ! On fait une pause ! lança Roxane en s'adressant aux deux hommes.

Elle fit un signe du menton à la comédienne pour lui indiquer de sortir elle aussi. Gênée par l'ambiance confinée et la lumière tamisée, elle remonta le rideau électrique pour laisser entrer le soleil avant de prendre la place de la postulante en s'asseyant en face de la directrice de casting, qui l'avait regardée faire sans mot dire.

— Vous venez passer une audition ? demanda enfin cette dernière.

— Non, aujourd'hui, c'est plutôt vous qui en passez une, répondit Roxane en présentant sa carte. Je voudrais que vous me parliez de Garance de Karadec.

— Ah, Garance, bien sûr..., souffla-t-elle, songeuse. Il ne lui est rien arrivé de fâcheux au moins ?

Adrienne Koterski était une fausse blonde au teint clair et à la peau sèche qui pelait comme un 15 août au soleil. Elle cachait son regard derrière des lunettes bleutées de forme octogonale. Longiligne, elle portait des sandales à talons compensés, une jupe et une veste en jean cintré.

— Vous la connaissez depuis longtemps ?

— Quatre ou cinq ans. Vous ne m'avez pas répondu : il lui est arrivé quelque chose ?

Une inquiétude non feinte se lisait sur son visage.

— Répondez d'abord à mes questions.

— Les flics..., souffla Koterski.

Roxane entra dans son jeu.

— Je pense justement que mon métier n'est pas très différent du vôtre.

— C'est-à-dire ?

— Dénicher des talents, c'est un peu comme traquer des criminels, non ? Il y a un côté chasseur. On arpente le terrain pour aller au contact de notre proie.

— Si vous voulez. En tout cas, c'est moi qui ai révélé Garance, ça c'est sûr.

— Racontez-moi. C'était où ?

— Dans un théâtre un peu crade. Une salle de spectacle des Serres de Pantin.

Koterski alluma une cigarette, le temps de convoquer ses souvenirs.

— Aujourd'hui beaucoup de choses passent par le numérique, mais moi, je suis de la vieille école. Je n'ai pas peur de me coltiner les spectacles amateurs de banlieue, même les plus merdeux, en espérant dénicher une pépite. Lorsque je l'ai vue jouer pour la première fois, Garance appartenait à une troupe d'improvisateurs complètement barrés, dans la mouvance du Living Theatre.

— Ça ne m'évoque rien, avoua Roxane en se redressant sur le tabouret à l'assise inconfortable.

— La compagnie du Living Theatre a été créée à New York par un couple d'anarchistes. Elle a connu son heure de gloire dans les années soixante. Leur credo reposait sur l'implication du spectateur dans la scénographie théâtrale. Abolir la frontière entre la troupe et les spectateurs...

— En clair ça veut dire quoi ? Que le public peut devenir acteur et participer au spectacle en improvisant ?

— C'est ça. Avec les dérives qu'on peut imaginer liées à l'idéologie libertaire de l'époque. Les comédiens avaient parfois des rapports sexuels sur scène et invitaient les spectateurs à les rejoindre. Ils enrôlaient des drogués pour les intégrer à leur pièce. Bref, tout ça était assez radical et glauque...

Roxane gardait son enquête en ligne de mire, essayant en vain de relier mentalement ce que lui disait la directrice de casting avec les éléments dont elle disposait.

— Le but c'était quoi ?

— Questionner le rapport entre la réalité et la fiction. Utiliser le théâtre comme un exutoire aux désirs réprimés par la société.

Koterski tira deux bouffées nerveuses avant de recentrer la conversation sur Garance.

— Bref, même dans un spectacle aussi nul, j'ai tout de suite senti que cette fille avait un truc. Une présence, une vitalité, un charme troublant. Je suis allée la voir pour lui proposer de passer des essais et de devenir son agent. Elle m'a répondu «pourquoi pas», mais elle n'est jamais venue !

Elle se leva pour prendre un gobelet en carton qu'elle utilisa comme cendrier. Elle entrouvrit la fenêtre et continua à fumer dans la lumière pâle du soleil d'hiver.

— C'est moi qui me suis retrouvée à lui courir après. Petit à petit, j'ai appris à la connaître et j'ai réalisé que j'étais loin du compte : Garance n'avait pas seulement « un truc », c'était vraiment une actrice exceptionnelle.

Roxane soupira. Elle peinait à saisir ce que signifiait être une actrice exceptionnelle. Pour elle, tout ça, c'était des discours creux. De la branlette intellectuelle de bobo. Mais ce n'était pas le moment de braquer son interlocutrice.

— Quelle est sa singularité ? demanda-t-elle. Qu'est-ce qui fait qu'elle représente pour vous un profil particulier ?

— D'abord, elle a un talent très rare : la capacité à pouvoir tout jouer. Garance, c'est l'actrice ultime. Vous voyez Meryl Streep ou Dustin Hoffman dans les années quatre-vingt ? Aussi crédible dans le rôle d'un sex-symbol que dans celui de monsieur ou madame Tout-le-monde. Les gens comme ça ne se laissent pas enfermer dans une case. Ils sont d'une plasticité totale.

Roxane eut une moue dubitative.

— J'ai du mal à me représenter ça *concrètement*. Au-delà de l'emphase des expressions toute faites.

— Je comprends, répondit Koterski en écrasant sa cigarette. Venez voir.

Elle se déplaça jusqu'à la console où se trouvait un ordinateur portable.

— Pendant longtemps, les aspirants comédiens trimbalaient avec eux un book de photos. Aujourd'hui, chacun a sa démo sur les sites d'hébergement de vidéos.

Quelques secondes plus tard, un montage constitué d'extraits de courts métrages et de pièces de théâtre défila sur l'écran. Les images témoignaient en effet de l'éventail de jeu impressionnant de Garance de Karadec. Les rushs frappaient surtout par la variété des identités endossées par l'actrice, à tel point que, d'une séquence à l'autre, on avait peine à croire qu'il s'agissait de la même femme.

— Ça a l'air facile parce qu'elle est douée, mais c'est très compliqué d'être si juste en interprétant des rôles si différents, précisa Adrienne Koterski. Il y a une part d'inné et d'instinct, mais il y a aussi beaucoup de travail et de douleur pour accéder à la vérité d'un personnage. La caméra l'adore, la scène l'adore. Dès qu'elle apparaît, il se passe quelque chose.

Il y avait dans sa voix un mélange d'admiration et de tendresse.

— J'entends tout ça, approuva Roxane, mais quelque chose me chiffonne : si Garance possède un tel talent, pourquoi n'a-t-elle pas trouvé de rôle à sa mesure au cinéma ou au théâtre ?

La directrice de casting partit dans un très long soupir.

— Vous avez mis le doigt sur la deuxième singularité de cette fille, celle qui la distingue de toutes les actrices que je connais : Garance n'est pas réellement demandeuse de rôles.

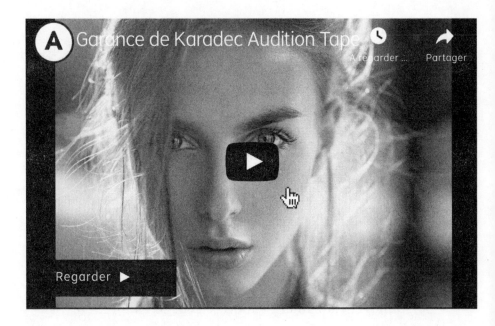

2.

— Vous savez combien il y a d'intermittents du spectacle en France ? interrogea Adrienne Koterski.

Roxane – qui n'aimait pas être prise en défaut – balança un chiffre au hasard.

— Trente mille ?

Les deux femmes avaient migré dans une petite cuisine attenante au studio. La directrice de casting versa de l'eau chaude dans les gobelets posés sur la table : thé pour elle, café lyophilisé pour Roxane.

— Trois cent mille, annonça Koterski, dont plus de cinquante mille comédiens. À cela il faut ajouter les petites nanas qui jouent les princesses sur Instagram, les palanquées de candidats de la télé-réalité, les modèles en tout genre qui cherchent à percer à tout prix, etc. Bref, en France tout le monde pense qu'il peut être acteur.

Roxane voyait où elle voulait en venir. Elle lui tendit une perche sous la forme d'une constatation.

— Alors que le nombre de rôles est forcément restreint...

Koterski approuva de la tête.

— Mon agence travaille sur du haut de gamme. Je dois trouver à tout casser cent cinquante à deux cents rôles par an. Donc, mon métier, c'est de dire non. Mon métier, c'est de briser le rêve d'*ego* démesurés et fragiles. Et personne ne refuse lorsque je propose un rôle. Même pour faire de la figuration dans une série de France 2, j'ai cinquante actrices qui se battent. PERSONNE ne refuse sauf... Garance de Karadec.

Roxane sentit chez Koterski un sentiment proche du dépit amoureux. Pensive, celle-ci ouvrit un sachet d'édulcorant qu'elle répandit dans son thé chaud. Sur son mug, Roxane déchiffra une citation attribuée à Marlon Brando : « Un acteur, c'est quelqu'un qui ne t'écoute pas si tu ne parles pas de lui. »

— Il y a trois ans, Garance a planté Jacques Audiard, reprit la directrice de casting d'un ton dépité. L'an dernier, c'est moi qui ai réalisé le casting français du prochain David Fincher, on lui a montré plus d'une centaine de filles et devinez la seule qu'il a choisie ? Garance bien sûr ! Sauf que Mlle de Karadec n'était pas intéressée par le film. Elle a fait les essais parce que ça l'amusait, mais ça s'est arrêté là. C'est du gâchis de posséder un tel talent et de ne pas l'utiliser !

À présent, l'admiration s'était muée en agacement puis en colère.

— Mais qu'est-ce qu'elle cherche, alors ? demanda Roxane.

— Ce qui l'intéresse, c'est l'expérience et le défi du jeu. *L'acting*. Pas la notoriété. Pas être la nouvelle star. Garance est une passionnée de théâtre. Elle a une maîtrise de lettres classiques et elle connaît les grands textes, mais pour elle, le jeu se rapproche de la performance totale. Elle va vous répéter qu'elle ne se sent vivante que lorsqu'elle joue. Que le théâtre est magique, car tout se consume dans l'instant. Une vraie illuminée.

Roxane changea de sujet.

— Ce nom de Karadec, ça vient d'où ? De Bretagne j'imagine.

— Oui. Garance est issue d'une vieille famille aristo. Son père, Abel Toussaint de Karadec, était un diplomate assez brillant qui a joué un rôle important au Quay d'Orsay pendant les années Mitterrand. Sa mère, Tiphaine de Karadec, était une psy maoïste.

Le couple était accro à l'opium et a fini par tomber dans l'héroïne. De crise de démence en internement, ils sont morts tous les deux le cerveau grillé, dans leur manoir, sur une île du Finistère.

— Quel âge avait Garance à l'époque ?

— Dix-sept, dix-huit ans à mon avis. Après ses études, elle est partie comme jeune fille au pair en Grande-Bretagne. Là, elle a rencontré un drôle de type, Amyas Langford, un acteur anglais qui avait créé une troupe de comédiens. Un type malsain, complètement barré.

Un signal retentit dans la tête de Roxane.

— Dites-m'en davantage.

Koterski alluma une nouvelle cigarette, comme si elle avait de nouveau besoin d'un shoot de nicotine pour stimuler sa mémoire.

— Amyas est un ancien élève de la RADA, l'Académie royale d'art dramatique, la plus ancienne et la plus prestigieuse école de théâtre anglaise. Lui aussi aurait sans doute pu avoir une carrière épatante. Il a joué plusieurs rôles dans des productions de la BBC. Une légende court à son propos, que je crois fondée. Il y a quelques années, alors qu'il interprétait le rôle d'un résistant dans un téléfilm sur la Seconde Guerre mondiale, il a poussé la vraisemblance jusqu'à se faire implanter une dent creuse avec une véritable capsule de cyanure à l'intérieur ! Vous voyez un peu le personnage...

— Ah, lui aussi est dans le trip : l'art pour l'art ?

— C'est même plus radical que ça. Amyas Langford est un homme excessif, proche des milieux anticapitalistes et anarchistes. Il prône un théâtre total, conflictuel et révolutionnaire.

— En pratique, c'est quoi ?

— De la merde. De grandes envolées lyriques – repousser les limites de la scène, inscrire le théâtre dans la vie, brouiller les frontières entre l'art et l'existence – mais surtout beaucoup de provoc à deux balles. Je me souviens de la pièce que j'avais vue aux Serres de Pantin. Amyas avait voulu reproduire un *happening* imaginé par Peter Brook. À la fin du spectacle les acteurs lâchaient des papillons vivants aux ailes enflammées sur les spectateurs. C'est ça leur kif : créer le malaise chez les spectateurs pour l'intégrer à leur spectacle.

Roxane avait posé son portable sur la table. Il était en mode silencieux, mais elle jetait un coup d'œil à son écran chaque fois qu'un message arrivait. Après le fiasco de l'évasion de Batailley, Botsaris avait été débarqué et invité à prendre ses vacances. C'est Sorbier lui-même qui avait repris la tête du groupe d'enquête. S'il ne pouvait pas réintégrer Roxane officiellement, il avait admis qu'il ne pouvait pas non plus se passer d'elle sur cette affaire. Liêm continuait donc à lui balancer les infos, cette fois avec l'accord du big boss. La BNRF avait passé Garance de Karadec aux différents fichiers, mais pour l'instant la moisson n'était pas fameuse. Le dernier logement déclaré par Garance avait déjà été reloué deux fois depuis son départ, elle était inconnue des services fiscaux et ne réalisait que peu de mouvements sur son compte bancaire. Tout en écoutant son interlocutrice, Roxane chercha des photos d'Amyas Langford sur Google Images – elle n'en trouva qu'une et la balança par SMS à Valentine, accompagnée d'une question : *Demande à ton copain Ducon-la-Joie si c'est cet homme qui lui a refilé ses infos pour écrire son article.*

— À votre avis, Garance est sous l'emprise de Langford ?

— C'est certain qu'il n'a pas une bonne influence sur elle. Amyas la conforte dans une forme de radicalité, refusant toute forme de théâtre ou de cinéma commercial, s'opposant à toutes les règles établies. Je suis née en Pologne dans les années soixante-dix. Ma famille a connu le joug communiste dans sa chair et je n'ai aucune sympathie pour ces petits branleurs qui veulent faire la révolution en la tweetant sur leur iPhone dernier modèle.

Roxane ne put réprimer un sourire.

— Vous pensez qu'il pourrait se montrer violent avec elle ?

— C'est possible. Il y a quelque chose que vous devez savoir à propos de Garance. Les mecs deviennent dingues à son contact. Comme ensorcelés. Et Amyas est plutôt du genre possessif. Ça ne m'étonnerait pas qu'il ait disjoncté.

Elle laissa passer quelques secondes puis compléta le portrait psychologique de sa protégée.

— Garance est une fille complexe. Un peu frappadingue, mais très attachante. Une romantique en quête d'absolu. Elle porte en elle une sorte de mélancolie très noire. À mon avis, elle ne sera jamais heureuse. Mais maintenant, j'aimerais comprendre : vous venez m'interroger parce que Garance est soupçonnée dans une enquête ou parce qu'elle est victime de quelque chose ?

— Nous pensons qu'elle a été enlevée.

— Par qui ? Amyas ?

— Peut-être. Est-ce que vous avez déjà entendu Garance vous parler du culte de Dionysos ?

— Non, mais la troupe qu'elle a fondée avec Amyas...

— Oui... ?

— Elle s'appelle justement les Baladins de Dionysos.

Roxane sentit une décharge d'adrénaline irriguer tout son corps. Inexorablement, elle se rapprochait du cerveau qui tirait les ficelles de cette ténébreuse affaire.

— Et vous n'êtes pas la première à me poser ces questions, reprit Koterski. Un de vos collègues est venu me voir il y a quinze jours.

— Quoi ?

— Il s'appelait comme le vin.

— Quel vin ?

— Le château-batailley.

Roxane hocha la tête. Bien sûr, un flic comme Marc Batailley ne s'était pas laissé abuser par les guignolades de son fils. Au moment où il était tombé dans le coma, Batailley enquêtait sur les Baladins de Dionysos et avait sans doute déjà remonté leur filière.

Nouvelle rafale de textos de Liêm ponctuée de points d'exclamation. Une femme de chambre d'un hôtel d'Orléans avait alerté sa direction après avoir retrouvé dans une salle de bains une peau de bête tachée de sang et un masque avec des cornes de bouc. La vidéosurveillance avait capté des images dans le couloir et l'entrée de l'hôtel.

Les copies d'écran de la caméra s'affichèrent sur son portable. C'était Amyas Langford !

Elle allait envoyer un message à Liêm lorsque son téléphone vibra. Sorbier *himself.*

— Patron ! lança-t-elle en décrochant, je sais qui est l'homme sur les vidéos de l'hôtel !

— Moi aussi, répondit tranquillement le patron de la BNRF. Amyas Langford, nous venons de l'identifier.

Elle eut du mal à cacher sa déception.

— En quoi puis-je vous aider ?

— Je voulais savoir si vous étiez prête.

— Prête à quoi ?

— À faire une petite balade. Je vous attends en bas.

— En bas de quoi ?

— De la rue Lincoln.

Roxane ouvrit la fenêtre pour jeter un coup d'œil. Elle repéra la Peugeot de Sorbier garée à l'angle de la rue François-Ier.

— Où va-t-on ?

— À la base militaire de Villacoublay. Je vous expliquerai en chemin.

MARC

3.

Je m'appelle Marc Batailley. J'ai soixante-deux ans. J'ai le corps en miettes et l'âme en peine. La cage thoracique enfoncée, la clavicule pétée, la colonne vertébrale abîmée, les poumons perforés. Et ma gueule, je ne vous dis même pas. Mon esprit embrumé nage dans les limbes artificiels d'un coma sous sédatif. J'ai souvent été mal en point dans ma vie. J'ai pris plus de coups que je n'en ai donné, mais je suis toujours parvenu à me relever. Un peu de caractère et beaucoup de chance. Le cuir épais, le cœur plein de larmes. Cette fois, pourtant, j'ai peur. Pas pour moi, mais pour les autres, à commencer par mon fils, Raphaël. J'enrage d'être paralysé dans ce lit d'hôpital, incapable de bouger le petit doigt ou d'articuler la moindre parole alors que je connais les rouages de la menace qui se prépare.

Comme souvent dans la vie, c'est une intention louable qui a servi de prélude au drame. Le mensonge de gamin... En y repensant, j'en ai des frissons. Et de la colère. J'avais envie de croire à l'histoire de Raphaël, bien sûr, mais je ne m'explique pas comment j'ai pu être *à ce point* aveugle pendant plus d'un an !

C'est l'article de *Week'nd* qui m'a ouvert les yeux. Le Noël orthodoxe à Courchevel alors que Milena Bergman donnait des concerts au Japon à cette date. Je blâmais ma crédulité, mais ce mensonge de Raphaël me serrait le cœur. Parce que je savais que j'en étais pour une grande part responsable. Et parce que c'était une grande preuve d'amour.

Mais en tant que flic, quelque chose me fascinait. LA FILLE. Comment avait-elle pu donner le change sans que je m'en aperçoive ? Comment avait-elle pu jouer sa partition de manière si convaincante, sans la moindre fausse note ? Par pudeur, je résistai à la tentation d'en parler à Rapha. Mais pour en avoir le cœur net, je décidai de mener l'enquête de mon côté. Qui était-elle ? Quels étaient ses antécédents, ses motivations ? Comment avait-elle été capable d'une telle performance qui impliquait tant d'efforts et d'investissement ?

Sur un talon du carnet de chèques de Raphaël, je découvris son nom : Garance de Karadec. Mais cela ne répondait pas à mes questions. Elle était peu présente sur Internet, suffisamment toutefois pour que j'esquisse un premier portrait. Une intermittente du spectacle, actrice à la petite semaine dans une troupe de théâtre sans envergure. Il fallait que j'en sache davantage. De la poudre de graphite, un pinceau, un morceau de ruban adhésif : je tentai de relever à l'ancienne les empreintes digitales qu'elle avait peut-être laissées sur le blister des CD de Milena Bergman qu'elle m'avait offerts. Je réussis à obtenir deux traces potentiellement exploitables. Quelque chose me disait qu'il n'était pas impossible que cette fille soit fichée. Et le sixième sens du flic m'incitait à avancer masqué.

Afin de passer sous les radars, je confiai les empreintes à Vincent Tircelin, un flic un peu ripou que j'avais côtoyé au SRPJ de Versailles. Pour quatre cents balles, il accepta de les entrer au FAED. Lorsqu'il me communiqua les résultats, il affichait la tête consternée de celui qui, après avoir cru rouler son monde, se retrouve les deux pieds dans la merde.

— Dans quel pétrin tu nous as fourrés, Batailley ? demanda-t-il, dépité.

L'empreinte, quoique non identifiée, était présente dans le fichier, en relation avec une affaire de meurtre remontant à 2017 ! Elle avait été collectée à Avignon, sur une benne à ordures dans laquelle on avait retrouvé le cadavre d'un ancien militaire. J'ai forte-ment conseillé à Tircelin d'oublier cette histoire et j'ai commencé mon enquête en solo.

Garance de Karadec sous-louait une petite piaule, rue Monsieur-le-Prince, au-dessus d'un restaurant de sushis, avec un certain Amyas Langford, un Rosbif, comédien lui aussi. Pour en savoir plus, je commençai à la filer. En parallèle, je collectai toutes les informations que je trouvai sur le meurtre d'Avignon.

L'affaire était nébuleuse. À l'automne 2017, un militaire à la retraite, Jean-Louis Crémieux, avait été retrouvé, égorgé, dans un conteneur-poubelle rue Banasterie, pas loin du palais des Papes. Crémieux était un ancien du 21e régiment d'infanterie de marine à Fréjus où il n'avait pas laissé que des bons souvenirs. Surnommé « Sergeant Hartman », en référence à l'instructeur sadique du film de Kubrick, il avait une personnalité « rigide » qui avait orienté les enquêteurs sur la piste d'une vengeance militaire. Quels liens cette affaire pouvait-elle avoir avec Garance de Karadec ? Je décidai de me rendre une journée dans la Cité des papes pour rencontrer Gabriel Cathala, le commissaire de police qui avait supervisé l'affaire.

Je n'eus aucun mal à obtenir un rendez-vous. Entre-temps Cathala avait pris sa retraite et, d'après ce que j'avais compris au téléphone, il avait des choses à dire sur l'affaire. Je le trouvai ce jour-là en train de s'occuper de ses oliviers sur un terrain en restanques près de Gordes où il avait construit un cabanon en pierre sèche. C'était un flic de ma génération. Il connaissait mon histoire et la « légende » de l'Horticulteur. Le courant passa et il ne se fit pas prier pour me raconter son enquête autour d'un verre de RinQuinQuin à la pêche.

— Le corps de l'ex-officier était à moitié à poil, fringué et fardé comme une gonzesse, se souvint

Cathala. Avec lingerie, talons aiguilles et un long cache-col en peau de faon agrafé à même la peau.

L'image traversa mon esprit et me donna des frissons. Excitation et dégoût, deux sentiments souvent mêlés dans le métier.

— Mais le plus étrange, c'est qu'il y avait des serpents vivants dans la benne à ordures, continua le flic.

L'info n'avait pas transpiré dans la presse.

— Venimeux ?

— Non. Des banales couleuvres de Montpellier. On n'a jamais su pourquoi on les avait mises là.

Méticuleux, Cathala avait remonté une à une des pistes qui l'avaient toutes mené dans un cul-de-sac. L'enquête s'était enlisée. Elle avait fini par être confiée à un autre juge d'instruction qui avait conduit de nouvelles investigations avec une autre équipe. Mortifié, Cathala avait erré dans un état dépressif en attendant la retraite. Il avait quitté la maison Poulaga par la petite porte. L'affaire qui aurait pu le faire entrer dans le panthéon des grands flics avait flingué sa fin de carrière. Trois mois après, un AVC l'avait affaibli et lui avait fait prendre dix ans. Aujourd'hui, Cathala était une sorte de papet pagnolesque, éloigné des terrains et définitivement hors jeu.

— Pourquoi es-tu venu me voir, Batailley ? me demanda-t-il en servant une nouvelle tournée. Si tu es ici aujourd'hui, c'est que tu as découvert quelque chose de nouveau.

— Je sais à qui appartient l'une des empreintes retrouvées sur la benne.

— Putain... À qui ?

— À une actrice de seconde zone, Garance de Karadec. Ça te dit quelque chose ?

Déçu, le flic avait secoué la tête.

— Non, pas du tout. Ce nom n'est jamais apparu dans l'enquête.

— Elle appartient à une troupe : les Baladins de Dionysos.

— Des troupes de théâtre à Avignon, on en voit passer beaucoup.

— Je vais creuser cette piste. Je te tiendrai au courant, mais il faudrait que tu me donnes un moyen d'accéder au dossier d'enquête.

— La chose la plus intéressante dans cette histoire n'est pas dans le dossier, ricana Cathala. Cette affaire, c'est de la bombe. Je suis persuadé qu'elle dépasse largement le simple meurtre de Crémieux.

— Pourquoi ?

— Tu sais qui a découvert le corps ?

— Un SDF, à 6 heures du mat. C'est ce que j'ai lu partout.

— Exact. Mes gars sont arrivés sur place dix minutes plus tard. Le corps du militaire macérait dans la vinasse en compagnie des trois serpents. Après les reptiles, c'est ça qui a attisé ma curiosité : la présence du vin alors qu'il n'y avait pas d'autres ordures.

— Jeté par le SDF ?

— Non, c'était là depuis longtemps, vraiment imprégné. C'est pour ça que je l'ai fait analyser.

— Quoi ? Le vin ? Tu recherchais quoi ? De la drogue ? Du poison ?

— Ce que je voulais savoir, c'était d'où venait ce pinard. C'est devenu une obsession. J'ai été jusqu'à montrer des prélèvements à des œnologues, en *blind test*, sans mentionner bien sûr la provenance des échantillons.

— C'était de la piquette, non ?

— Perdu. C'était un très bon pauillac. Deux œnologues ont même cru le reconnaître avec précision : un château-mouton-rothschild de 1973.

— Ça ne tient pas debout ton truc. Pourquoi irait-on balancer un vin hors de prix ?

— Ça confirme que l'assassinat de Crémieux est un meurtre rituel. Une mise en scène précise et très étudiée. Aux antipodes du meurtre irrationnel. Et comme nous n'avons pas chopé le coupable...

— ... Tu te dis qu'il y a eu sans doute d'autres crimes.

4.

Dix-huit heures. Dans le TGV qui me ramenait à Paris, j'essayai de faire le lien entre les infos de Cathala et Garance de Karadec.

— Tu me prêtes ta tablette cinq minutes ?

L'étudiant assis à côté de moi avait une bonne tête. Il me tendit son iPad avec une légère méfiance qui s'éteignit lorsque je lui montrai ma carte. En tapant quelques mots clés je tombai sur un article qui retint mon attention :

Information *Le Parisien*
Des malfaiteurs dérobent des grands crus chez un caviste de luxe

L'histoire rappelle un peu celle des *Égouts du paradis*, le film mettant en scène le casse d'Albert Spaggiari à la Société générale de Nice. Non par le butin dérobé, mais par le mode opératoire du cambriolage.

Selon nos informations un ou plusieurs voleurs ont dévalisé Les Caves de Monceau, rue de Courcelles, un prestigieux caviste du 17e arrondissement de Paris.

Les perce-murailles ont profité du week-end pascal pour s'introduire dans le bâtiment voisin qui abrite un petit atelier de retouche de vêtements ne disposant pas de système d'alarme.

Une fois dans la place, les voleurs ont foré un trou d'une trentaine de centimètres de diamètre dans le mur mitoyen, par lequel ils ont glissé une perche pour atteindre les bouteilles.

Si le montant du larcin n'est pas énorme, le caviste déplore tout de même le vol de cinq bouteilles de

château-mouton-rothschild. *« Ils n'ont volé que des bouteilles de 1973 qui n'est pas le meilleur millésime pour ce vin »*, se console le gérant.
Les caméras de vidéosurveillance ont bien enregistré la scène, mais on ne voit sur les images ni le nombre ni les visages des malfaiteurs.
L'enquête a été confiée au 1er district de police judiciaire de Paris.

Je lançai d'autres recherches et découvris que le vin dont m'avait parlé Cathala possédait une particularité. Chaque année depuis 1945 le château-mouton-rothschild, premier cru classé, demande à un artiste d'illustrer l'étiquette de son vin. La plupart des peintres stars du XXᵉ siècle ont été sollicités : Miró, Chagall, Warhol, Bacon, Hockney...

L'étiquette du millésime 1973, signée Picasso, a l'originalité supplémentaire d'avoir été réalisée l'année de la mort du peintre espagnol. Pour lui rendre hommage, le baron Philippe de Rothschild, propriétaire du château, avait sélectionné un tableau de sa collection privée qui a été reproduit sur l'étiquette.

Je scrollai en bas du site et cliquai pour agrandir la photo. Le tableau de Pablo Picasso avait pour titre *Bacchanale*. Le motif faisait écho à l'antiquité grecque. Il représentait l'une de ces danses de l'ivresse que pratiquaient les adoratrices de Dionysos, le dieu du vin et du théâtre.

Dionysos ?

La troupe de théâtre de Garance de Karadec s'appelait les Baladins de Dionysos ! Il n'y a jamais de hasards dans une enquête. Chaque découverte est comme un coup de pinceau sur une toile impressionniste. Direction Wikipédia pour me rafraîchir la mémoire. Une lecture en diagonale suffit à me dire que j'avais trouvé le lien que je cherchais. Parmi les nombreux attributs de Dionysos figuraient en effet les serpents et la peau de faon. Les ménades, les adoratrices du dieu, étaient souvent coiffées de couronnes de lierre. Elles le suivaient à travers les bois et les collines, portant un reptile autour du cou. Elles l'escortaient, enivrées, armées, féroces, dévorant et tuant sur leur passage.

Lorsque je refermai la tablette, des picotements fourmillaient dans tout mon corps. Une sensation que je n'avais plus connue depuis des années. Une certitude me traversa : je ne raterais pas ma sortie. Trente ans après l'Horticulteur, la vie venait de mettre un nouvel ennemi sur ma route.

Et quoi de plus grisant que de traquer un dieu de l'Olympe au moment de livrer son dernier combat ?

RAPHAËL

5.

— Voici votre thé vert, monsieur.

Je m'emparai du breuvage fumant qui me réchauffa les mains. L'épisode neigeux n'avait pas duré. Le soleil d'hiver, pâle et rasant, irriguait le jardin du Luxembourg. Il était 4 heures de l'après-midi. J'étais venu prendre l'air dans le parc pour ne pas rester seul chez moi à broyer du noir. J'avais téléphoné à l'hôpital pour prendre des nouvelles de mon père. Son état de santé était toujours aussi précaire, et le pronostic sombre. On avait renoncé à le mettre progressivement en phase de réveil en raison de l'apparition d'une phlébite. Quant à moi, mon cœur était déglingué, mon cerveau en surchauffe et mon moral proche du néant.

Les images de l'accident continuaient à m'assaillir. J'étais un ASSASSIN. Un vrai. À cause de mes mensonges, Yukiko Takahashi avait disjoncté et, en cherchant à me tuer, elle avait ôté la vie à une jeune mère de vingt-huit ans dont le seul tort avait été de se trouver là au mauvais moment. Et Garance de Karadec ? Où était-elle à présent ? Dans les griffes de quel prédateur cette étrange fille était-elle tombée ?

Mon gobelet à la main, je m'emparai d'une des chaises en métal couleur vert d'eau et la déplaçai pour attraper un rayon de soleil qui filtrait entre les branches. Je me laissai tomber sur le siège et fermai les yeux. Enveloppé par le fond sonore du Luco – les cris des gamins qui jouaient autour de la fontaine Médicis, le vent dans les grands arbres, le souffle de l'envol des pigeons –, je tentai de rassembler mes pensées.

Mes pas ne m'avaient pas conduit ici par hasard. C'est là que j'avais vu Garance de Karadec pour la dernière fois, il y a un peu plus d'un an. Nous nous étions donné rendez-vous au Pavillon de la Fontaine, la buvette historique du Luxembourg. Notre collaboration touchait à son terme. La mort de Milena Bergman m'avait délivré de mon mensonge et je n'avais plus besoin d'elle. Je m'étais engagé à lui remettre une somme d'argent pour solde de tout compte. Nous nous étions assis à une table et avions commandé deux vins chauds. Les couleurs de l'automne dominaient, caramélisant le ciel. La fanfare d'une école jouait sous le kiosque à musique. Je me souvenais parfaitement de l'apparence de Garance en cette fin d'après-midi. Elle quittait progressivement le rôle de la pianiste allemande. Sa chevelure commençait à onduler et à foncer. Les traits de son visage s'étaient relâchés. Son regard pétillait, son maintien était moins germanique et son sourire plus franc.

Moi, j'étais là sans y être. Comme souvent j'avais la tête ailleurs. Je pensais à la maladie de mon père, à ma sœur qui était assise avec nous et ne me quittait pas des yeux en buvant son chocolat chaud. À mon désir inextinguible de faire payer à ma mère les décennies de souffrance qu'elle nous avait infligées. À l'impression que j'avais toujours eue que ma vie d'adulte n'avait jamais commencé et que toute la lumière que je portais en moi était morte avec Vera.

Garance était enjouée et volubile. Elle m'avait avoué que ce rôle était celui qu'elle avait le plus pris à cœur de toute sa vie, qu'elle allait être triste de ne plus me voir. Elle m'avait dit qu'elle avait lu mes livres. Que nous nous ressemblions dans notre folie. Que seul un fou pouvait sauver un autre fou. Que nous partagions ce même désir de fuite par rapport à la réalité.

C'était l'un de ces moments où la vie peut basculer dans un sens ou dans l'autre. Elle m'avait tendu des perches que je n'avais pas saisies. J'ai trop de zones sombres en moi. Mes valises étaient trop lourdes. J'étais fatigué de tout. De balader partout mon intranquillité.

Surtout, en regardant ses yeux qui, sous l'effet du soleil, passaient du vert au marron, je m'étais dit qu'il ne fallait pas que je m'attache à cette fille. Malgré l'évidente séduction qui émanait d'elle, une alarme s'était déclenchée dans ma tête. Qui me disait que, si je continuais à la voir, Garance de Karadec me ferait souffrir, qu'elle m'entraînerait dans ses propres trous noirs mais aussi qu'elle mettrait en péril les gens qui m'entouraient.

Elle m'avait demandé le droit de garder la montre en guise de « cadeau de rupture » et j'avais accepté, malgré la valeur de l'objet.

Je continuai à la regarder rire en essayant de résister au charme de cette femme insaisissable et romanesque qui avait la faculté d'allumer un feu en elle pour brûler sa personnalité et en enfiler une nouvelle. Je me demandai comment on canalisait ce pouvoir, comment on choisissait les causes au service desquelles on allait l'utiliser. Mais je ne lui posai aucune de ces questions. Garance de Karadec me faisait peur. Je lui imaginais un passé à la Milady de Winter. Une succession de rôles, d'identités. Une vie de manipulation et de fausses apparences.

Alors que je repensais à ce rendez-vous raté, mon téléphone sonna et me ramena à l'instant présent. Je ne décrochais jamais lorsque s'affichait un numéro inconnu, mais une intuition me poussa à le faire, cette fois.

— … phaël ? Raphaël, c'est toi ?

La voix me fit tressaillir. Une intonation familière amplifiée par un écho. Affolé, je me levai de ma chaise.

— Garance ? Où es-tu ?

— Dans… coffre d'une voiture ! … m'a enfermée.

— Qui ? Qui t'a enfermée ?

— Amyas.

La liaison était mauvaise. Grésillements et bruits parasites hachaient la conversation. Mais j'entendais distinctement en bruit de fond le ronronnement du moteur.

— Tu sais où tu te trouves ? près de quelle ville ?

— Non... lui ai piqué son téléphone sur... autoroute, mais il va s'en apercevoir ! Fais quelque chose !

Je me massai les paupières en essayant de réfléchir.

— Dis-moi... c'est... c'est quoi comme voiture ?

— ... sorte de 4 × 4... bleu canard métalli... le coffre... inscription Q7.

— Une Audi Q7, OK.

— Aide-moi, Raphaël... t'en supplie !

— Calme-toi. Je vais prévenir la police. Ils vont te localiser, c'est certain. Tu sais où il t'emmène ?

— Oui, je crois que... la frontière... pour...

Il y avait de plus en plus de friture sur la ligne. Sa voix se perdit jusqu'à s'éteindre.

— Je ne t'entends plus.

Il y eut un long tunnel de silence et d'interférences. Puis je devinai le son caractéristique d'un clignotant. Le bruit du moteur disparut à son tour pour céder la place, quelques secondes plus tard, au déclic de l'ouverture du coffre.

— *Fucking bitch, you stole my phone !* cria Amyas. Petite SA-LO-PE !

Garance poussa un long hurlement.

Et la communication s'interrompit.

15

Le point de démence

*Le vrai charme des gens c'est le côté
où ils perdent un peu les pédales,
c'est le côté où ils ne savent plus très
bien où ils en sont. [...] Et j'ai peur,
ou je suis bien content, que le point
de démence de quelqu'un ce soit la
source même de son charme.*

Gilles DELEUZE

ROXANE

1.

Yvelines. La Peugeot 5008 de Sorbier pénétra sur
la base 107 de Villacoublay. Sur le siège passager,
Roxane était en liaison avec un représentant du grou-
pement des forces aériennes de gendarmerie qui lui
indiquait le trajet pour accéder à la zone dédiée. Un
hélicoptère les attendait devant l'un des hangars militaires. L'équipage se présenta : le colonel Stéphane
Jardel, commandant de bord, la gendarme Audrey

Hugon, pilote, et le gendarme Alain Le Brusque, mécanicien de bord.

D'un signe de la tête, Jardel les invita à monter dans le H160 et Hugon mit en route la turbine. Roxane coiffa un casque avant de s'installer à l'arrière de l'appareil. La pilote orienta l'hélico face au vent et tira sur le pas collectif pour décoller. Roxane avait déjà volé sur les vieux Écureuil utilisés pour les missions d'intervention de la gendarmerie, mais c'était la première fois qu'elle montait dans le nouvel appareil d'Airbus. Avec ses pales en forme de boomerang, l'appareil était beaucoup plus silencieux. Elle écouta une minute le mécanicien leur vanter les mérites du nouveau joujou – vitesse de croisière de 280 kilomètres/heure, rayon d'action de neuf cents kilomètres, capacité de huit personnes – avant de se recroqueviller sur elle-même et de s'abstraire mentalement pour faire un point sur son enquête.

Comme souvent, après une période de disette, les révélations et les découvertes jaillissaient simultanément, groupées en escadrille avec un *tempo* tellement rapide qu'il était difficile de les analyser. Le coup de fil de Garance de Karadec à Raphaël avait permis de localiser le portable entre Vienne et Condrieu. C'était un numéro d'un opérateur britannique attribué à Amyas Langford. Après son escale à Orléans, l'Anglais avait donc continué vers l'est en direction de Lyon. Il avait vraisemblablement rejoint l'A6 et c'est un peu après la capitale des Gaules qu'il avait dû découvrir que Garance lui avait subtilisé son téléphone. L'appareil ne bornait plus, mais un motard de la BRI avait repéré l'Audi et l'avait en visuel depuis Tournon-sur-Rhône. Le SUV descendait vers le sud en suivant l'autoroute des vacances : Valence, Montélimar, Carpentras. Pour éviter une fuite en Italie, le juge avait avalisé le déploiement d'une brigade de recherche et d'intervention qui devait stopper le fugitif et libérer sa prisonnière.

L'assaut était risqué. À quelques heures du réveillon de Noël, en pleines vacances scolaires, l'autoroute était très chargée dans les deux sens. Langford était sûrement armé. Il n'était pas exclu qu'il ait des complices et il était probable qu'il se rendrait compte à un moment qu'il risquait d'être arrêté. Les yeux toujours clos, Roxane se laissait bercer par le roulis de l'hélico. En apparence, l'affaire allait se déboucler, mais les motivations profondes des protagonistes lui échappaient toujours. Quels étaient les mobiles des uns et des autres ? Un simple acte passionnel de la part d'Amyas Langford ? Elle n'y croyait pas une seconde. La mise en scène de l'épisode de « l'inconnue de la Seine » était bien trop sophistiquée et nécessitait une implication de Garance de Karadec elle-même. Un autre élément la perturbait. La réalité de la grossesse de Garance. Autant elle avouait s'être fait complètement avoir par le stratagème des mèches de cheveux, autant elle avait du mal à croire que la grossesse soit un *fake*.

Elle fouilla dans son sac pour prendre le paquet de Petit Écolier qu'elle avait piqué dans la cuisine de la directrice de casting. Elle sortit également le livre récupéré à la librairie. Celui que Batailley avait commandé, mais que, par la force des choses, il n'était pas venu chercher. *Les Grandes Dionysies. La naissance du théâtre classique en Grèce.*

Un stylo à la main, elle se plongea dans l'ouvrage. L'introduction et la conclusion étaient denses et leur lecture, à la manière des travaux universitaires, permettait d'avoir une vision synthétique de la thèse défendue par l'auteur.

Le livre montrait comment le théâtre classique était directement issu du culte de Dionysos. Fin du VIe siècle avant Jésus-Christ à Athènes. Le pouvoir peine à contenir les troubles engendrés par le culte de Dionysos qui se manifeste par toujours plus de débauche sexuelle et de violence, au point de mettre en péril la cité. Pour maintenir l'ordre social, Athènes tente de récupérer le culte à son profit en l'institutionnalisant sous la forme de grandes fêtes articulées à des représentations théâtrales. Peu à peu la dimension religieuse du culte cède la place à une dimension civique consistant à instruire le citoyen à travers l'organisation de concours d'art dramatique. Le théâtre comme instrument de contrôle social.

Roxane tournait les pages avec intérêt, surlignant les passages qui pourraient trouver un écho lointain dans son enquête. Une fois par an, les Grandes Dionysies d'Athènes mettaient donc en compétition les plus célèbres dramaturges de la cité (c'était l'époque d'Eschyle, de Sophocle et d'Euripide...). Les participants s'affrontaient sur scène, dans l'arène sacrée du théâtre. À la fin des représentations, un jury, constitué de dix juges, choisissait la meilleure performance et le vainqueur était coiffé d'une couronne de lierre.

L'événement était exceptionnel et se déroulait sur cinq jours, devant plus de vingt mille spectateurs. Personne n'en était exclu. Hommes, femmes, riches, pauvres, esclaves : tout le monde pouvait et devait assister au spectacle. Car le théâtre était un moyen de purger les émotions et les passions. Le temps du spectacle, le théâtre brouillait les frontières avec la réalité. En endossant par procuration le costume de personnages dominés par leurs passions, le spectateur assistait aux conséquences dévastatrices d'un tel comportement. La tragédie lui permettait de se faire peur à peu de frais.

Roxane plongea une main dans son sac, espérant sans trop y croire y trouver un autre paquet de biscuits. Pourquoi avait-elle faim comme ça ? Une faim insatiable. Elle n'avait pas envie d'une salade détox aux concombres ni d'un poisson blanc haricots verts. Elle avait envie de bombes caloriques. Du gras, des féculents, de la friture. De la bouffe qui bouche les artères et fait exploser le taux de mauvais cholestérol. Elle ferma les yeux, essaya de se concentrer sur l'enquête, mais au lieu de ça des images de nourriture firent irruption dans son esprit. Le *kebab* juteux que l'on dévore à l'arrache, debout dans la rue. Le *steakhouse* et les frites de Burger King, dans leur sachet, encore tièdes, que l'on bouffe dans le soum pendant les planques qui s'éternisent. L'anglaise aux abricots qu'elle achetait parfois le matin chez Paul, un pavé de bœuf sauce au poivre, une tarte fine aux pommes, un beignet à la framboise, des *chicken wings*, un *hot-dog* avec des oignons frits, un...

2.

— ROXANE !

Lorsqu'elle ouvrit les yeux, Sorbier était en train de lui secouer l'épaule. *Bordel !* Elle s'était endormie. Elle regarda sa montre. Elle avait roupillé pendant plus de deux heures ! À présent il faisait nuit noire. L'hélico s'apprêtait à effectuer une descente malgré la pluie et les rafales de vent.

— Il y a du nouveau ? demanda-t-elle, un peu honteuse.

Sorbier lui tendit la tablette sur laquelle il suivait la progression d'Amyas Longford. L'Audi avait continué son chemin : Salon-de-Provence, Aix-en-Provence,

Brignoles, Fréjus, Cannes, Nice... Elle se trouvait à présent au niveau du Cap-d'Ail, pas très loin de Monaco, à une trentaine de kilomètres de la frontière italienne.

— La BRI va intervenir ! cria Sorbier pour couvrir le bruit du moteur.

Il pointa sur la carte l'échangeur routier de La Turbie vers lequel descendait l'hélico. Roxane se colla à la vitre. À travers la brume, les lumières des voitures dessinaient un long fleuve orangé qui devait serpenter au milieu du maquis.

— On se pose où ?

La pilote qui avait entendu sa question désigna d'un mouvement du menton ce qui semblait être un parking, construit juste après les voies de péage.

Lorsqu'ils se projetèrent hors de l'appareil, trois minutes plus tard, Roxane n'y voyait pas grand-chose. Un orage venait d'éclater dans le ciel méditerranéen. Elle suivit Sorbier dans la nuit en se protégeant de la pluie avec son blouson qu'elle tenait au-dessus de sa tête. Il y avait des gyrophares partout qui leur faisaient penser qu'ils arrivaient après la bataille. Un jeune gendarme dans sa chasuble orange vint à leur rencontre au niveau de la rangée des receveurs automatiques.

— Chef d'escadron Luigi Muratore, se présenta-t-il.

Il les invita à franchir la succession de barrières qui leur masquait la vue. Une fois de l'autre côté ils comprirent la situation. La circulation avait été bloquée dans le sens France-Italie et une dizaine de voitures de policiers et de gendarmes avaient remonté la bande d'arrêt pour rejoindre leurs collègues de la BRI.

— Le suspect a été interpellé ?

— Affirmatif, répondit Muratore. Les gars de la BRI ont créé un faux embouteillage sur l'autoroute pour pouvoir encercler le véhicule du suspect.

Roxane mit sa main en visière pour se protéger de la pluie. À une cinquantaine de mètres, elle distinguait le Q7 Audi dont la peinture métallique bleue étincelait sous les projecteurs.

— Il s'est laissé arrêter sans résistance ? demanda Sorbier.

— Non. Il a tenté de prendre la fuite après un échange de coups de feu, expliqua le gendarme, mais on l'a chopé tout de suite dans les herbes hautes qui entourent l'autoroute.

— Pas de blessé ?

— Une balle a effleuré l'épaule du suspect. On l'a conduit à l'hôpital l'Archet par précaution.

— Et la fille ? questionna Roxane.

— Quelle fille ? demanda Muratore.

Roxane abandonna les deux hommes qui s'abritaient sous un auvent et se mit à courir sous la pluie en direction du SUV. Elle contourna la voiture. Son coffre était grand ouvert. Vide.

Un petit groupe de flics de la BRI évacuait la pression en se lançant des vannes un peu plus loin.

— Capitaine Montchrestien, se présenta-t-elle en arrivant à leur hauteur. C'est vous qui avez serré le type ?

— Oui, capitaine.

— Et... dans le coffre, il n'y avait personne ?

— Personne. Mais de nombreuses taches de sang.

MARC

3.

J'avais besoin d'aide pour aller plus loin dans mon enquête, mais j'étais tricard dans le métier. La seule qui pouvait me donner un coup de main sans trop me poser de questions était Valérie Janvier, une flic que j'avais formée et qui avait fait son chemin. Elle me donna accès à un contact précieux, Pierre-Yves Le Hénaff, l'une des pointures du Service central de renseignement criminel. Je passai trois jours avec lui à Cergy-Pontoise dans les bureaux du Département des sciences du comportement, à éplucher des bases de données criminelles. Trois ans auparavant, la procureure d'Avignon avait elle aussi saisi le DSC dans l'affaire du militaire assassiné, mais j'arrivais avec des éléments nouveaux qui incitèrent Le Hénaff à se remettre à la tâche.

Que cherchions-nous? À savoir s'il n'y avait pas eu d'autres meurtres avec un mode opératoire proche de celui d'Avignon. Des meurtres qui porteraient la signature du culte de Dionysos. En théorie, c'était chose facile à vérifier, mais la détection des meurtres en série se heurte à beaucoup de problèmes. La compétence territoriale, la difficulté d'accès aux bases de données étrangères, la légèreté avec laquelle les enquêteurs, souvent pris par le temps, remplissent les questionnaires qui alimentent les logiciels.

Chaque fois que nous avions une piste, un doute, une intuition, Le Hénaff et moi passions des coups de fil pour vérifier. Nous fîmes chou blanc sur toute la ligne concernant la France, mais un meurtre au Royaume-Uni attira notre attention. Terence Bowman, jeune juge du comté de Warwickshire, avait été retrouvé les os du visage brisés, le crâne éclaté, dans le parc de l'église de la Sainte-Trinité de Stratford-upon-Avon.

Dans un local utilisé par les jardiniers, on avait récupéré la montre et le portefeuille du juge ainsi que l'arme du crime, un bâton en bois dur. Sauf que ce bâton n'était pas anodin. Après vérification, il s'agissait d'une lance en cornouiller sculptée de feuilles de lierre et coiffée d'une pomme de pin. Un thyrse ! Le nom donné au sceptre de Dionysos. Les investigations ne s'étaient pas appesanties sur cet élément. Dès que les enquêteurs avaient mis la main sur un coupable potentiel – un toxico d'une vingtaine d'années drogué jusqu'à la moelle –, ils avaient bouclé l'affaire avec soulagement. Mais au même moment – un blog et le site officiel de la manifestation l'attestaient – Amyas Langford et Garance de Karadec se trouvaient à Stratford pour un festival de théâtre. Dès lors, je compris que j'avais démasqué les assassins du militaire et du juge.

Je décidai de garder l'info pour moi quelques jours et je repris ma filature des Baladins de Dionysos. Parallèlement, je lisais des livres et menais des recherches pour me familiariser avec ce pan de la mythologie grecque. Quelles étaient les motivations de ce duo démoniaque ? Quel était leur mobile ? Les observateurs des phénomènes sectaires mentionnaient un renouveau contemporain du culte dionysiaque. Certains groupes, organisés en thiases, s'en récla-maient ouvertement. Dionysos les fascinait parce qu'il incarnait l'inversion des valeurs, la subversion et le désordre. Ce discours cadrait assez avec les meurtres d'un militaire et d'un juge, symboles d'un monde normé et réglé.

En attendant de comprendre, je ne les lâchais pas d'une semelle. Amyas avait acheté des drones dans une boutique d'aéromodélisme et consacrait beau-coup de temps à s'entraîner à les faire voler et à les programmer. Il était passé récupérer quelque chose chez une antiquaire du passage des Panoramas, mais la vieille peau qui tenait la boutique avait refusé de me dire de quoi il s'agissait. Lorsqu'ils n'étaient pas à Paris, Garance et Amyas squattaient une ferme près de Vitry-le-François. Le 15 décembre, Amyas était allé braconner un bouquetin dans les Alpes suisses. Il avait rapporté la bête dans la Marne. Il l'avait dépecée dans la cour de la ferme et avait entrepris de tanner sa peau en utilisant la propre cervelle de l'animal. J'avais suivi la scène aux jumelles. La cérémonie foutait la gerbe avec son odeur atroce. Elle m'incommodait, même à plus de cinquante mètres. Le couple préparait quelque chose, j'en étais certain. Un nouveau meurtre sacrificiel ? Mais qui serait la victime, cette fois ?

Le lundi 21 décembre, j'arrivai tôt au bureau. Ma réflexion du week-end m'avait convaincu que la menace d'un passage à l'acte était imminente et je décidai d'appeler Valérie Janvier pour la prévenir. J'allais composer son numéro lorsque je remarquai que la diode clignotait sur le socle du téléphone. Je lançai le message et reconnus une voix venue du passé :

Bonjour Marc, c'est Catherine Aumonier, directrice adjointe de l'infirmerie de la préfecture de police. Je t'appelle pour avoir ton avis sur un cas assez étrange. Nous avons pris en charge hier matin une jeune femme, totalement amnésique, que la Brigade fluviale a repêchée nue dans la Seine. Comme je n'ai pas ton email, je t'envoie son dossier par fax. Rappelle-moi pour me dire si tu la connais. À plus tard.

Intrigué, je ne pus m'empêcher d'aller jeter un coup d'œil au premier étage.

— Non !

Lorsque je découvris le document envoyé par Aumonier, je compris que le danger était encore plus proche que je l'imaginais.

Il faut que je prévienne Janvier tout de suite ! pensai-je juste avant de me péter la gueule dans l'escalier et de perdre connaissance…

ROXANE

4.

Nice. 24 décembre. 23 heures.

En apparence très calme, Roxane bouillait intérieurement. Elle était vent debout contre Sorbier. Après l'arrestation d'Amyas Langford, le commandant avait profité de l'hélicoptère pour quitter rapidement La Turbie et se rendre avec les huiles au QG de l'enquête installé au commissariat de Nice. Elle s'était retrouvée abandonnée au péage et avait dû patienter des plombes que Muratore en termine avec ses obligations avant de la raccompagner au centre-ville de la préfecture des Alpes-Maritimes.

La Megane de la gendarmerie avait laissé derrière elle la promenade des Anglais depuis quelques minutes, mais au lieu de remonter vers le nord en direction du siège de la Sûreté départementale, elle s'enfonçait dans la vieille ville.

— On ne va pas à la caserne Auvare ? s'étonna Roxane.

— Personne ne vous a prévenue ? s'exclama Muratore. Langford a été transféré au *nouvel* hôtel de police, quartier Carabacel, dans l'ancien hôpital Saint-Roch.

Le gendarme se lança dans une longue explication. Depuis des années, la municipalité de la commune autoproclamée « ville la plus sûre de France » se battait pour concrétiser un projet novateur : rassembler en un seul et même lieu l'ensemble des services de sécurité de la ville : police nationale, municipale et centre de supervision urbain. « L'hôtel de police version XXIe siècle », comme le vantait son maire.

— Le basculement doit se faire après les fêtes, en tout début d'année, poursuivit le gendarme. Progressivement, deux mille policiers vont rejoindre le nouveau pôle.

— Et pourquoi a-t-on conduit Langford ici ?

— Ils sont complets à Auvare. Et en sous-effectif.

La voiture se gara rue de l'Hôtel-des-Postes devant un grand bâtiment ocre à la façade monumentale. Son fronton, sa symétrie, ses bas-reliefs étaient typiques du style néoclassique qu'on retrouvait dans toute la ville, de la place Garibaldi au cours Saleya.

Sa veste tendue au-dessus de la tête, Roxane suivit le gendarme jusqu'à l'escalier. La nuit niçoise lui semblait hostile. Le gris du ciel était rehaussé d'un lavis charbonneux. Des bourrasques glaciales cinglaient les rares passants, charriant éclairs foudroyants et grondements de tonnerre. La Côte d'Azur version Finistère.

L'intérieur de l'édifice était impressionnant et ne ressemblait en rien à un commissariat. Dès l'entrée, le visiteur pénétrait dans un immense patio végétalisé entouré de galeries avec arcades et colonnes qui rappelait les cloîtres des monastères ou certains *paradores* espagnols.

Tout le bâtiment n'était éclairé que par des torches ou des projecteurs de chantier.

— Il y a un problème électrique ?

— L'orage a fait disjoncter une partie de l'installation. Du coup il n'y a plus de chauffage, ça caille...

Roxane leva la tête vers les hautes fenêtres. Les volumes gigantesques et le vide offraient une acoustique cristalline qui amplifiait la moindre parole et la répercutait en de multiples échos.

— C'est tout en haut, indiqua Muratore.

Ils montèrent par l'escalier central. À l'étage, de longs couloirs partaient dans des directions opposées pour desservir les quatre ailes du bâtiment.

— Par ici, indiqua le gendarme. Langford a été conduit dans l'ancien pavillon des aliénés.

Même si l'hôtel de police était plongé dans la pénombre, on devinait aisément que les travaux n'étaient pas tout à fait finis. Portes sans poignées, fils électriques sans douille pendant au plafond, bâches en plastique masquant des zones encore en chantier. À deux reprises le gendarme lui-même se perdit dans les couloirs labyrinthiques avant d'arriver dans une enfilade de bureaux d'où s'échappaient des éclats de voix. Le divisionnaire de la 3e DPJ avait envoyé ses hommes en nombre. Manifestement, c'était eux qui avaient pris la main sur l'interrogatoire d'Amyas Langford. Roxane identifia quelques têtes, dont celle de Serge Cabrera, qu'elle détestait et qui ne ferait pas de vieux os le jour où éclaterait un #MeToo dans la police.

Un peu plus loin, elle reconnut Sorbier, seul au téléphone, qui lui faisait signe d'approcher.

— Le juge est aux abonnés absents, déplora-t-il en raccrochant.

Un peu comme lorsque vous m'avez lâchement abandonnée.

En l'entraînant vers la salle de garde à vue, il se retourna pour désigner le groupe derrière lui.

— On se marche dessus parce que tout le monde veut être sur la photo alors que l'enquête est loin d'être terminée : les Niçois, la DPJ Rive gauche, nous…

— Briefez-moi, patron. On en est où des recherches ?

— La fille est introuvable. Le motard qui avait repéré l'Audi au niveau de Tournon-sur-Rhône est formel : Langford ne s'est pas arrêté une seule fois tout le temps qu'il l'a eu en visuel.

— Les bandes de surveillance de l'autoroute ?

— On les a épluchées. Langford a fait le plein dans la Drôme, sur l'aire de repos de Saint-Rambert-d'Albon. Il y est resté un bon quart d'heure. On a tout passé au peigne fin, interrogé les pompistes, les gens qui bossent dans les boutiques, les types de l'entretien. On n'a que dalle.

— Et les autres stations avant Tournon ?

— On a lancé des alertes, mais on est en plein réveillon...

— Où se trouve Langford en ce moment ?

— Ici, répondit Sorbier en désignant la salle des gardes à vue.

— On ne le rapatrie pas à Paris ?

— C'est ce qui était prévu, oui. Mais la météo pourrie, Noël et l'urgence de la situation compliquent les choses. On a finalement commencé à l'interroger ici. Venez voir.

Il tourna au bout du couloir et ouvrit une porte qui donnait accès à une petite salle faiblement éclairée avec pour tout équipement un large miroir sans tain permettant d'observer la salle d'interrogatoire.

— C'est lui, Amyas Langford ? s'étonna-t-elle en s'approchant de la glace.

Elle le trouva différent des photos qu'elle avait pu voir. Assis derrière une longue table, devant deux enquêteurs, il semblait presque indolent, le coude sur la table, la tête posée sur son poing fermé, comme indifférent à ce qui se passait autour de lui.

— Il n'a pas d'avocat ?

— Il n'en a pas souhaité.

— Sa blessure ?

— À peine une égratignure.

— Qu'est-ce qu'il a dit ?

— Pour l'instant, il n'a pas lâché grand-chose.

— Je pourrais essayer de l'interroger ?

— Vous savez bien que non, répondit Sorbier. Officiellement, vous n'êtes pas sur cette enquête.

Il quitta la pièce en refermant derrière lui. Roxane soupira, posa son sac sur le petit bureau et s'installa sur l'une des deux chaises.

Elle plissa les yeux pour mieux le détailler. Amyas avait la quarantaine, mais ses traits avaient gardé un côté juvénile. Il portait une veste en velours vert, une chemise blanche à col Mao et des cheveux mi-longs très soignés. Sa pose, presque romantique, rappelait à Roxane certaines photos d'Oscar Wilde ou, dans un autre genre, la pochette de l'album *Absent Friends* du groupe The Divine Comedy.

Les deux types qui l'interrogeaient essayaient de lui faire cracher les mots de passe de son téléphone et de son ordinateur, posés sur la grande table devant lui, mais Amyas ne semblait même pas les entendre. Roxane se massa les tempes. Une migraine arrivait, par petites vagues, au plus mauvais moment. Elle chercha dans son sac des médicaments qu'elle avala sans eau puis jeta un coup d'œil machinal à son téléphone qui était resté en mode avion depuis le trajet en hélicoptère. Un même numéro avait essayé de la joindre à trois reprises sans laisser de message vocal, mais un simple SMS disant : Bonsoir, rappelez-moi SVP, c'est urgent. P.-Y. Le Hénaff (SCRC).

Le nom lui disait vaguement quelque chose. Le Hénaff était sûrement un analyste ou un référent judiciaire du Service central de renseignement criminel. Elle le rappela dans la foulée.

— Roxane Montchrestien. Vous avez cherché à…

— Ouais, la coupa-t-il de façon un peu rustre. C'est Valérie Janvier qui m'a donné votre numéro. J'ai une info pour vous.

Le type devait être dans un réveillon breton. Derrière lui on entendait une reprise d'*All I Want for Christmas* avec biniou et cornemuse. Atroce.

— Il y a une dizaine de jours, j'ai travaillé avec Marc Batailley à éplucher des bases de données sur de potentiels crimes d'inspiration mythologique, expliqua le Breton.

Mentalement, Roxane remit la séquence dans son contexte.

— Les crimes d'Avignon et de Stratford, c'est ça ?

— Avec en toile de fond la figure de Dionysos, compléta l'analyste. J'avais dit à Marc que j'allais continuer à gratter pour voir si je pouvais remonter plus loin dans le temps et essayer de collecter des infos à l'étranger.

— Et alors, vous avez identifié un troisième cas ?

— Pas seulement un, répondit Le Hénaff. J'en ai repéré au moins six.

Intérieurement Roxane leva les yeux au ciel. Encore un qui voulait «son» tueur en série.

— Vous ne vous emballez pas un peu vite ?

— Pensez ce que vous voulez, il y a eu six autres meurtres liés au culte de Dionysos dans les trois dernières années.

— Comment on aurait pu passer à travers ?

— Ces meurtres ont eu lieu à l'étranger. Dans les Balkans, en Grèce, en Italie, en Inde, aux États-Unis. Et je suis certain qu'il y en a d'autres.

Sceptique, Roxane demeura silencieuse. Le Hénaff, lui, était lancé.

— Dans les mises en scène des meurtres dont je vous parle, les références à Dionysos ne font aucun doute : la couronne de lierre, la peau de bouc, le thyrse, la vigne... Chaque fois, les victimes étaient des représentants de l'ordre établi ou de l'autorité : des flics, des magistrats, des militaires, etc.

— Vous pensez à quoi ? Un même assassin dans différents pays ?

— Bien sûr que non. Plutôt différents groupes ou individus qui se sont monté la tête avec des croyances païennes et qui ont fini par tomber dans une dérive radicale. Dionysos est l'un des rares dieux de l'Olympe à avoir bénéficié de sacrifices humains. Ces cinglés veulent rejouer l'apogée des cultes orgiaques qui se terminaient parfois par une sorte d'eucharistie.

Une incorporation du dieu à travers un repas de chair humaine.

Ça y est, elle avait perdu Le Hénaff. Le type virait carrément complotiste. Vu l'heure tardive, il n'avait pas dû boire que du jus de pomme. Comme elle le sentait hargneux, elle essaya de le débrancher en douceur.

— Et vous pensez qu'ils communiquent entre eux ?

Le Breton poussa un long soupir d'exaspération avant de continuer sur sa lancée.

— Fabio Damiani, un prof italien de l'université de Pérouse, a été arrêté en début de semaine après le meurtre d'un carabinier selon un rituel qui rappelle par certains aspects le meurtre de Stratford.

Nouveau silence de Roxane.

— L'assassinat a provoqué beaucoup d'émoi en Italie. Vous en avez entendu parler ?

— Non, admit Roxane.

Le Hénaff s'agaça.

— Une de mes sources italiennes m'a donné accès à un *digest* des déclarations de Damiani. Il s'est complètement lâché en garde à vue avant de faire une tentative de suicide.

— Et qu'est-ce qui en ressort ?

Cette fois, ce fut le Breton qui laissa un silence avant de remarquer :

— J'ai vu aux infos que vous aviez chopé Amyas Langford...

— C'est vrai. C'est Batailley qui vous en avait parlé ?

Le Hénaff se racla la gorge.

— La Squadra criminale a saisi la bécane de Damiani. Le nom d'Amyas Langford revient plusieurs fois. Ils communiquaient sur des forums.

— Vous avez les transcriptions des… ?

— Vous trouvez que je ne vous ai pas assez mâché le travail, putain ! Il va se passer quelque chose de très grave cette semaine. Alors sortez-vous les doigts !

— Que va-t-il se passer ? Une action coordonnée ?

— Je vous conseille de refiler le bébé à la Crim dès maintenant. La grenade est dégoupillée et elle est sur le point de vous péter à la gueule. *Paour Kaez Parizian !*

L'analyste raccrocha sur son insulte. Lorsque Roxane se retourna, elle vit que Sorbier était de nouveau dans la pièce. Le Breton avait gueulé tellement fort au téléphone qu'elle ne l'avait pas entendu entrer.

— C'était qui ? demanda le commandant.

— Pierre-Yves Le Hénaff, vous connaissez ?

— Celui qu'on appelait « la mémoire de Fort-Rosny » ? Un gros con, mais un bon flic.

— « Gros con » : ça doit être le même…

— Qu'est-ce qu'il voulait ?

Elle lui raconta sa conversation avec l'analyste. Plus les détails se précisaient, plus le visage de Sorbier s'assombrissait.

— Le Hénaff n'a pas tort. Cette affaire est un vrai bâton merdeux, lâcha-t-il lorsqu'elle eut terminé. Il faut que je parvienne à joindre le juge.

— Avant ça, laissez-moi interroger Langford. Personne ne connaît l'affaire mieux que moi.

Sorbier se gratta nerveusement la pommette droite, comme s'il cherchait à s'arracher des morceaux de peau.

— Dix minutes, pas plus.

RAPHAËL

5.

Ho! Ho! Ho! Ho!

Ho! Ho! Ho! Ho!

Paris. Moins d'une heure avant minuit.

La maison était plongée dans la pénombre. Tiède. Triste. Légèrement angoissante. Un ruban fluorescent et une bâche en plastique barraient toujours l'accès à la partie sud. Je m'étais assoupi sur le canapé, mon téléphone à portée de main, dans l'attente de nouvelles. De mon père ou de Garance.

Ho! Ho! Ho! Ho!

Ho! Ho! Ho! Ho!

La répétition du cri me fit ouvrir les yeux. Un père Noël secouant un carillon était en train de traverser ma pelouse.

Vivement que cette journée se termine...

Un plaisantin? Un fêtard? En tout cas, le type se rapprochait en agitant joyeusement sa cloche.

— *Have yourself a Merry Christmas!*

Dans sa main libre, papa Noël brandissait un petit paquet-cadeau. Il contourna la maison pour venir se planter juste devant la porte de verre.

— Chronopost ! Une livraison pour vous, m'sieur Batailley !

Au-dessus de sa barbe, il portait un masque effrayant, copie conforme de celui d'Alex DeLarge dans *Orange mécanique* : un loup sombre qui se prolongeait en un immense nez rougeâtre de forme phallique.

— Chronopost ! répéta-t-il comme un sésame.

Tu parles, ça se saurait si la poste livrait des colis à 23 heures le 24 décembre.

Je n'avais aucune envie de faire entrer le loup dans la bergerie.

— Laissez le colis devant la porte, demandai-je.

— Comme vous voudrez, m'sieur Batailley.

Il posa le paquet au sol, mais mon soulagement fut de courte durée.

— Il me faudrait une p'tite signature, ricana-t-il en agitant un porte-bloc et un stylo qu'il avait sortis de sa poche.

Dégage, mec...

La manœuvre sentait le piège à plein nez, mais un fond de curiosité me poussait à en apprendre davantage.

— Vous avez le nom de l'expéditeur ?

Sans enlever son masque ridicule, le facteur approcha le paquet des yeux pour déchiffrer l'inscription en articulant exagérément chaque syllabe :

— Ma-da-meu-Ga-ran-ceu-Ka-ra-dè-queu.

C'était peut-être un vrai livreur, après tout.

— OK ! je vais vous le signer, votre papelard.

Méfiant, j'entrouvris la porte, prêt à la refermer au moindre mouvement suspect.

L'homme posa à ses pieds sa hotte en osier et me tendit le paquet.

— Chronopost vous remercie et vous souhaite un Joyeux Noël.

— Qui vous oblige à porter cet accoutrement ? demandai-je pendant que je lui signais son reçu.

L'homme ôta finalement son masque pour essuyer la sueur qui perlait sur son front. Il avait l'air épuisé, les traits faméliques, et j'eus un peu honte de ma méfiance et de mon attitude hostile.

— Ces salauds de patrons, qui d'autre ? grimaça-t-il. Ils prétendent que ça plaît aux clients. Surtout aux minos. Toujours tout pour le profit. Au détriment de la dignité humaine. Voilà votre reçu, m'sieur.

— Merci. Vous voulez un café ou un rafraîchissement ?

— Je dirais pas non à un petit coup de gnôle. Si vous avez, bien sûr.

Je laissai la porte ouverte et migrai à l'autre bout du salon. Dans le petit bar en galuchat de mon père, je trouvai une bouteille entamée de vieille chartreuse. J'en servis un verre au facteur que je lui tendis avec un pourboire de dix euros.

— Merci, c'est bien aimable.

Il empocha le billet et descendit d'un trait le verre de liqueur.

— Ahhh ! ça débouche les narines ! Je peux ? demanda-t-il en désignant la bouteille pour se resservir.

— Je vous en prie.

— Vous êtes tout seul un soir de Noël, m'sieur Batailley ?

— Ce n'est pas bien grave. Je termine l'écriture d'un roman. Je suis avec mes personnages. Dans ma tête.

— Moi aussi, j'ai souvent des voix dans ma tête, m'avoua l'homme. J'espère que votre cadeau vous fera plaisir. Bon, je ne vais pas vous importuner davantage. Il faut bien que je termine ma tournée, moi !

— Bon courage.

Il remit son masque et sa fausse barbe, se pencha vers sa hotte…

— Et ça, dit-il, c'est un cadeau de la maison.

En un éclair, il avait sorti une sorte de longue matraque de sa bannette.

Il me balança un coup dans le ventre qui m'atteignit au foie. Le deuxième me frappa au cou, au niveau de la blessure de la veille.

— Avec les compliments des Baladins de Dionysos ! lança-t-il en me décochant un crochet qui me précipita à terre.

Un coup de pied en plein visage acheva de me faire perdre connaissance.

Ho ! Ho ! Ho ! Ho !

Ho ! Ho ! Ho ! Ho !

6.

Je restai au sol une bonne dizaine de minutes, le corps perclus de douleur, la tête à l'envers, les idées floues.

Ordure de père Noël.

Je me relevai mal en point. Le type n'était plus là. J'hésitais à appeler la police, mais pour quoi faire ? Je regrettais de ne pas avoir été plus prudent. J'aurais dû prendre l'arme de mon père, dont j'avais retrouvé les munitions en fin d'après-midi.

Je ramassai le paquet resté au sol. L'agitai près de mon oreille pour essayer d'en deviner le contenu.

Au point où j'en suis...

Je me décidai à l'ouvrir. Rien ne me péta à la gueule. Il s'agissait d'une simple boîte en carton de la marque de vêtements pour enfants Bonpoint. À l'intérieur, une enveloppe rose pâle et deux chaussons minuscules de nouveau-né en cachemire. Couleur blanc de lait.

Pourquoi ?

Je décachetai l'enveloppe. Elle contenait une photo de Garance de Karadec, sourire éclatant, regard vers l'objectif, la main posée sur son ventre nu. Avec une légère appréhension, je retournai le cliché pour y découvrir une phrase manuscrite : « Raphaël, tu vas être papa ! »

Immobile, j'essayai de garder l'événement à distance, de ne mettre aucun affect dans cette mauvaise plaisanterie. Mais je savais que c'était beaucoup plus grave que ça. Je soulevai les papiers chiffonnés dans la boîte à la recherche d'un autre indice. Rien. Je le trouvai finalement à l'intérieur d'un des chaussons sous la forme d'une clé USB métallique.

Je m'assis devant l'ordinateur, branchai le périphérique et double-cliquai sur l'icône qui s'ouvrit sur un fichier QuickTime. Une boule au ventre et la gorge serrée, je lançai le film.

7.

Dès les premières images, je reconnus l'hôtel La VillAzur, à la pointe du cap d'Antibes.

Je n'étais allé à cet endroit qu'une seule fois : en septembre dernier. Un producteur avait tourné une adaptation d'un de mes romans qui se passait dans la région. Pour célébrer la fin du tournage, il m'avait invité à une fête en petit comité. Pour l'occasion, le bar panoramique de l'hôtel avait été privatisé. Je n'aime pas les fêtes, je ne sais pas comment m'y comporter, je ne sais pas m'y amuser, je n'y ai aucun bon souvenir. Et cette fête-là ne faisait pas exception.

Je me penchai sur l'écran pour détailler les images. Qui les avait filmées ? On m'y voyait passant sans conviction d'un groupe à l'autre, enchaînant les coupes de Krug et de Jacques Selosse au son de la musique de merde d'un DJ à la mode que tout le monde prétendait « génialissime ».

Même si le cœur n'y était pas, l'endroit était sublime, en surplomb de la Méditerranée, face aux îles de Lérins.

— Tu viens te baigner avec moi ?

Ma sœur, Vera, avait déboulé dans ma tête et au beau milieu de la terrasse. Elle portait un maillot et un bonnet de bain fantaisie, des lunettes de plongée et une bouée en forme de canard.

— Allez, viens, Rapha ! insista-t-elle en désignant en contrebas la piscine creusée dans la roche. C'est le meilleur moment : les gens sont tous partis et l'eau est encore chaude.

Comme chaque fois, j'avais décliné.

— Non, merci Vera.

— Pourquoi ?

— Parce que tu n'existes que dans ma tête et que j'aurais l'air un peu con à parler tout seul dans une piscine.

— On s'en fout des autres, non ?

— Le problème ce n'est pas les autres. C'est que tu es morte.

— Toi aussi un jour tu mourras, avait-elle répondu en haussant les épaules avant de détaler.

J'étais resté seul. Plombé. Capitaine d'un navire en déroute. Soudain écrasé par une fatigue immense. J'aurais eu envie que mon père vienne me chercher. Qu'il me porte jusqu'à ma chambre, qu'il me borde dans mon lit, qu'il m'embrasse en me disant : « Bonne nuit, champion. »

À la place, une femme avait surgi, venue de nulle part. Cultivée, spirituelle. Peut-être faisait-elle partie de l'équipe de tournage, mais je ne l'avais pas remarquée auparavant.

Dans ma maison de la rue d'Assas, les yeux à vingt centimètres de mon écran, je me brûlai la rétine en regardant sur mon ordinateur les images volées qui ravivaient ma mémoire douloureuse.

Comment avait-on commencé à discuter ? C'était très flou. Un kaléidoscope de bribes de conversations. Un vers de Paul Valéry – « Car j'ai vécu de vous attendre / Et mon cœur n'était que vos pas » –, quelques anecdotes sur les résidents prestigieux qu'avait vus défiler l'hôtel. Des banalités sur les mille nuances du soleil couchant.

Je flottais toujours dans la brume pétillante du champagne, mais les sensations prenaient le pas sur mes pensées. Bercé par le bruit apaisant des vagues, je me fondais dans le regard bleu-vert de ma nouvelle amie. Lorsque le soleil s'éteignit, je ne tenais plus debout. La conscience brouillée, j'avais suivi la fille dans sa chambre. Les images de la *sextape* qui défilaient à présent sur mon écran me consternaient. Rien n'était moi là-dedans : l'ivresse, la perte de contrôle. Je ne m'appartenais plus. J'étais un pantin manipulé qui avait abdiqué son libre arbitre.

Lorsque je m'étais réveillé le lendemain, il était 8 heures passées. La chambre était inondée de soleil. Je n'avais plus le moindre souvenir de la nuit. Le vide. J'étais seul avec ma honte. J'avais quitté l'hôtel sans demander mon reste et décidé de rentrer immédiatement à Paris.

Sur la route de l'aéroport, je m'étais arrêté pour vomir. Je tremblais de tous mes membres. On ne m'avait même pas délesté de mon argent. Je n'étais pas blessé, je n'avais pas été agressé ou frappé. Mais je ne supportais pas de ne plus me souvenir de rien. Pour en avoir le cœur net, je m'arrêtai aux urgences de l'hôpital de la Fontonne, racontai mon histoire dans les grandes lignes et demandai à faire des examens. J'attendis jusqu'en début d'après-midi pour avoir les résultats.

— Vous avez fait ce qu'on appelle un « G-hole », m'expliqua une interne.

— Une sorte de *black-out*?

— Oui, un coma après avoir ingurgité du GBL ou du GHB.

— Je n'ai pas pris de drogue ni de médoc.

Elle haussa les épaules.

— On en a mis dans votre verre. Et le mélange avec l'alcool transforme la substance en sédatif et peut faire perdre connaissance. C'est devenu banal, malheureusement.

Sur le parking de l'hôpital, je m'étais senti vaciller, mais comme souvent dans ma vie, j'avais repris le contrôle avant l'abîme. J'avais enfoui cet épisode loin dans ma mémoire en décidant qu'il n'avait tout simplement pas existé. Mais aujourd'hui, ce passé mal digéré me revenait en pleine gueule à la puissance dix.

Retour au film. L'horodatage des images indique 7 heures du matin. Une silhouette tire les rideaux de la chambre d'hôtel alors que je reste affalé dans le lit puis se dirige vers une coiffeuse équipée d'un miroir ovale. La scène est filmée depuis son téléphone portable posé sur la petite table de toilette. La femme enlève sa perruque, son maquillage, ses faux cils, ses lentilles de contact. Lingette, coton imbibé d'eau micellaire, tapotements : par petites touches le visage sans fard de Garance de Karadec se recompose pour apparaître dans le reflet du miroir et m'adresse un clin d'œil et un baiser.

C'est là que je comprends que l'enfant que porte Garance est peut-être le mien.

Vendredi 25 décembre

16

Le monde est un théâtre

*On fait du théâtre parce qu'on a
l'impression de n'avoir jamais été
soi-même et qu'enfin on va pouvoir
l'être.*

Louis JOUVET

ROXANE

1.

Hôtel de police de Nice.

Secouée par la déflagration d'un coup de tonnerre, l'unique fenêtre de la salle d'interrogatoire se mit à trembler. Il avait plu toute la nuit. Une tempête de fin du monde qui avait pilonné la ville, inondant les rues, déracinant les palmiers, arrachant les tuiles. Il était 7 heures du matin, mais il faisait encore nuit noire. À minuit, alors que Roxane avait cru qu'elle allait pouvoir interroger Amyas Langford, l'acteur s'était plaint de douleurs au ventre. Sa garde à vue avait été suspendue. Il avait été transféré de nouveau à l'hôpital l'Archet où il avait passé une grande partie de la nuit avant d'être ramené à l'hôtel de police.

Chez les flics la tension était montée d'un cran. Malgré l'intensification des recherches aux abords des voies d'autoroute et dans les stations-service, personne n'avait pu apporter la moindre information sur la disparition de Garance de Karadec.

Sous perfusion de caféine, Roxane avait consacré les dernières heures à potasser ses livres de mythologie. Alors que le jour tardait à se lever et que la fatigue était sur le point de la terrasser, la porte s'ouvrit enfin. Menotté, l'Anglais fit son entrée, escorté par Serge Cabrera. Cou de taureau, silhouette râblée, cheveux noirs longs et crépus, le flic parisien était l'un des cadors de la 3e DPJ et se comportait ici comme chez lui.

— Tu me le gardes dix minutes, compris cocotte ? Après, tu nous laisses reprendre la main, lança-t-il avec son accent pied-noir.

Roxane regarda la bête en silence. Cabrera était fier de lui avec ses santiags cirées et sa chemise rose pâle ouverte sur son torse poilu. Il appuya sur l'épaule de Langford pour le forcer à s'asseoir puis finit par s'agacer.

— Kesta poulette ? Tu veux ma photo ? demanda-t-il avant de quitter la pièce avec son air con et sa gourmette.

Seule avec Amyas, Roxane resta un moment debout devant lui, tapotant l'écran de l'ordinateur posé sur la longue table métallique. Les mecs de la BRI l'avaient récupéré sur le siège passager de l'Audi. Plutôt que de l'envoyer à des techniciens qui mettraient de toute façon plusieurs jours à le perquisitionner, l'équipe d'enquête avait choisi plus rationnellement de le conserver sous la main en espérant obtenir le mot de passe de l'Anglais lors de sa garde à vue.

— Vous aussi, vous espérez que je vais vous donner le mot de passe ? Vous pensez vraiment que c'est ça qui vous permettra de retrouver la fille ?

Avec ses mains entravées, l'acteur remonta sur ses épaules la veste en velours côtelé qu'il portait comme une cape. Cousue à sa boutonnière, une sorte de broche effrayante rappelait à Roxane l'araignée de Louise Bourgeois avec son corps atrophié et ses pattes monstrueuses à la verticale.

— Non, j'en ai rien à foutre de ton mot de passe, répondit Roxane. Moi, je cherche à comprendre, c'est tout.

— Comprendre quoi ?

Amyas Langford avait une voix étrange. Suave, mais mâtinée d'un accent anglais qui tirait fortement sur l'allemand. Quelque part entre Jane Birkin et Christoph Waltz.

— Je ne saisis pas très bien ton kif, en fait, lança-t-elle en posant son livre sur la table et en s'asseyant en face de lui.

À la dérobée, il regarda le titre du bouquin : *Les Grandes Dionysies. La naissance du théâtre classique en Grèce.*

— Je vais te mettre à l'aise, Amyas. Je sais que tu es impliqué dans les meurtres d'Avignon et de Stratford. J'ai les preuves pour t'inculper et même en France la justice te condamnera à passer vingt ans en prison. Le jeu est fini.

— *Yes, you're right. Game is almost over*, répondit-il, fataliste, avant d'ajouter : « mais j'ai gardé le meilleur pour la fin ».

— Donc c'est cette histoire de culte de Dionysos qui te donne la trique ?

Langford étira ses bras devant lui, faisant craquer les jointures de ses doigts. À l'intérieur de son poignet gauche, un tatouage en lettres gothiques : *Totus mundus agit histrionem.* « Tout le monde joue à être comédien. » Autrement dit : *Le monde entier est un théâtre.* La devise du Globe, le théâtre de Shakespeare. Ayant suivi le regard de Roxane il lui demanda :

— Vous aimez le théâtre ?

— Pas vraiment, les pièces classiques m'endorment et les modernes me consternent. Tantôt trop long, tantôt trop con.

Amyas approuva d'un sourire.

— Le pire, c'est que vous n'êtes pas loin de la vérité !

— Et toi, qu'est-ce qui te plaît dans le théâtre ?

Fidèle au pli qu'il avait pris, il répondit par une autre question.

— Vous êtes satisfaite de votre vie? de vos relations? de votre boulot?

Roxane secoua la tête.

— Pas du tout. C'est la merde sur toute la ligne.

— Et comment faites-vous pour évacuer votre mal-être?

— Hum… Lexo, bedo, caïpirinha, chardonnay…

— Ah! ah! Ça marche?

— Ça fait le job. Pendant quelques heures… Et toi?

Les yeux de Langford s'illuminèrent comme s'il venait de se faire un fix.

— Moi, ce qui me rend heureux, c'est le JEU et la MISE EN SCÈNE, parce qu'ils vous permettent de créer une réalité alternative. C'est ça, la véritable force de Dionysos: te montrer le chemin pour abolir la réalité et pour t'en libérer.

Elle recula contre le dossier de sa chaise, fatiguée.

— Mais tu veux te libérer de quoi, en fait?

— De l'État, de l'autorité, de l'hypercapitalisme, de ce monde qui nous aliène.

— Pas très original, ton petit catéchisme marxiste.

Elle imita son accent allemand en le caricaturant.

— *Und donc bour te libérer de l'État und der hyber-cabidalizme tu t'amuzes à tuer des gens? C'est trez logique tout ça!*

Cette fois, Langford fit mine de rire avec elle de bonne grâce.

— Vous connaissez l'étymologie du mot « tragédie » ?

— Oui, je l'ai lue dans ce bouquin en t'attendant. J'ai bien fait mes devoirs, tu vois ? Tragédie signifie littéralement « chant du bouc ».

Il approuva de la tête, feignant d'être impressionné.

— Exact. Ça renvoie à l'animal que l'on sacrifiait dans l'Antiquité lors des cérémonies à la gloire de Dionysos.

— Tu m'excuseras, mais j'ai du mal à saisir l'intérêt d'égorger une chèvre. À part pour la bouffer.

— C'est un sacrifice symbolique. Tuer le bouc à la fin d'une représentation, c'est régénérer le théâtre. Vivifier l'ivresse du jeu, seul exorcisme aux douleurs de nos existences.

Roxane soupira.

— Donc c'est ça, ton trip : chaque année, tu te fais un petit sacrifice. Un petit meurtre *bour honorer Dionyzos, bour rézénérer le théâtre… ?*

Persuadé d'être le maître du jeu, Amyas ne se départait plus de son sourire. Il était manifestement là où il voulait être, à l'heure à son rendez-vous avec le destin. Et cette impression contrariait Roxane.

— Vous avez déjà tué un homme ? demanda-t-il soudain.

— Non, mentit la flic.

— Vous devriez vraiment essayer.

— J'y penserai à l'occasion.

— Prendre la vie de quelqu'un pour l'apporter en offrande, *there is nothing more exciting and rewarding at the same time.*

Roxane remonta la fermeture éclair de son blouson. Le froid la transperçait jusqu'aux os. Pour pallier l'absence de chauffage, on avait installé un radiateur portatif qui datait de Mathusalem et qui ne crachotait qu'un air tiédasse. Dans la lumière bleu nuit du jour levant, elle fixait le sourire de loup d'Amyas Langford. Depuis qu'elle l'interrogeait, elle n'avait rien appris. Derrière la vitre sans tain, ses prétendus «collègues» devaient bien se foutre d'elle. Et ils n'avaient pas tout à fait tort. Le mec la baladait à sa guise. Il était en représentation, déroulant tranquillement son show.

Mais pour quel public?

Elle resta sur cette idée d'ambiance théâtrale. Pour jouer son rôle, Amyas avait besoin à la fois d'un public et d'un partenaire. Et à ce moment de la pièce, c'était elle, Roxane Montchrestien, qui lui donnait la réplique. L'Anglais fit craquer ses doigts malgré les menottes, tirant sur ses articulations comme s'il cherchait à les briser, et de nouveau Roxane aperçut son tatouage. Elle savait très bien que cette chorégraphie n'était pas fortuite et qu'elle faisait partie du spectacle. Elle savait très bien que Langford cherchait à attirer son attention sur le tatouage. Pour qu'elle se demande : « Et si c'était ça, le mot de passe de l'ordinateur ? »

Elle savait très bien qu'en raisonnant comme ça elle se laissait manipuler. Elle acceptait de monter sur scène pour jouer un rôle qu'un autre avait écrit pour elle. Elle savait très bien que Langford n'attendait que ça. Elle le savait très bien…, mais elle le fit quand même.

Roxane attrapa le MacBook argenté posé à l'autre bout de la table. Sous le regard gourmand du suspect, elle entra ce qu'elle pensait être le sésame : *Totus Mundus Agit Histrionem.*

Échec.

TotusMundusAgitHistrionem.

Échec.

Elle réessaya sans les majuscules et enfin l'ordinateur se déverrouilla et se connecta instantanément au réseau grâce à la clé Wi-Fi dont il était équipé.

L'armada de flics déboula dans la pièce comme un seul homme pour se précipiter devant l'ordinateur. La première chose qui apparut à l'écran fut la fenêtre d'un logiciel de conférence à distance. La plateforme était paramétrée pour permettre l'affichage de tous les participants. À cette heure, il y avait dix invités à la réunion en ligne. Cinq hommes et cinq femmes. En costume-cravate et petite robe noire. Leurs corps étaient humains mais chacun de leurs bustes était surmonté d'une tête de cheval aux oreilles dressées.

Des sortes de centaures inversés. La fusion entre la réflexion humaine et la pulsion animale.

Le tableau effrayant figea tous les regards. Un grand silence s'installa dans la pièce jusqu'à ce qu'un des flics remarque le petit voyant vert qui venait de s'allumer.

— Putain, mais… la bécane est en train de nous filmer ! Ces salauds nous voient ! s'écria-t-il juste avant que Roxane rabatte l'écran.

RAPHAËL

2.

Paris. Jour de Noël. 0 h 12.

Un bruit d'avertisseur sonore creva le silence de la nuit. Un son lourd et envahissant. À réveiller la moitié du quartier. La corne de brume du parfait supporteur de foot. Je jetai un coup d'œil à travers la fenêtre, craignant le retour du « père Noël » ou d'un de ses comparses. Il n'y avait pas âme qui vive. Peut-être un groupe de fêtards un peu bourrés et un peu bourrins qui déambulaient dans la rue d'Assas. Mais le klaxon insistait et le son était tout proche. *Merde...*

Je collai le nez à la vitre. Il faisait nuit noire. La lumière était réduite au minimum dans la maison et la moitié des spots extérieurs étaient défaillants. De nouveau un coup de sirène me fit sursauter. *Putain...*

Je me précipitai vers le bureau de mon père. Dans l'un des tiroirs, je mis la main sur son MR 73. J'insérai six cartouches de .38 Special, enfilai mon manteau et sortis dans la nuit.

Au bout de la pelouse, près de la haie de bambou, quelque chose clignotait faiblement. J'allumai la torche de mon iPhone et avançai prudemment. C'était un drone. Un quadricoptère orange et noir équipé d'un pavillon en plastique qui émettait sans doute les sons stridents qui m'avaient réveillé. Je restai deux minutes à l'observer mais l'aéronef demeurait immobile. J'allais retourner à l'intérieur lorsqu'il se mit en mouvement, s'élevant d'abord à la verticale puis obliquant en direction du jardin botanique. D'abord, je le suivis du regard puis, après une hésitation, courus derrière lui pour ne pas le perdre de vue.

Un moment il sortit de mon champ de vision, mais je le retrouvai dans la rue, posé sur le trottoir devant ma voiture. Personne aux alentours, mais ce genre d'appareil pouvait très bien avoir été préprogrammé. L'Alpine était déverrouillée. Je m'installai au volant. On avait enroulé une tige de lierre autour de l'écran du GPS. J'allumai le dispositif. Quelqu'un avait entré un itinéraire à mon intention.

C'est ça, jette-toi dans la gueule du loup...

Mais au point où j'en étais, avais-je le choix ? Qu'y avait-il de plus important que de *comprendre* ? Je vérifiai que mon portefeuille était resté dans mon manteau, je bouclai ma ceinture et claquai la porte. Je ne voulais pas réfléchir, peser le pour et le contre, échafauder des hypothèses ou des raisonnements. Les rouages de mon cerveau étaient grippés et déglingués. Il *fallait* simplement que je comprenne.

Que j'aille au bout de cette histoire quels qu'en soient les dangers.

Je quittai Paris par la porte d'Orléans et me laissai porter comme un zombie, suivant mécaniquement le trajet qui s'affichait sur mon écran : autoroute vers Chartres suivie de la traversée du Perche. Un plein d'essence au Mans avant de repartir vers Laval puis Vitré.

Trois heures trente du matin. Pause-café à Rennes. J'en profitai pour appeler l'interne de garde à Pompidou qui m'avait laissé son numéro. Aucune évolution sur le front de la santé de mon père. Une seconde opération – à nouveau une vertèbre – devait intervenir le lendemain, mais rien ne serait tenté pour le sortir du coma avant plusieurs jours.

Je continuai vers la pointe bretonne : Saint-Brieuc, Guingamp, Morlaix. Cette nuit de Noël s'écoulait hors du temps. Un voyage dans un tunnel à sens unique privé de voie de sortie. J'étais perdu. Dans mes pensées. Dans mon passé. Dans ce que pourrait être désormais ma vie. Je pensais à cet enfant que portait Garance de Karadec et qui avait toutes les (mal) chances d'être le mien. À cet engrenage monstrueux que, depuis l'âge de dix ans, j'avais mis en branle par mes mensonges et qui n'en finissait plus de tout ravager sur son passage.

J'arrivai à destination vers 7 heures du matin. Le GPS m'avait conduit jusqu'à un embarcadère, surgi dans le brouillard matinal, quelque part entre Roscoff et Saint-Pol-de-Léon. Drôle de terminus. Je me garai sur le parking désert et m'avançai sur la jetée noyée sous des nappes de brume fantôme. J'avais des fourmis partout dans les jambes, mal au dos et aux côtes d'avoir conduit pendant six heures. J'étais ivre de fatigue. Le manque de sommeil de ces derniers jours brouillait mes idées et ma vision. Dans ce décor de polar, cerné par des bandes de mélasse laiteuse, j'avais l'impression qu'une créature sinistre pouvait émerger par surprise et m'engloutir tout entier.

3.

Trois nouveaux coups de corne de brume annoncèrent du mouvement comme les trois coups du brigadier le début de la représentation théâtrale.

La silhouette d'un homme émergea soudain de la purée de pois. La soixantaine, petit, musculeux, le crâne dégarni coiffé d'une casquette décorée d'un insigne des douanes françaises.

— M'sieur Batailley?

— C'est moi.

— J'me présente : Fred Narracott. À vot' service.

Il portait un pantalon d'uniforme de douanier orné d'une bande garance. Son visage semblait figé comme un masque hormis un œil qui disait merde à l'autre et qui papillotait frénétiquement comme un insecte fou.

— Vous m'attendiez?

Le gabelou gratta son menton dévoré par un bouc poivre et sel mal taillé.

— Ouais, j'suis vot' capitaine. C'est moi qui dois vous conduire sur l'île.

— Quelle île?

— L'île des Karadec, pardi.

Je me souvenais que Garance avait un jour évoqué devant moi une petite île privée que possédait sa famille depuis longtemps. Le fief breton des Karadec.

— Vous voulez voir la bête? demanda-t-il.

Je l'accompagnai au bout de l'embarcadère pour découvrir la bête en question: un canot semi-rigide de type Zodiac de sept ou huit mètres avec une coque en aluminium et des flotteurs gonflables.

— Mais qui vous a demandé de me conduire là-bas?

— Ben, vous!

— Moi?

— Un type m'a téléphoné avant-hier. Il m'a dit qu'il s'appelait Raphaël Batailley et qu'il voulait réserver mon bateau pour une virée dans l'île le matin de Noël. Ce n'était pas vous?

Comprenant qu'il serait vain d'essayer d'en apprendre davantage, je décidai de ne pas le contredire.

— Cette île, elle est loin du rivage?

— À trois quarts d'heure de bateau.

— Ah quand même. C'est prudent de prendre la mer par ce temps?

— Quel temps ? Il fait plutôt beau, non ?

Prends-moi pour un con...

— L'île appartient à la famille Karadec, n'est-ce pas ? Vous savez s'ils y habitent encore ?

Le douanier ricana.

— Plus personne n'a foutu les pieds sur ce caillou depuis la mort de deux vieux pochtrons au début des années deux mille. Ils aimaient bien la bibine et la piquouze, ces deux-là.

— Qu'y a-t-il d'intéressant là-bas ?

— La solitude, si vous aimez ça. Mais je ne vous cache pas que ce n'est pas une partie de plaisir de s'y amarrer.

Il sortit de sa poche un bâton de réglisse et commença à le mâchouiller comme une chique.

— Bon, vous vous décidez ! Pas que ça à faire, moi.

Je hochai la tête et acceptai de le suivre dans le bimoteur. Narracott me tendit un gilet de sauvetage avant de prendre place sur son siège bolster. Il alluma les moteurs et deux petits écrans de contrôle. La console de pilotage était installée assez loin du solarium. Je me rabattis près du coffre, m'abritant le plus possible derrière le pare-brise en polycarbonate. Depuis l'adolescence, j'ai toujours souffert d'un terrible mal de mer et, bien évidemment, je n'avais pas de Mercalm sur moi.

— Ça va secouer ? demandai-je au douanier.

Narracott réajusta sa casquette de douanier et chaussa une paire de lunettes de plongée.

— Oui, p'tit gars, ça va breaker dans les chaumières ! lança-t-il en mettant les gaz.

ROXANE

4.

Pendant un long moment, le temps et l'espace s'étaient figés. Aussi fugace que terrifiante, l'image des dix bustes coiffés de masques de cheval avait tendu l'atmosphère jusqu'à la rendre irrespirable. Les flics étaient à cran, paralysés par la peur, tétanisés par l'armée de diables sortis de leurs boîtes. Tout sourire, les yeux brillants, Amyas Langford jouissait de la situation.

Une gerbe d'éclairs stria la pièce et remit les hommes en mouvement.

— C'était qui, ces mecs? demanda Cabrera.

Sa question resta sans réponse, se répercutant en écho entre les murs de la pièce glacée. Pris d'un coup de sang, le pied-noir saisit Langford par le cou.

— C'était qui, ces mecs? répéta-t-il en hurlant.

Mais plus le flic le secouait, plus Amyas semblait prendre de plaisir. Tout le monde avait bien compris que le rapport de force avait changé. Sorbier intervint pour calmer le capitaine de la DPJ.

En retrait, le front appuyé contre la vitre ruisselante de la salle d'interrogatoire, Roxane regardait les rigoles du bâtiment flambant neuf qui ne parvenaient plus à évacuer l'eau de pluie. Une belle métaphore de la situation dans laquelle ils se trouvaient à présent.

— Alors, gros lard, on fait moins le malin quand on se retrouve de l'autre côté de la barrière, constata l'Anglais lorsque Cabrera eut relâché son emprise.

Son accent allemand avait totalement disparu. Le caméléon endossait une nouvelle peau pour disputer une autre manche.

— De quelle barrière tu parles, salopard ?

— Vous êtes face au JURY.

— Aux assises, c'est toi qui vas te retrouver face à un jury, mon con. Et il t'enverra te faire trouer le cul jusqu'à la garde.

Le mot « jury » fit tilt dans l'esprit de Roxane. Elle quitta la fenêtre pour aller chercher le livre sur la table et retrouva une page concernant l'organisation des Dionysies antiques qu'elle avait lue et annotée dans l'hélicoptère.

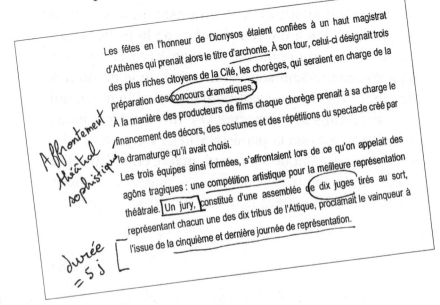

Les fêtes en l'honneur de Dionysos étaient confiées à un haut magistrat d'Athènes qui prenait alors le titre d'archonte. À son tour, celui-ci désignait trois des plus riches citoyens de la Cité, les chorèges, qui seraient en charge de la préparation des concours dramatiques.

À la manière des producteurs de films chaque chorège prenait à sa charge le financement des décors, des costumes et des répétitions du spectacle créé par le dramaturge qu'il avait choisi.

Les trois équipes ainsi formées, s'affrontaient lors de ce qu'on appelait des agôns tragiques : une compétition artistique pour la meilleure représentation théâtrale. Un jury, constitué d'une assemblée de dix juges tirés au sort, représentant chacun une des dix tribus de l'Attique, proclamait le vainqueur à l'issue de la cinquième et dernière journée de représentation.

Affrontement théâtral sophistiqué

durée = 5 j

Soudain tout prit un sens dans son esprit. Les drones, les caméras espions, les Baladins, le réseau identifié par Le Hénaff, la geste dionysiaque, l'histoire romanesque de l'inconnue de la Seine, la dimension théâtrale qui planait depuis le début sur cette enquête... La logique qui lui avait échappé ces derniers jours s'éclaira comme un chemin de pèlerins. Les dix individus au masque de cheval constituaient un jury en ligne qui faisait écho à celui de l'Antiquité.

— Il s'agit d'un affrontement théâtral, c'est ça ? demanda-t-elle en s'approchant d'Amyas. Les Baladins de Dionysos sont l'une des trois troupes qui s'affrontent sous l'œil d'un jury à la manière des compétitions des Grandes Dionysies.

Le sourire d'Amyas Langford s'élargit encore. Roxane lui donnait enfin la réplique qu'il attendait.

À quelques secondes d'intervalle, plusieurs téléphones se mirent à crépiter, entraînant un mouvement épidémique. Un à un, tous les flics de la pièce dégainèrent leur smartphone. Visage crispé, Sorbier regarda longuement son écran avant de le montrer à Roxane. *Le Parisien* avait poursuivi son enquête, qui était citée dans une dépêche AFP titrée : « L'inconnue de la Seine est-elle la pianiste Milena Bergman ? » Le journal avait un coup de retard, mais c'était l'étincelle alléchante pour que le fait divers s'emballe dans les médias. Reprise partout, la dépêche initiale passait à la grande lessiveuse de l'information. Retweetée *ad nauseam*, commentée, déformée, l'info enflammait les réseaux pour devenir mondiale.

On sentait bien que cette traînée de poudre terrifiait les flics présents dans la pièce. L'exposition médiatique avait pour corollaire la recherche de boucs émissaires. Si l'enquête était un fiasco, il faudrait tôt ou tard que des têtes tombent. Et quand la guillotine était de sortie, on ne cherchait ni la vérité ni la réflexion ni la nuance.

Roxane voyait que les regards s'étaient tournés vers elle. Ses collègues étaient largués. Dépassés par une enquête dont ils n'avaient jamais compris les tenants et les aboutissants. Voilà, elle avait gagné. À présent, ils n'avaient d'autre choix que de s'en remettre à elle. Alors, telle une reine dans son palais d'hiver, elle les contempla de tout son mépris. Sorbier, qui l'avait éjectée cinq jours avant, le gros Cabrera, qui donnait l'impression qu'il allait mourir d'une crise d'apoplexie, les connards de la DPJ Rive gauche, les ploucs azuréens qui jouaient les gros bras avec leur accent qui puait le pastis.

Comme s'ils s'étaient donné le mot, les rats quittèrent progressivement le navire, et elle resta seule pour son ultime face-à-face avec Amyas Langford. L'Anglais n'avait rien perdu de la scène et se délectait du *mano a mano* à venir. Pour la première fois, il la tutoya.

— Tu es comme un petit piment, lui lança-t-il alors qu'elle s'asseyait devant lui. Celui qui va venir épicer le plat que j'ai concocté.

Elle réfléchissait à toute allure. Manifestement Langford avait besoin d'elle et la considérait comme un instrument utile au dénouement de sa représentation macabre. Pourquoi? Un détail lui revint en mémoire.

— Dans l'Antiquité les Dionysies duraient cinq jours, n'est-ce pas? Nous sommes vendredi matin. L'histoire de l'inconnue de la Seine a véritablement commencé lundi dernier, ce qui signifie…

— … que l'issue est proche. Tu as tout bon, ma grande.

— Donc c'est l'heure du feu d'artifice, c'est ça?

— On peut dire que l'expression est bien choisie.

— Qu'est-ce que tu attends, alors? Fais-le péter.

— Ça a déjà commencé, non? Si j'ai bien compris, les médias du monde entier parlent de nous…

— Oui, mais ça, c'est de l'écume. Pour gagner ton combat, il faut autre chose. Reproduire le sacrifice du bouc, c'est ça?

— Tu commences enfin à comprendre. Pour gagner, il faut reproduire le sacrifice suprême.

— Éclaire ma lanterne.

Il grimaça et respira bruyamment par le nez comme s'il venait de sniffer une ligne de coke invisible. Son visage était perclus de tics. On sentait chez lui une violence rentrée, prête à exploser.

— La bataille de Salamine, ça te dit quelque chose ?

De nouveau, le souvenir de ses cours d'hypokhâgne surgit de sa mémoire, foisonnant de détails. 1997. Lycée Louis-le-Grand. Le cours de culture antique du mardi soir de 17 à 18 heures avec Mlle Casanova. La réponse sortit de sa bouche comme si elle répondait à une interro.

— Une des batailles navales opposant les Grecs aux Perses.

— Les guerres médiques, bravo ! Tu es plutôt cultivée, c'est rare chez les flics. Salamine fut une bataille décisive. Pas seulement dans l'histoire de la Grèce, mais aussi de l'humanité. Tu sais pourquoi ?

— Je suis tout ouïe.

— Beaucoup d'historiens pensent que si les Perses avaient triomphé, le développement de la Grèce antique aurait été tellement freiné qu'il aurait empêché l'éclosion de la culture occidentale et du monde tel que nous l'avons connu. Tu imagines : le sort de notre civilisation a été suspendu à l'issue d'une bataille !

En quelques secondes, la physionomie de Langford avait changé. Regard perçant, pupilles dilatées, sourire carnassier, muscles du cou et du visage tendus comme ceux d'un animal à l'affût.

— Lors de cette bataille, la flotte grecque dirigée par Thémistocle n'a que deux cents navires à sa disposition contre plus de mille pour les Perses! L'affrontement paraît perdu d'avance. Pour remotiver ses troupes, le général grec décide de sacrifier ses plus précieux prisonniers de guerre et ordonne d'immoler trois princes perses en l'honneur de Dionysos.

— Donc c'est ça le sacrifice suprême? Trois sacrifices?

— Oui, trois meurtres.

— Arrête-moi si je me trompe, mais personne n'a encore été tué dans cette histoire.

Langford donna l'impression de chercher sa respiration, soufflant et haletant. Il resta quelques secondes la tête entre ses mains, le front baissé. Lorsqu'il le releva, son expression était devenue encore plus effrayante. Son visage était d'une plasticité peu commune, un vrai masque en pâte à modeler. Il arborait à présent des sourcils en accent circonflexe et une coiffure ébouriffée qui lui dessinait des cornes. Un Belzébuth dément échappé de sa boîte. Ou Jack Nicholson dans certaines scènes de *Shining*.

— Personne n'a été tué? Ah! ah! ah! tu oublies un peu vite la gentille maman écrasée par la gouinasse japonaise, laissant un pauvre petit orphelin de trois mois. Tu vas voir comme les médias vont apprécier cette histoire et le fiasco de la police qui a été incapable de l'empêcher!

— Tu t'attribues des morts à bon compte ! C'est un dommage collatéral que tu n'avais pas pu prévoir.

Le visage couvert de sueur, il objecta :

— Mais c'est tout le charme du théâtre total et de l'improvisation ! Tu plantes les graines et tu regardes pousser les plantes.

— Et le deuxième meurtre ?

Son sourire narquois se déforma, deux flammes furieuses s'allumèrent à la place de ses yeux. Il basculait physiquement dans la folie.

— La deuxième victime, c'est moi.

— Toi ?

— Je dois me sacrifier, tu vois ?

— Tout ce que je vois pour le moment c'est un type menotté et surveillé par une dizaine de flics.

— Tu ne pourras pas toujours me surveiller.

Visage halluciné, rictus effrayant, il se mit à claquer des dents comme s'il était pris de convulsions et entrait dans une transe mystique.

Alors, Roxane prit peur. Elle savait que son air dément n'était pas surjoué. Elle dégaina son Glock pendant qu'elle percevait de l'agitation dans la salle derrière le miroir.

— Regarde bien, conseilla Langford dans son délire.

Soudain, avec toute la violence possible, il se fracassa la tête sur l'arête métallique de la table d'interrogatoire. Le premier coup fit exploser l'os de son nez, le brisant net et libérant un geyser d'hémoglobine. Le deuxième coup entailla son front dans toute sa largeur comme si un coutelas avait cisaillé profondément la peau pour atteindre l'os crânien.

La légion de flics débarqua dans la pièce et se précipita sur Langford pour l'immobiliser.

— Une ambulance, vite ! ordonna Sorbier.

Le visage en sang, Amyas continuait à claquer des dents avec frénésie.

— Pourquoi il fait ça, ce pébron ? demanda Cabrera alors que l'Anglais semblait maîtrisé.

D'un coup, Roxane se souvint de ce que lui avait dit la directrice de casting : « *Il y a quelques années, alors qu'il interprétait le rôle d'un résistant dans un téléfilm sur la Seconde Guerre mondiale, il a poussé la vraisemblance jusqu'à se faire implanter une dent creuse avec une véritable capsule de cyanure à l'intérieur ! Vous voyez un peu le personnage… »*

À cet instant, elle devina que la fausse dent venait de se briser. Le visage d'Amyas se figeait en un rictus fou à mesure que la substance toxique se répandait dans son corps. Roxane se précipita pour écarter Cabrera et attrapa l'acteur par les cheveux.

— Qui est la troisième victime, Amyas ?

Elle se pencha et approcha son oreille de la bouche de Langford, espérant recueillir sa dernière confidence. Elle sentait ses cheveux se coller et se mélanger aux traînées de sang qui coulaient le long du visage de l'agonisant. Elle sentait son souffle chaud et ferrugineux qui tentait d'articuler quelque chose.

Puis elle se releva d'un bond et resta un moment immobile, le corps saisi des pieds à la tête d'une décharge de chair de poule. Ces deux derniers jours, elle avait voulu se persuader que son grand moment était arrivé, qu'elle tenait enfin l'enquête de sa vie et qu'elle allait la résoudre. L'enquête qu'elle n'attendait plus et qui allait remettre son existence sur de bons rails. Mais elle avait fait fausse route, une fois encore.

Elle rouvrit l'ordinateur. Les hommes à la tête de cheval avaient depuis longtemps disparu. Elle cliqua pour faire apparaître une fenêtre réduite dans un coin de l'écran. Des images filmées par plusieurs drones s'affichèrent. Roxane crut d'abord reconnaître un paysage grec puis elle comprit qu'il s'agissait de l'île bretonne des Karadec sur la côte de laquelle un bateau était en train d'accoster.

Une onde électrique remonta le long de sa moelle épinière. Le troisième et dernier meurtre allait avoir lieu. Et elle était à plus de mille kilomètres du théâtre des opérations.

ILE DITE DES KARADEC (Finistère)

17

L'inconnue de la scène

On ne se libère pas d'une chose en l'évitant, mais en la traversant.

Cesare PAVESE

1.

Le Zodiac encaissait les lames de fond au prix d'un tangage permanent. À la barre, mâchouillant son bâton de réglisse, Narracott était dans son élément. Aussi à l'aise sur les flots que j'étais peu vaillant. Le trajet vers l'île des Karadec n'en finissait pas. Sur cette mer tourmentée, tout m'incommodait et m'effrayait. La brume nacrée et oppressante, les embruns au parfum d'algues pourries, les vagues glacées qui frappaient l'embarcation sans relâche.

Pour ne rien arranger, il s'était mis à pleuvoir. Le tangage me soulevait l'estomac. Le danger était partout. À chaque nouvelle déferlante, j'avais l'impression qu'une main noire surgie des profondeurs allait nous engloutir. Recroquevillé sur la banquette arrière, mon poing crispé sur l'armature métallique, je fermai les paupières pour essayer de m'abstraire de ce cauchemar. J'en étais réduit à serrer les dents en attendant que l'orage passe et laissais mon esprit dériver dans un brouillard laiteux, incapable de fixer mon attention.

Je ne saurais dire combien de temps dura encore la traversée, mais lorsque je me décidai à rouvrir les yeux, le paysage avait changé du tout au tout.

Troué par la lumière matinale, le voile nuageux commençait à se dissiper pour laisser apparaître l'île des Karadec. Je mis ma main en visière pour mieux l'apprécier. L'îlot me fit immédiatement penser à la couverture de *L'Île noire* d'Hergé. On n'apercevait aucune bande de sable, seulement des rochers et une grande couronne de lande qui entourait un piton au sommet duquel s'élevait une sorte de petite tour fortifiée à la silhouette médiévale.

— Alors, ça a de la gueule, non ? lança Narracott.

Le Zodiac avait perdu de la vitesse. Le vent s'était levé et il faisait presque beau.

— On débarque sur l'autre versant ?

Le douanier secoua la tête.

— *Niet.* Le seul accès à l'île se fait par ici, sur la côte sud, m'expliqua-t-il. L'autre versant est encore plus escarpé.

Au fur et à mesure que l'embarcation se rapprochait je comprenais que l'accostage serait périlleux. Rien n'était vraiment aménagé hormis un môle assez court et une rampe en pierre à moitié détruite.

Narracott était à la peine. Le vent, fort et changeant, l'obligeait à ajuster constamment l'assiette du moteur sans jamais parvenir vraiment à stabiliser le bateau.

— Vous pouvez sauter ? me demanda-t-il lorsqu'il jugea qu'il ne pourrait pas s'avancer davantage.

Je pris de l'élan et m'élançai pour me casser la figure sur la cale cimentée. Je me relevai et avançai jusqu'à un rivage de cailloux et de galets.

— *Well done*, garçon ! cria le douanier. *And now, it's up to you !*

Il me fit un signe de la main puis remit les gaz et disparut de mon champ de vision.

2.

Après une étendue de fougères et d'ajoncs, le paysage prit des accents irlandais : une tourbe limoneuse s'incrustait dans des affleurements rocheux, dessinant une sorte de chaussée des géants qui grimpait jusqu'au château.

L'île devait culminer à une quarantaine de mètres d'altitude. J'escaladai l'« escalier » pour me retrouver devant une tour quadrangulaire flanquée de deux échauguettes. Un lieu d'habitation et de défense qui ressemblait aux *tower houses* que j'avais vues en

Écosse. Mais l'ancien manoir des Karadec était en ruine depuis longtemps. Une partie de la toiture avait été emportée par le vent, les fenêtres n'avaient plus de vitres et la guérite sud menaçait de s'effondrer.

En contournant l'édifice, j'aperçus au loin un sentier qui redescendait de l'autre côté à travers les rochers et la végétation. J'empruntai le chemin jusqu'à un affleurement rocheux en forme de plateau qui offrait une vue panoramique sur le versant caché de l'île. Narracott m'avait dit la vérité. Recouverte de genêts, cette partie de l'îlot était encore plus abrupte, c'était aussi le paradis des faucons, des éperviers et des macareux.

Je repris mon chemin jusqu'à la pointe est, mais me retrouvai rapidement devant une chaîne rouillée qui dissuadait d'aller plus en avant sur le sentier. Une vieille pancarte émaillée mettait en garde : ACCÈS TRÈS DANGEREUX.

— Salut Rapha !

Je fis volte-face en reconnaissant la voix de ma sœur dans mon dos.

— Salut Vera.

Ce jour-là, elle avait sept ou huit ans, comme dans ses apparitions de ces dernières semaines. Elle portait un short kaki, un tee-shirt jaune pétant et une petite gourde accrochée à un sac à dos de randonneur.

— T'as l'air fatigué, me dit-elle en faisant une halte devant la pancarte.

— C'est vrai, j'ai pas beaucoup dormi.

Elle me regarda à travers ses lunettes solaires en forme de cœur et fronça les sourcils en remarquant les blessures de mon visage.

— Qui t'a fait ça ?

— Je me suis battu avec le père Noël.

— Rapha ! Je sais bien qu'il n'existe pas !

À présent le soleil était complètement levé et commençait à monter dans le ciel, éclaboussant l'horizon d'une lumière changeante au gré de sa lutte avec les nuages. Vera partit s'asseoir sous deux mimosas et me tendit sa gourde avec un grand sourire.

— J'ai du Banga ! T'as soif ?

— Je veux bien.

Je la rejoignis et pris deux grandes gorgées qui me donnèrent l'impression de m'abreuver à la fraîcheur sucrée de l'enfance. Puis je m'assis à ses côtés et je la regardai rire, chanter et s'amuser du vent qui balayait ses couettes.

J'avais vu tous les psys, pris tous les médocs, fait toutes les thérapies. Pourtant, il n'existait pas de journée où je ne pensais à la mort de ma sœur. Où je ne voyais l'image de Vera en train de hurler, prisonnière de la fournaise métallique. Je savais très bien qu'elle avait dû m'appeler au secours. C'est toujours à moi qu'elle avait recours en cas de problème. Lorsque le pneu de son vélo se dégonflait, lorsqu'elle se coinçait le pied en escaladant le grillage de la clôture du jardin. Elle m'appelait et je me débrouillais pour mettre fin à son désagrément. J'étais son héros. Et c'était la place que j'aimais occuper.

— Je t'ai déjà dit que tu n'y pouvais rien, me dit-elle comme si elle lisait dans mes pensées.

Chaque fois nous rejouions le même dialogue, presque mot pour mot.

— Je n'aurais pas dû te laisser avec maman. Je n'aurais pas dû écrire cette lettre anonyme.

Elle haussa les épaules avec une drôle de moue stoïque.

— Tu avais dix ans. T'avais pas le choix. Ça ne sert à rien de te faire du mal avec ça.

— Mais pourquoi tu reviens, alors ? Pourquoi tu ne t'en vas pas définitivement ?

Elle évita ma question en me faisant une grimace de clown. J'insistai.

— Tu ne partiras jamais, n'est-ce pas ?

— Non, répondit Vera.

— Pourquoi ?

— Parce que tu ne me laisseras jamais partir.

Une larme solitaire coula sur ma joue et, pendant quelques minutes, ni elle ni moi ne parlâmes. Nous nous contentâmes d'admirer le paysage et les nuages qui défilaient à une vitesse folle au-dessus de nous. On était bien. Le vent chantonnait entre les branches des mimosas. La lumière changeait constamment comme si Dieu s'amusait avec le variateur d'un lampadaire géant. En quelques secondes les rochers pouvaient passer du blanc au gris, des falaises d'Étretat à celles de Dunnet Head.

J'aurais aimé que ce moment s'éternise, mais la parenthèse enchantée prit fin lorsque Vera se leva et rembarqua sa gourde.

— Il faut que j'y aille.

— Où ça ?

— Voir papa, dit-elle en chargeant son sac sur son dos. On s'est donné rendez-vous sur une petite plage pas très loin d'ici.

— Il n'y a pas de plage dans le coin, Vera, et papa n'est pas là. Il est à Paris, à l'hôpital.

— Plus pour longtemps.

Elle renoua un lacet défait et enjamba la chaîne qui barrait le chemin.

— Attends-moi !

Je voulus la suivre, mais je sentis qu'elle m'échappait et, un instant plus tard, elle avait disparu.

3.

Paris. Hôpital Pompidou.

Matin de Noël, 8 h 28.

— Docteur, il y a un problème avec le patient de la chambre 18.

— Marc Batailley ? C'est quoi le problème ?

— On est en train de le perdre.

— Impossible. Il était parfaitement stable quand je suis passé !

— Ben, il ne l'est plus...

— OK, je monte.

Je suis toujours dans le coma et pourtant je les entends parler. Je les sens qui s'activent autour de moi. Je les vois en train d'essayer de réanimer ma vieille carcasse. Massage cardiaque. Scope. Défibrillation. Palettes. Deux cents joules dans le bifteck pour espérer faire repartir la machine ! Mais rien n'y fait. Je décolle. Je me fais la malle. Je me barre de cet hosto sinistre. De cette existence dévitalisée. Comme les saumons sauvages, je remonte le fleuve lumière pour y mourir. Adrénaline. Ampoules de Cordarone. Inutile de mettre de l'essence ou de chercher à recharger les accus. La batterie est morte. La bagnole n'a plus envie d'aller nulle part. Je m'en vais. Soulagé. Ne me retenez pas. Je n'ai plus rien à prendre ou à donner. Laissez-moi. Laissez-moi !

— Papa ?

Je me retourne, mais je ne suis plus à l'hôpital. Le soleil m'éblouit. Le vent chargé de sel fouette mon visage, le sable a la couleur de l'or.

— Papa !

— Vera... ?

Je n'ai jamais rêvé d'elle. Depuis que je l'ai perdue, pour être certain de ne pas la croiser au détour d'un cauchemar, je ne dors plus qu'avec ma dose de cachetons. L'abrutissement plutôt que la douleur.

— Viens te baigner. Elle est super bonne !

Alors que j'avance dans l'eau pour la rejoindre, elle se jette à mon cou et je la retrouve à travers les gouttes de lumière. Je pleure, je ris. Je m'accroche de toutes mes forces à son odeur, à ses yeux de mica, à son rire en cascade.

Je sais que cette fois je ne laisserai plus jamais personne me l'enlever.

4.

Île des Karadec.

Depuis que j'avais quitté Vera, je longeais les falaises par un chemin étroit creusé par l'érosion marine. Le panorama était vertigineux. La mer scintillait, mais le bruit du ressac qui montait le long des à-pics rappelait qu'un danger mortel pouvait se dissimuler derrière le moindre faux pas. Au détour d'un virage, le reflet du soleil m'éblouit comme si on m'avait jeté une giclée de mercure au visage. Aveuglé, je me protégeai avec mes avant-bras. Les taches noires qui papillonnaient devant mes yeux s'estompèrent et je découvris un paysage insoupçonnable. À quelques encablures de l'eau, on avait reconstitué un petit théâtre antique, coquillage gigantesque éclos dans la roche.

ILE DITE DES KARADEC (Finistère)

De quand datait cette construction ? L'arène à ciel ouvert avait été bâtie à flanc de colline sur les pentes qui descendaient vers la mer. Des gradins de pierre construits en demi-cercle entouraient un petit orchestre au centre duquel trônait une statue en pied de Dionysos. Un peu plus loin, surélevée de quelques mètres, se trouvait la scène toute en lattes de bois. Et au centre de cette scène, ligotée sur une chaise rudimentaire en branchages, je reconnus Garance de Karadec vêtue d'une peau de bête. Exposée à tous les vents comme une victime sacrificielle.

Je regardai aux alentours, mais ne vis personne. Je sortis le MR 73 de ma poche, armai le chien et empruntai une travée pour la rejoindre.

— Garance !

Au moment où je montai sur la scène par un escalier latéral, une nuée de drones apparut au-dessus de moi. Quatre, cinq puis six appareils équipés de caméras qui patrouillaient dans le ciel.

— Raphaël ! cria Garance, affolée, malgré le foulard noué autour de sa bouche.

Je la débarrassai de son bâillon et des tendeurs serrés autour de ses mains et de ses chevilles. La peau de bête qu'elle portait comme une cape était hideuse et puante : une véritable fourrure d'animal surmontée d'une tête de bouc.

— Qui t'a attachée ici ?

— Je t'expliquerai. Il faut qu'on parte. Vite !

— Mais comment ?

— Il y a un bateau amarré à un ponton, juste derrière le sentier.

— Attention !

Les drones qui tournoyaient autour de nous se rapprochaient dangereusement, décrivant des cercles concentriques, comme s'ils étaient programmés pour nous attaquer. Espérant les faire fuir, je pointai l'arme dans leur direction. La paume de la main en sueur, les doigts crispés sur la détente, je tentai d'en abattre un. Bien évidemment, je manquai ma cible, n'ayant jamais utilisé une arme de toute mon existence. Garance me prit le revolver des mains.

— Laisse-moi essayer.

Comme si elle avait fait ça toute sa vie, elle joignit ses deux mains autour de la crosse, balaya le ciel du canon du MR 73 et tira deux fois, faisant exploser les deux drones. Les quatre appareils restants battirent en retraite momentanément.

Satisfaite de son coup d'éclat, elle demeura un instant immobile et souriante devant le soleil. La lumière donnait une intensité folle à son regard bleu-vert.

Pressé de partir, je lui tendis la main, mais elle la refusa.

— Il faut que tu te méfies, Raphaël.

— Que je me méfie de qui ?

— De moi.

Alors que je la regardais sans comprendre, elle pointa le revolver sur moi et sans sommation tira une balle qui m'atteignit au-dessus du genou.

5.

Mon hurlement se fondit avec l'écho de la détonation. Je fus projeté en arrière et atterris sur le siège en branchages. Par réflexe, je portai la main à ma blessure pour vérifier que ma rotule était toujours là. Le choc avait été si violent que j'avais l'impression que la balle avait arraché une partie de ma jambe.

— Pourquoi ?..., murmurai-je.

Les premières secondes, j'eus l'impression que tout mon corps était devenu insensible puis, progressivement il ouvrit les vannes à la douleur.

— Pourquoi ? Pourquoi fais-tu ça ?

— Parce que tu es la troisième victime. Le troisième sacrifice offert à Dionysos.

J'essayais de comprendre et de reprendre mon souffle. Une partie de moi pensait que j'allais parvenir à la raisonner. Une autre me disait que j'allais seulement me faire buter très vite.

— Garance, ressaisis-toi. C'est Amyas qui t'a embarquée là-dedans. C'est lui qui t'a mis ces conneries dans la tête.

— Bien sûr, c'est toujours la faute des hommes. Et nous, on est des pauvres petites chéries victimes du patriarcat oppressif. Ha! ha! ha! Mais Amyas n'est qu'un anarchiste minable, s'énerva-t-elle. Un médiocre qui faisait ce que JE lui demandais de faire.

Le sourire avait cédé la place à la fureur. Elle s'était débarrassée de la peau de bouc et portait sous cet accoutrement une robe étonnante constituée de centaines de petits morceaux de miroir qui reflétaient le ciel et la mer.

— Tout ça n'a pas de sens, Garance.

— La liberté n'a pas de sens?

— Qu'est-ce que la liberté vient faire là-dedans?

— La liberté ne peut s'atteindre que dans l'ivresse, la drogue, l'imaginaire, le rêve, le théâtre, le travestissement : tout ce qui peut nous déconnecter de la place qu'on veut nous assigner. Tu sais que pendant la période élisabéthaine, les puritains appelaient le théâtre «la maison du diable»? Ils le considéraient comme propice au vice et à la débauche, car il était déviant et transgressif.

À présent, haut dans le ciel, le soleil brillait de mille feux. Debout, seule sur scène, Garance déclamait son texte telle une reine dans son palais d'été. Le souffle court, je la relançai.

— Désolé, mais je ne vois pas le rapport.

— Mais si, tu le vois très bien, répondit-elle, presque maternelle. Parce que toi et moi on est pareils. Je l'ai su lors de notre première rencontre. La vie nous est insupportable. On cherche des échappatoires partout afin de ne pas mourir de la vérité. Nous ne pouvons accepter notre existence qu'en ayant recours à des palliatifs. Pour toi, c'est l'écriture et tous les mensonges que tu racontes depuis toujours à ton père. Pour moi, c'est le jeu, les identités multiples, le vertige de la manipulation. On ne vit pas dans la vraie vie, Raphaël. On évolue dans une « réalité virtuelle » que nous avons créée et qui lui fait concurrence. Tu savais que ce terme avait été employé pour la première fois en parlant du théâtre ?

Joviale et épanouie, elle me regardait agoniser sans empathie ni culpabilité.

Je serrai les dents. La douleur était atroce. Pire que tout ce que j'avais connu jusque-là. J'avais l'impression que mon fémur était en train de se désintégrer dans ma jambe.

— Si... Si je suis comme toi, pourquoi... pourquoi veux-tu me tuer ?

— Parce que c'est l'essence de la tragédie, mon amour. Tu es le héros qui lutte vainement pour échapper à son destin.

— Et toi, tu es qui ?

— Moi, je suis la bienfaitrice qui vient libérer ton esprit comprimé. Et je suis le bras armé du destin. Celui qui te tue pour te permettre de renaître.

— Renaître ?...

Je rassemblai mes forces et, au prix d'un dernier effort, j'essayai de me lever et de lui arracher son arme. Mais elle s'écarta facilement et tira un nouveau coup de feu qui m'atteignit au thorax.

Je tombai les bras en croix au milieu de la scène tandis que les quatre aéronefs armés de leurs caméras revenaient tourbillonner au-dessus de ma tête pour capter mes derniers instants.

6.

Des larmes tièdes et salées coulent entre mes yeux mi-clos. Derrière ce filtre translucide, je vois – ou je devine – Garance de Karadec en train de quitter la scène en m'adressant un dernier sourire. Puis ma vision se brouille presque totalement et je ferme les yeux.

J'entends le bruit de la mer qui monte en sourdine. Le rire goguenard d'un dieu vengeur. Je transpire, j'ai froid puis chaud. Je sens mes veines gonflées d'un sang tiède qui pulse dans mon cou. Des images et des sensations apaisantes m'envahissent. La fraîcheur de la verdure, des nuages d'argent, le triomphe d'un soleil bienveillant.

Puis tout vacille comme une inversion des pôles et je me retrouve soudain en pleine lumière, pieds nus sur une plage.

Mon corps me semble incroyablement léger, délesté de toutes ses souffrances. J'ai dix ans à nouveau ! Je fais quelques pas joyeux sur le sable mouillé.

— Rapha !

Je me retourne en reconnaissant la voix de ma sœur.
— Je savais bien que tu viendrais !
Vera et mon père étaient là.
Ils m'attendaient.

« *Mais nous descendrons ensemble vers le soleil. Un temps viendra où malgré toutes les douleurs nous serons légers, joyeux et véridiques. [...] nous fuirons ces pays d'ombres, je retrouverai toute ma force et nous serons de beaux et bruns enfants de Midi.* »

Albert Camus à Maria Casarès,
26 février 1950

Fermer 〈 〉

🔍 Recherche

Roscoff – Intervention de la gendarmerie maritime sur l'île des Karadec

25 décembre 2020 - 8h52

La gendarmerie maritime de Roscoff (Finistère) est intervenue sur l'île des Karadec pour secourir un homme grièvement blessé.

Ouest-France · avec AFP.

C'est à la demande du capitaine Roxane Montchrestien de la Brigade nationale de recherche des fugitifs (BNRF), que six militaires de la gendarmerie maritime ont débarqué tôt ce matin sur la côte sud de l'île d'Enez-hunvreadell, plus connue sous le nom d'île des Karadec, du nom de la famille qui en est propriétaire. Inhabitée depuis de nombreuses années, l'île a été le théâtre d'une fusillade dans des circonstances qui restent à préciser. L'échange de coups de feu aurait fait au moins un blessé, un homme d'une quarantaine d'années qui aurait reçu plusieurs balles dans le thorax et la jambe.
Il a été évacué par hélicoptère à l'hôpital militaire de Brest (hôpital d'Instruction des Armées Clermont-Tonnerre). Son état de santé est jugé très préoccupant et son pronostic vital est engagé.

Plus d'informations à suivre...

Références

Page 9: Romain Gary, *La Promesse de l'aube*, Gallimard, 1960; page 15: Georges Simenon, *Le Fils*, Presses de la Cité, 1957; page 35 (et page 20): *Le Matin des magiciens*, Louis Pauwels, Jacques Bergier, Gallimard, 1960; page 37: Jules Supervielle, *L'Enfant de la haute mer*, Librairie Gallimard, 1931; page 47: Harold Arlen, dans *Le Magicien d'Oz*, 1939; page 57: Louis Aragon, *Aurélien*, Gallimard, 1944; page 73: *Le Temps retrouvé*, Marcel Proust; page 79: Serge Filippini, *L'Homme incendié*, Phébus, 1991; page 81: Louis Aragon, «Nous dormirons ensemble», *Le Fou d'Elsa*, 1963; page 82: Franz Kafka, Lettre à Felice Bauer; page 85: *La Timidité des cimes*, Raphaël Batailley; page 94: "Un misérable tas de petits secrets", *Les Noyers de l'Altenburg*, André Malraux; page 99: Lettre de Paul Cézanne à Louis Aurenche, 25 janvier 1904; page 114: *Tristan*, Thomas Mann; page 117: attribué à Honoré de Balzac, d'après sa *Théorie de la démarche*, 1851; page 137: Philip K. Dick, «*How To Build A Universe That Doesn't Fall Apart Two Days Later*», 1978; page 153: Donna Tartt, *Le Maître des illusions*, coll. Feux Croisés, Plon, 1993; page 164: *Les Bacchantes*, Euripide; page 173: Boris Vian, *Berceuse pour les ours qui ne sont pas là*, Fayard, 2001; page 187: Pierre Louÿs, *Les Chansons de Bilitis*, Librairie de l'art indépendant, 1895; page 213: Francis Picabia, *Jésus-Christ Rastaquouère*, coll. Dada, éditions Au Sans Pareil, 1920; page 236: Marceline Desbordes-Valmore, «Les séparés», dans *Les Œuvres poétiques*, Presses universitaires de Grenoble, 1973 [1839]; page 243: Constantin Stanislavski (1863-1938); page 263: Philip Roth, *Pastorale américaine*, Gallimard, 1999; page 271: *Ah! Le petit vin blanc*, paroles de Jean Dréjac; page 276: *À la recherche du temps perdu*, Marcel Proust; page 281: Gérard de

Nerval, «El Desdichado», *Les Chimères*, dans *Les Filles du feu*, 1854; page 285: Joyce Carol Oates, *Blonde*, coll. La Cosmopolite, Stock, 2000; page 319: *L'abécédaire de Gilles Deleuze*, documentaire, avec Claire Parnet, 1996; page 354: Paul Valéry, «Les pas», *Charmes*, Gallimard, 1922; page 361: Louis Jouvet, *le Comédien désincarné*, coll. Champs, Flammarion, 2009; page 391: Cesare Pavese, *Le Métier de vivre*, Gallimard, 1958; page 405: dans les notes prises par Nietzsche pour son œuvre inachevée, *La Volonté de puissance*; page 409: Albert Camus, Maria Casarès, *Correspondance*, 1944-1959, lettre du 26 février 1950, Gallimard, 2017.

Autres artistes et œuvres évoqués
Les Beatles, David Bowie, Marlon Brando, Peter Brook, Lewis Carroll, Nathan Fawles, E. M. Forster, Hergé, J.-M. G. Le Clézio, Marilyn Monroe, Romain Ozorski, Elvis Presley, William Shakespeare, Pierre Soulages, Charles Trenet, Oscar Wilde. *Flic ou Voyou, Geronimo Stilton, Les Aventures de Jack Burton dans les griffes du Mandarin, Les Égouts du paradis, Nosferatu, Orange Mécanique, Peur sur la ville, Pif Gadget, Shining, Vol au-dessus d'un nid de coucou.*
Le Liberty Bar, Joan Moers et Valérie Janvier sont bien sûr des clins d'œil adressés au souvenir de Georges Simenon. De la même façon, le nom de Fred Narracott rend hommage à Agatha Christie. La véritable montre Résonance, source d'inspiration de celle du roman (p. 80), est une création de François-Paul Journe. Parmi les lieux où se déroule l'intrigue, la *Glass House* est dérivée d'autres «Maisons de verre» existant à travers le monde, et notamment aux États-Unis.

Crédits

Table

DU MÊME AUTEUR

SKIDAMARINK, Anne Carrière, 2001, nouvelle édition
Calmann-Lévy, 2020
ET APRÈS…, XO Éditions, 2004, Pocket, 2005
SAUVE-MOI, XO Éditions, 2005, Pocket, 2006
SERAS-TU LÀ ?, XO Éditions, 2006, Pocket, 2007
PARCE QUE JE T'AIME, XO Éditions, 2007, Pocket, 2008
JE REVIENS TE CHERCHER, XO Éditions, 2008,
Pocket, 2009
QUE SERAIS-JE SANS TOI ?, XO Éditions, 2009,
Pocket, 2010
LA FILLE DE PAPIER, XO Éditions, 2010, Pocket, 2011
L'APPEL DE L'ANGE, XO Éditions, 2011, Pocket, 2012
SEPT ANS APRÈS…, XO Éditions, 2012, Pocket, 2013
DEMAIN…, XO Éditions, 2013, Pocket, 2014
CENTRAL PARK, XO Éditions, 2014, Pocket, 2015
L'INSTANT PRÉSENT, XO Éditions, 2015, Pocket, 2016
LA FILLE DE BROOKLYN, XO Éditions, 2016, Pocket, 2017
UN APPARTEMENT À PARIS, XO Éditions, 2017,
Pocket, 2018
LA JEUNE FILLE ET LA NUIT, Calmann-Lévy, 2018,
Le Livre de Poche, 2019
LA VIE SECRÈTE DES ÉCRIVAINS, Calmann-Lévy, 2019,
Le Livre de Poche, 2020
LA VIE EST UN ROMAN, Calmann-Lévy, 2020,
Le Livre de Poche, 2021

Achevé d'imprimer au Canada
par Marquis Imprimeur
en août 2021

Pour le compte des éditions CALMANN-LÉVY
21, rue du Montparnasse – 75006 Paris
N° éditeur : 6148523/01
Dépôt légal : septembre 2021